O MISTÉRIO DAS IRMÃS HOLLOW

Krystal Sutherland

Tradução
Priscila Catão

1ª edição

— **Galera** —

RIO DE JANEIRO

2022

CAPA
Marcos V. Monker

PREPARAÇÃO
Elisa Rosa

REVISÃO
Jorge Luiz Carvalho

CIP-BRASIL. CATALOGAÇÃO NA PUBLICAÇÃO
SINDICATO NACIONAL DOS EDITORES DE LIVROS, RJ

S967m

Sutherland, Krystal
    O mistério das irmãs Hollow / Krystal Sutherland ; tradução Priscila Catão. – 1. ed. – Rio de Janeiro : Galera Record, 2022.

    Tradução de: House of Hollow
    ISBN 978-65-5981-194-6

    1. Ficção australiana. I. Catão, Priscila. II. Título.

22-78538
    CDD: 823.9934
    CDU: 82-3(94)

Gabriela Faray Ferreira Lopes – Bibliotecária – CRB-7/6643

Copyright © 2021 by Krystal Sutherland

Título original: *House of Hollow*

Todos os direitos reservados.
Proibida a reprodução, no todo ou em parte, através de quaisquer meios.
Os direitos morais da autora foram assegurados.

Texto revisado segundo o Acordo Ortográfico da Língua Portuguesa de 1990.

Direitos exclusivos de publicação em língua portuguesa
somente para o Brasil adquiridos pela
EDITORA GALERA RECORD LTDA.
Rua Argentina, 120 — Rio de Janeiro, RJ – 20921-380 – Tel.: (21) 2585-2000,
que se reserva a propriedade literária desta tradução.

Impresso no Brasil

ISBN 978-65-5981-194-6

Seja um leitor preferencial Record.
Cadastre-se e receba informações sobre nossos
lançamentos e nossas promoções.

Atendimento e venda direta ao leitor:
sac@record.com.br

Para Martin, que gosta muito de histórias.

PRÓLOGO

EU TINHA 10 ANOS QUANDO percebi pela primeira vez que era estranha.

Por volta da meia-noite, uma mulher vestida de branco entrou às escondidas pela janela do meu quarto e cortou uma mecha do meu cabelo com uma tesoura de costura. Fiquei acordada o tempo todo, acompanhando seus movimentos no escuro, paralisada pelo medo, sem conseguir me mover ou gritar.

Vi quando ela levou a mecha até o nariz e inspirou. Vi quando a colocou na língua, fechou a boca e saboreou o gosto por alguns momentos antes de engolir. Vi quando se curvou sobre mim e passou a ponta do dedo na cicatriz em forma de gancho na base do meu pescoço.

Foi apenas quando ela abriu a porta — que dava para os quartos das minhas irmãs mais velhas, ainda segurando a tesoura ao lado do corpo — que finalmente gritei.

Minha mãe a derrubou no corredor. Minhas irmãs ajudaram a segurá-la no chão. A mulher, agressiva e furiosa, debatia-se contra as três com uma força que, como descobriríamos depois, era impulsionada por anfetaminas. Ela mordeu minha mãe e deu uma cabeçada no rosto de Vivi, minha irmã do meio, com tanta força que seu nariz foi esmagado e seus olhos ficaram roxos por semanas.

Foi Grey, minha irmã mais velha, que por fim a conteve. Achando que minha mãe não estava vendo, ela se abaixou até o rosto da mulher descontrolada e pressionou os lábios em sua boca. Foi um beijo delicado, que mais parecia de conto de fadas, mas que se tornou horripilante porque o queixo da mulher estava escorregadio com o sangue da nossa mãe.

Por um instante o ar adquiriu um cheiro doce e estranho, uma mistura de mel com alguma outra coisa, algo podre. Grey se afastou, segurou a cabeça da mulher nas mãos e a encarou atentamente, com expectativa. De tão pretos, os olhos da minha irmã mais pareciam pedras polidas. Ela tinha 14 anos na época e já era a criatura mais linda que eu poderia conceber. Queria arrancar a pele do seu corpo e usá-la por cima do meu.

A mulher estremeceu sob o toque de Grey e em seguida simplesmente... parou.

Quando a polícia chegou, os olhos da mulher estavam arregalados e distantes; seus braços e pernas estavam tão flácidos que ela não conseguia mais ficar de pé e teve de ser carregada para fora por três policiais, trôpega como uma bêbada.

Eu me pergunto se, naquele momento, Grey já sabia o que éramos.

☾

A polícia nos contou depois que a mulher lera sobre nós na internet e nos perseguira durante semanas, antes da invasão.

Éramos famosas devido a uma bizarrice que acontecera com a gente três anos antes, quando eu tinha sete anos — algo de que eu não lembrava e sobre o qual jamais pensava, mas que aparentemente deixava muitas outras pessoas bastante intrigadas.

Foi depois disso que prestei mais atenção à nossa estranheza. Espreitei-a nos anos seguintes e a vi desabrochar ao nosso redor de formas inesperadas. Teve o homem que tentou puxar Vivi para dentro do carro quando ela tinha 15 anos por achar que ela era um anjo; ela quebrou o maxilar dele e fez dois de seus dentes saírem voando. Teve o professor, o que Grey odiava, que foi demitido após apertá-la contra a parede e beijar seu pescoço na frente da turma inteira. Teve a menina bonita e popular, que fazia bullying comigo, que parou na frente do colégio inteiro durante uma reunião escolar e começou a raspar a própria cabeça em silêncio, com lágrimas escorrendo pelo rosto enquanto suas madeixas escuras caíam enroladas aos seus pés.

Quando encontrei os olhos de Grey no meio do mar de rostos naquele dia, ela estava me encarando. O bullying já acontecia há meses, mas eu só contara às minhas irmãs na noite anterior. Grey deu uma piscadela e voltou a ler seu livro, sem interesse no espetáculo. Vivi, sempre menos sutil, estava com os pés apoiados no encosto da cadeira à sua frente e sorria de orelha a orelha, com o nariz torto enrugando-se de satisfação.

Coisas sombrias e perigosas aconteciam em volta das irmãs Hollow.

Todas tínhamos olhos pretos e cabelos brancos como o leite. Todas tínhamos nomes encantadores de quatro letras: Grey, Vivi, Iris. Íamos para a escola juntas. Voltávamos a pé para casa juntas. Almoçávamos juntas. Não tínhamos amigos porque não precisávamos deles. Andávamos pelos corredores como tubarões, com os outros peixinhos ao nosso redor se afastando e sussurrando às nossas costas.

Todos sabiam quem éramos. Todos tinham ouvido falar da nossa história. Todos tinham sua própria teoria sobre o que acontecera com a gente. Minhas irmãs se aproveitavam disso. Vivi e Grey sabiam cultivar seu mistério com a habilidade de duas jardineiras, manuseando a intriga inebriante que desabrochava ao redor delas para que assumisse a forma que quisessem. Eu simplesmente ia atrás delas, quieta e estudiosa, sempre constrangida por aquela atenção. Estranheza só atraía estranheza, e me parecia perigoso desafiar o destino, convidar a escuridão que já demonstrava sentir uma atração natural por nós.

Só me ocorreu que minhas irmãs sairiam do colégio bem antes de mim quando isso, de fato, aconteceu. O colégio não convinha a nenhuma delas. Grey era incrivelmente inteligente, mas nunca simpatizara com nada do currículo. Se tivesse de ler e analisar *Jane Eyre* para uma matéria, ela podia acabar decidindo que o *Inferno* de Dante era mais interessante e escrever seu trabalho sobre ele. Se tivesse de desenhar um autorretrato realista para uma aula de artes, podia terminar desenhando um monstro de olhos fundos, com sangue nas mãos. Alguns professores adoravam isso, mas não a maioria. E antes de abandonar o colégio, Grey só conseguia tirar notas medíocres. Ela jamais pareceu se incomodar e ia de uma aula para a outra com a segurança de alguém que tivera seu futuro previsto por uma vidente, e que gostara do que ouvira.

Vivi preferia matar aula o máximo possível, o que era um alívio para a diretoria, pois ela aprontava quando finalmente aparecia. Respondia aos professores com desaforos, cortava o uniforme para deixá-lo mais punk, fazia pichações com spray nos banheiros e se recusava a tirar seus vários piercings. Os poucos trabalhos que entregara durante seu último ano receberam nota máxima com facilidade, mas não bastavam para que ela pudesse continuar matriculada. E, para Vivi, isso funcionava muito bem. Toda estrela do rock precisa de um *background,* e ser expulsa de um colégio de 30 mil libras por ano era um começo tão bom quanto qualquer outro.

As duas eram assim já naquela época: tinham uma autoconfiança alquímica que pertencia a humanos muito mais velhos. Não ligavam para o que os outros pensavam delas, nem para o que as outras pessoas consideravam legal — o que, obviamente, tornava-as *insuportavelmente* descoladas.

Elas saíram da escola — e de casa — num intervalo de poucas semanas. Grey tinha 17 anos e Vivi, 15. Partiram para o mundo, ambas destinadas a terem o futuro glamuroso e extravagante ao qual sempre souberam estar destinadas. E foi então que me vi sozinha, a única Hollow que restara, lutando para se dar bem nas sombras que elas deixaram para trás. A irmã quieta e esperta que adorava ciência e geografia, e que tinha um talento nato para matemática. A irmã que queria desesperadamente, acima de tudo, passar despercebida.

Aos poucos, mês a mês, ano a ano, a estranheza que se expandira em torno das minhas irmãs começou a se retrair, e por um bom tempo minha vida foi como eu desejava desde que tinha visto Grey sedar uma intrusa com um mero beijo: normal.

Obviamente, isso não duraria.

1

PERDI O AR QUANDO VI O rosto da minha irmã me encarando do chão.

Sua cicatriz fina em forma de gancho ainda era a primeira coisa que se percebia em Grey, seguida pelo fato de que ela era bonita de doer. A revista *Vogue* — sua terceira capa americana em muitos anos — devia ter chegado pelo correio, ficando virada para cima bem no tapete do corredor, e foi onde a encontrei à luz prateada da manhã. As palavras *A Guardiã do Segredo* pairavam em letras verde-musgo embaixo dela. Seu corpo estava virado para o fotógrafo, os lábios entreabertos num suspiro, os olhos pretos encarando a câmera. Um par de chifres de veado emergia de seus cabelos brancos como se fosse parte dela.

Por um breve momento, como se sob encanto, achei que ela realmente estivesse ali, em carne e osso. A infame Grey Hollow.

Nos quatro anos desde que saíra de casa, minha irmã mais velha tornara-se uma mulher franzina e delicada, com cabelos que mais pareciam algodão-doce e um rosto saído da mitologia grega. Mesmo em fotos, ela ainda tinha algo de nebuloso e diáfano, como se fosse ascender e se misturar ao éter a qualquer momento. Talvez por isso os jornalistas a descrevessem o tempo todo como etérea, embora eu sempre pensasse em Grey mais como terrena. Nenhum artigo mencionava que ela se sentia mais em casa quando estava na floresta ou o quanto era boa em cuidar de plantas. Elas a amavam. A glicínia que ficava fora do seu quarto de infância serpenteara janela adentro muitas vezes para se enroscar em seus dedos durante a noite.

Peguei a revista no chão e abri a matéria da capa.

GREY HOLLOW GUARDA SEUS SEGREDOS A SETE CHAVES

Quando a encontrei no lobby do Lanesborough (Hollow jamais permite que jornalistas se aproximem de seu apartamento, e, segundo boatos, não dá festas nem recebe visitas), ela estava vestindo uma de suas criações características e enigmáticas. Imaginem um bordado denso, centenas de contas, fios tecidos de ouro verdadeiro e um tule tão leve que esvoaça como fumaça. A *couture* de Hollow tem sido descrita como uma combinação de conto de fadas e pesadelo dentro de um delírio. Folhas e pétalas em decomposição escorrem pelos vestidos, suas modelos de passarela usam chifres removidos de carcaças de veados e pele de ratos esfolados, e ela insiste em expor seus tecidos à fumaça antes de cortá-los para que seus desfiles cheirem a uma floresta em chamas.

As criações de Hollow são bonitas, decadentes e estranhas, mas foi a natureza clandestina de suas peças que as deixou tão famosas com tanta rapidez. Há mensagens secretas escritas à mão no forro de cada um de seus vestidos. Mas isso não é tudo: dizem por aí que celebridades encontraram papeizinhos enrolados costurados nos aros de seus corpetes, ou fragmentos de ossos de animais, com gravações, colados em pedras preciosas, ou símbolos rúnicos pintados com tinta invisível, ou minúsculos frascos de perfume que se racham como bastões luminosos quando a pessoa se mexe, exalando o perfume inebriante e epônimo de Hollow. As imagens que figuram em seus bordados são esquisitas, às vezes de forma perturbadora. Imaginem flores geneticamente unidas e minotauros esqueléticos, de rostos descarnados.

Tal como a criadora, cada peça é um enigma que implora para ser solucionado.

Parei de ler aí, pois sabia o que o restante do artigo diria. Sabia que mencionaria o que nos aconteceu na infância, apesar de nenhuma de nós se lembrar. Sabia que mencionaria meu pai e a maneira como ele morreu.

Toquei na cicatriz do pescoço com a ponta dos dedos. A mesma cicatriz em formato de meia-lua que Grey tinha, que Vivi tinha. A cicatriz que nenhuma de nós se lembrava de ter ganhado.

Levei a revista até meu quarto e a escondi debaixo do travesseiro para que minha mãe não a encontrasse nem a queimasse na pia da cozinha, como acontecera com a última.

Antes de sair, abri o aplicativo Buscar Meus Amigos e conferi que ele estava ligado, transmitindo minha localização. Era uma exigência da minha mãe para minhas corridas matinais diárias que ela pudesse rastrear meu bonequinho laranja andando de um lado para o outro em Hampstead Heath. Na verdade, era uma exigência da minha mãe para *qualquer* saída minha: ela poder rastrear meu bonequinho laranja andando de um lado para o outro em... qualquer lugar. O próprio avatar de Cate ainda estava no sul, no Royal Free Hospital, com seu turno de enfermeira no pronto-socorro se estendendo — como sempre — além do horário do expediente.

Saindo agora, avisei a ela por mensagem.

Tudo bem, vou ficar de olho, respondeu ela de imediato. Mande uma mensagem quando já estiver em casa.

E lá fui eu para o frio invernal antes do amanhecer.

Morávamos numa casa alta e ogivada, revestida de estuque branco e envolta por vitrais que me lembravam asas de libélula. Ainda havia resquícios da noite se prendendo às abas do telhado e se acumulando em poças sob a árvore do nosso jardim. Não era o tipo de lugar que uma mãe solteira, com salário de enfermeira, conseguiria pagar normalmente, mas o lugar pertencia aos pais da minha mãe, que faleceram num acidente de carro quando ela estava grávida de Grey. Eles haviam comprado a casa no início do casamento, durante a Segunda Guerra Mundial, quando os preços dos imóveis em Londres despencaram por causa da Blitz. Os dois eram adolescentes na época, só um pouco mais velhos do que eu agora. Já tinha sido uma propriedade grandiosa, embora tivesse decaído e afundado com o tempo.

Na minha foto favorita da casa, tirada na cozinha em algum momento dos anos sessenta, havia uma luz fraca por todo o cômodo, daquele tipo que persiste por horas durante os meses de verão, grudando-se às copas das árvores em halos dourados. Minha avó apertava os olhos para a câmera, com a pele coberta por um caleidoscópio verde resplandecente vindo de um vitral que eventualmente se quebrou. Meu avô estava com o braço ao seu redor, de charuto na boca, calças de cintura alta e óculos fundo de garrafa no nariz. O ar parecia morno e esfumaçado, e meus avós sorriam. Estavam tranquilos, relaxados. Quem não conhecesse a história deles até poderia dizer que eram felizes.

Das quatro gestações que vingaram, minha avó dera à luz, já mais velha, apenas a uma criança viva: minha mãe, Cate. Os quartos da casa que haviam sido destinados às crianças tinham ficado vazios, e meus avós não viveram o bastante para ver o nascimento de nenhum neto. Toda família tem assuntos não mencionados. Histórias que você sabe sem realmente saber como as sabe, relatos de coisas terríveis que projetam longas sombras geração após geração. Os três natimortos de Adelaide Fairlight eram uma dessas histórias.

A outra era o que nos acontecera quando eu tinha 7 anos.

Vivi ligou antes mesmo de eu chegar ao fim da rua. Atendi a ligação nos meus AirPods sem nem ver no celular que era ela.

— Oi — falei. — Você acordou cedo. Ainda não deve ser nem hora do almoço em Budapeste.

— Haha. — A voz de Vivi parecia abafada, distraída. — O que está fazendo?

— Saí para correr. Aquilo que faço todas as manhãs, sabe.

Virei à esquerda e corri pela ciclovia, passando por campos esportivos vazios e carcaças de árvores que pareciam altas e despidas no frio.

Era uma manhã cinzenta. O sol bocejava preguiçosamente no céu por trás de uma cortina de nuvens. O frio espicaçava minha pele exposta, arrancando lágrimas dos meus olhos e fazendo meus ouvidos doerem a cada batida do meu coração.

— Eca — disse Vivi. Ouvi o aviso de uma companhia aérea ao fundo. — Por que você faria isso consigo mesma?

— É a última moda para a saúde cardiovascular. Está no aeroporto?

— Peguei um voo para fazer um show aí hoje, lembra? Acabo de pousar em Londres.

— Não, não lembro. Porque você com certeza não me contou.

— Tenho *certeza* de que contei.

— Negativo.

— Enfim, estou aqui, e Grey vai vir de Paris para fazer uma sessão de fotos na cidade hoje, e vamos todas nos encontrar em Camden antes do show. Busco você quando conseguir sair deste maldito aeroporto.

— Vivi, amanhã eu tenho aula.

— Ainda está naquela instituição destruidora de almas? Espera aí, vou passar pela imigração.

Meu caminho de sempre me fez atravessar os campos verdes de Golders Hill Park, um gramado cheio de narcisos amarelos e crócus roxos e brancos espalhados. O inverno tinha sido ameno, e a primavera já dava as caras, avançando pela cidade no meio de fevereiro.

Os minutos se arrastaram. Ouvi mais avisos de companhias aéreas ao fundo enquanto corria pelo lado oeste de Hampstead Heath. Entrei no parque e passei pela fachada caiada da Kenwood House. Adentrei ainda mais os labirintos sinuosos de mata virgem, tão densa e verde e velha em certos pontos que era difícil acreditar que ainda estava em Londres. Fui atraída para partes ainda mais selvagens, onde as trilhas eram enlameadas, e as árvores grossas, como as de contos de fadas, se estendiam sobre elas formando arcos. Logo as folhas começariam a reaparecer, mas naquela manhã me movi sob uma densidão de galhos nus, com meu caminho flanqueado dos dois lados por um tapete de detritos caídos. Ali o ar tinha um cheiro denso, de excesso de umidade. A lama estava fina devido à chuva recente e respingava nas minhas panturrilhas enquanto eu avançava. Agora o sol estava nascendo, mas uma gota de tinta se espalhava pela luz do começo da manhã, deixando as sombras escuras, de aparência faminta.

A voz embolada da minha irmã chamou ao telefone:

— Ainda está aí?

— Estou — respondi. — Infelizmente. Você é muito mal-educada ao telefone.

— Como eu estava dizendo, o colégio é extremamente chato, e eu sou muito descolada. Exijo que você mate aula e venha me ver.

— Não posso...

— Não me faça ligar para a diretoria e avisar que você precisa faltar para fazer um exame de IST ou algo assim.

— Você não faria isso...

— Tá, valeu pelo papo, até mais!

— Vivi...

A ligação foi encerrada na mesma hora em que um pombo voou para fora do matagal e bateu no meu rosto. Soltei um grito, caí para trás na lama e minhas mãos se ergueram instintivamente para proteger minha cabeça, apesar de o pássaro já ter ido embora. E então... um leve movimento na trilha, mais à frente. Havia um vulto escondido atrás das árvores e da grama alta. Um homem, pálido e sem camisa — apesar do frio —, longe o bastante para eu não saber se ele estava olhando na minha direção.

A essa distância, à luz cinza-escura, ele parecia usar um crânio com chifres por cima da cabeça. Pensei na minha irmã na capa da *Vogue*, nos chifres de veado que suas modelos usavam na passarela, nas feras que ela bordava em seus vestidos de seda.

Respirei fundo algumas vezes e continuei sentada na lama, sem saber se o homem tinha me visto ou não, mas ele não se mexeu. Uma brisa esfriou minha testa, trazendo consigo o cheiro de fumaça de madeira e o fedor úmido e selvagem de algo feroz.

Eu conhecia aquele cheiro, mesmo que não conseguisse me lembrar de seu significado.

Levantei-me depressa e saí em disparada na direção de onde tinha vindo, meu sangue quente e acelerado, os pés escorregando, imagens de um monstro agarrando meu rabo de cavalo se repetindo em minha mente. Fiquei olhando para trás, até passar pela Kenwood House e chegar à rua, mas ninguém me seguiu.

O mundo fora da bolha verde de Hampstead Heath estava agitado, normal. Londres estava acordando. Quando recobrei o fôlego, meu medo foi substituído pela vergonha da mancha molhada e marrom que se espalhara na parte de trás da minha legging. Permaneci atenta enquanto corria para casa como as mulheres costumam fazer, deixando um AirPod fora do ouvido enquanto sentia o jato intenso da adrenalina subir pela coluna. Um taxista que passava riu de mim, e um homem que saíra de casa para fumar o primeiro cigarro do dia me disse que eu era bonita, que eu deveria sorrir.

Ambos deixaram uma pontada de medo e de raiva na minha barriga, mas continuei correndo, e eles se esvaíram novamente em meio ao ruído característico da cidade.

É assim que as coisas são com Vivi e Grey. Basta uma ligação delas para a estranheza começar a se infiltrar outra vez.

No fim da minha rua, mandei uma mensagem para minha irmã do meio:

NÃO venha para o meu colégio.

2

EM CASA, ENCONTREI O MINICOOPER vermelho da minha mãe na entrada da garagem e a porta da frente entreaberta. Ela balançava para a frente e para trás, respirando com o vento. Havia pegadas molhadas levando para dentro da casa. Sasha, nossa gata anciã e diabólica, lambia a pata, deitada no capacho. A gata era mais velha do que eu, e tão caquética e torta que começava a parecer um bichano mal empalhado. Ela sibilou quando a peguei no colo — Sasha nunca gostara de mim, de Vivi e de Grey, e expressava seus sentimentos com as garras, mas agora estava decrépita demais para lutar de verdade.

Havia algo estranho. Fazia uns dez anos que a gata não ficava do lado de fora.

— Cate? — chamei, baixinho, enquanto empurrava a porta e entrava.

Não lembro quando deixamos de chamar nossa mãe de *mãe* nem por que fizemos isso, mas Cate preferia assim, e acabou se tornando um hábito.

Não obtive nenhuma resposta. Coloquei Sasha no chão e limpei a lama dos tênis. Vozes baixas ecoavam até o térreo, vindo do primeiro andar, trechos de uma conversa esquisita.

— Isso é o melhor que pode fazer? — minha mãe perguntou. — Não sabe nem dizer para onde eles foram? Ou como aconteceu?

Uma voz metálica respondeu do viva-voz, um homem com sotaque americano:

— Escute aqui, senhora, a senhora não precisa de um detetive particular, e sim de uma intervenção psiquiátrica.

Segui as vozes, com passos silenciosos. Cate estava andando de um lado para o outro, perto da cama, ainda com a roupa hospitalar do pronto-socorro. A gaveta de cima da cômoda estava aberta. O quarto estava escuro, iluminado apenas pela luz fraca do abajur. Como fazia turnos à noite, ela precisava de cortinas blackout, então o espaço sempre tinha um cheiro levemente desagradável devido à constante falta de sol. Numa das mãos, Cate segurava o telefone. Na outra, uma fotografia de si mesma com um homem e três crianças. Isso acontecia todo inverno, nas semanas após a data do incidente: minha mãe contratava um detetive particular para tentar solucionar o mistério que a polícia estava bem longe de desvendar. Inevitavelmente, o detetive sempre fracassava.

— Então vai ficar por isso mesmo? — perguntou Cate.

— Meu Deus, por que não pergunta às suas *filhas*? — respondeu o homem ao telefone. — Se alguém sabe, são elas.

— Vá à merda — retorquiu ela, com rispidez.

Minha mãe raramente falava palavrões. Aquilo era tão errado que senti um formigamento nos dedos.

Cate desligou. Um som gutural escapou de sua garganta. Não era o tipo de barulho que se faz na presença de alguém. Senti vergonha na mesma hora por ter testemunhado algo tão íntimo. Comecei a me virar, mas o assoalho rangeu sob o meu peso como ossos velhos.

— Iris? — chamou Cate, sobressaltada. Havia algo de estranho em seu semblante quando me olhou: raiva? Ou medo, talvez? Mas logo foi substituído por preocupação quando ela viu minha legging enlameada. — O que aconteceu? Você está machucada?

— Não, fui atacada por um pombo furioso.

— E ficou com tanto medo que cagou na calça?

Fiz um biquinho mostrando que havia achado *muito engraçado*. Cate riu, sentou-se na beira da cama e acenou com as duas mãos para eu me aproximar. Fui até ela e me sentei de pernas cruzadas no chão à sua frente para que ela pudesse ajeitar meus longos cabelos loiros, fazendo duas tranças como fazia na maioria das manhãs desde que eu era pequena.

— Está tudo bem? — perguntei enquanto seus dedos percorriam meus cabelos. Senti o odor químico e acre do sabonete do hospital, revestido de suor, mau hálito e outros sinais indicativos de um turno de catorze horas no pronto-socorro. Algumas pessoas pensam nas mães ao sentirem a fragrância do perfume que elas usavam em suas infâncias, mas, para mim, minha mãe sempre seria o seguinte: o pó das luvas de látex e o forte cheiro de cobre de sangue alheio. — Você deixou a porta da frente aberta.

— Não, não deixei. Deixei? O turno foi longo. Passei muito tempo com um cara que estava convencido de que sua família o controlava com sondas anais.

— E isso é considerado uma emergência médica?

— Acho que eu ia gostar de uma intervenção bem rápida se isso acontecesse comigo.

— Verdade. — Mordi o lábio inferior e expirei pelo nariz. Era melhor perguntar agora, pessoalmente, do que mais tarde, por mensagem: — Posso sair hoje à noite? Vivi veio fazer um show na cidade, e Grey vai vir de Paris. Quero passar um tempinho com elas.

Minha mãe não disse nada, mas seus dedos deslizaram pelos meus cabelos e deram um puxão forte o bastante para que eu arquejasse. Ela não se desculpou.

— São minhas irmãs — falei baixinho. Às vezes, pedir para vê-las, sobretudo Grey, era como pedir para usar heroína como atividade extracurricular. — Não vão deixar que nada de ruim me aconteça.

Cate soltou uma risada curta, confusa, e voltou a fazer a trança.

A fotografia que ela olhava antes estava virada para baixo, em cima da coberta, como se ela esperasse que eu não fosse percebê-la. Virei-a e a observei. Era minha mãe e meu pai, Gabe, com as três filhas quando éramos menores. Vivi usava um casaco verde de tweed. Grey vestia uma jaqueta bordô de pele falsa. Eu estava com um casaquinho de tartã vermelho com botões dourados. Em nossos pescoços havia pingentes iguais de corações dourados, com nossos nomes gravados no metal: IRIS, VIVI, GREY. Presentes de Natal que ganhamos dos avós que fomos visitar na Escócia quando a foto foi tirada.

A polícia nunca encontrou essas peças de roupa, nem os pingentes, apesar das buscas minuciosas.

— É daquele dia — falei, baixinho. Nunca tinha visto fotos daquele dia antes. Nem sabia que existiam. — Todos nós estamos tão diferentes.

— Você pode... — A voz de Cate falhou, ficou presa na garganta. Ela expirou superficialmente. — Pode ir para o show da Vivi.

— Obrigada, obrigada!

— Mas quero que esteja em casa antes da meia-noite.

— Fechado!

— Acho melhor eu preparar alguma coisa para comermos antes de você ir para o colégio, e você está mais do que precisando de um banho.

Ela terminou minhas tranças e me beijou no topo da cabeça antes de sair.

Depois que ela foi embora, olhei a foto de novo — o rosto dela, o rosto do meu pai, apenas algumas horas antes de acontecer a pior coisa que poderia lhes acontecer. O incidente roubara alguma coisa da minha mãe, sugara as maçãs de seu rosto e a deixara mais magra e grisalha do que antes. Durante boa parte da minha vida, ela tinha sido a versão aquarelada de uma mulher, desprovida de vitalidade.

E roubara ainda mais de Gabe.

Porém, fomos nós três que mais mudamos. Mal reconheci as meninas de cabelos escuros e olhos azuis que me encaravam.

Disseram que ficamos mais reservadas depois do que aconteceu. Que passamos meses sem falar com ninguém além de nós mesmas. Que nos recusávamos a dormir em quartos ou até em camas separadas. Às vezes, na calada da noite, nossos pais acordavam para conferir como estávamos e nos encontravam juntas, de pijama, pressionando a cabeça uma nas outras, como bruxas por cima de um caldeirão, aos sussurros.

Nossos olhos ficaram pretos. Nossos cabelos, brancos. Nossa pele começou a ter cheiro de leite e de terra depois da chuva. Estávamos sempre com fome, mas parecia que nunca ganhávamos peso. A gente comia, comia e comia sem parar. Mastigávamos até dormindo, arranhando nossos dentes e às vezes mordendo nossas línguas e bochechas, e acordávamos com os lábios manchados de sangue.

Os médicos nos diagnosticaram com tudo, indo de TEPT a TDAH. Colecionamos um alfabeto de acrônimos, mas nenhuma terapia ou tratamento parecia capaz de nos fazer voltar ao que éramos antes. Então foi decidido que não estávamos doentes: éramos apenas estranhas.

A partir de então as pessoas achavam difícil acreditar que Grey, Vivi e eu éramos filhas dos nossos pais.

Tudo em Gabe Hollow era delicado, exceto suas mãos, que eram ásperas devido ao trabalho de carpinteiro e ao hobby de fim de semana de fazer canecas em tornos de oleiro. Ele vestia roupas aconchegantes compradas em brechós beneficentes. Seus dedos eram longos e, quando ele segurava nossa mão, mais pareciam uma lixa. Ele jamais assistia a esportes ou erguia a voz. Prendia aranhas em potes de plástico e as levava ao jardim. Conversava com suas ervas aromáticas enquanto as regava.

Nossa mãe era igualmente terna. Tudo que bebia — chá, suco, vinho — era nas canecas que meu pai lhe fazia. Ela tinha três pares de sapatos e usava suas botas Wellington enlameadas sempre que possível. Depois da chuva, pegava caracóis na calçada e os levava para algum lugar seguro. Adorava mel: mel na torrada, mel no queijo, mel misturado em suas bebidas quentes. Fazia seus próprios vestidos para o verão com moldes herdados da avó.

Juntos, eles usavam jaquetas impermeáveis da Barbour e preferiam caminhar no interior da Inglaterra a viajar para o exterior. Tinham comprado cajados de madeira para trilhas e molinetes para pescar em riachos. Tinham adorado se cobrir com mantas de lã e ficar lendo nos dias chuvosos. Ambos tinham olhos azul-claros, cabelos escuros e rostos meigos em formato de coração.

Eram pessoas afetuosas. Calorosas.

De algum modo, ao se unirem, eles geraram... a gente. Nós três tínhamos 1,80m — 25cm a mais do que nossa mãe baixinha. Nós três éramos angulosas, compridas, afiladas. Nós três éramos inconvenientemente bonitas, com maçãs do rosto altas e olhos grandes. As pessoas comentavam com a gente quando éramos crianças, e com nossos pais, o quanto éramos belíssimas. Pela maneira como elas falavam, mais parecia um alerta — e imagino que era mesmo.

Todas nós sabíamos do impacto da nossa beleza e lidávamos com ela de maneiras diferentes.

Grey sabia de seu poder e o ostentava com vigor, como vi poucas meninas fazerem. De certo modo, eu temia me espelhar nela, pois tinha testemunhado as consequências de ser bonita, de ser linda, de ser gatinha, de ser sexy e de chamar o tipo errado de atenção, não apenas de garotos e homens, mas também de outras garotas, de outras mulheres. Grey era uma feiticeira que tinha cara de sexo e cheiro de um campo de flores silvestres. Era uma representação em carne e osso das noites de verão no Sul da França. Realçava sua beleza natural sempre que possível. Usava saltos altos, sutiãs delicados de renda e olhos levemente esfumados. Sempre sabia a quantidade ideal de pele que deveria ser deixada à mostra para obter aquele visual descolado e sexy.

Acima de tudo, foi assim que descobri que minha irmã mais velha era diferente de mim: ela voltava a pé para casa à noite, sempre linda, às vezes bêbada, frequentemente de minissaias ou blusas decotadas. Atravessava parques escuros e ruas vazias e andava perto dos canais pichados onde as pessoas se reuniam para beber, usar drogas e dormir amontoadas. Fazia isso sem medo. Ia aos lugares e vestia coisas que, se algo lhe acontecesse, faria os outros dizerem que ela estava pedindo.

Eu não conhecia nenhuma outra mulher que andasse pelo mundo como ela.

— O que você não entende — ela me disse uma vez, quando comentei o quanto aquilo era perigoso — é que *eu* sou a coisa no escuro.

Vivi era o oposto. Ela tentava banir sua beleza. Raspava a cabeça, colocava piercings, escrevia as palavras VÁ SE FODER! nos dedos, um feitiço para tentar afastar a atenção indesejada de homens indesejados. Mesmo com esses encantamentos, mesmo com um nariz levemente torto, uma língua afiada, pelos no corpo e olheiras profundas causadas pela bebida, pelas drogas e pelas noites em claro, ela era tremendamente bonita e igualmente desejada. Colecionava cada assobio, cada tapa na bunda, cada seio apalpado e os guardava todos sob sua própria pele para ferverem num caldeirão de raiva, que era descontada no palco, nas cordas de seu baixo.

Eu era um meio-termo entre as duas. Não tentava ostentar nem desperdiçar minha beleza. Estava sempre de cabelos lavados e não usava perfume, só desodorante. Tinha cheiro de limpeza, mas não era inebriante, nem doce ou tentador. Não usava maquiagem, e todas as minhas roupas eram folgadas. Não subi a bainha do meu uniforme. Não andava sozinha à noite.

Fui guardar a foto na gaveta aberta de Cate. Havia uma pasta abarrotada de papéis debaixo das meias e lingeries. Eu a puxei e abri. Estava repleta de cópias de arquivos policiais, com as pontas encurvadas pelo tempo. Vi meu nome, o nome de minhas irmãs e fragmentos da nossa história enquanto folheava, incapaz de desviar o olhar.

As crianças alegam não ter nenhuma lembrança de onde estavam e do que lhes aconteceu.

O policial ▮▮▮▮▮ e o policial ▮▮▮▮▮ recusam-se a ficar no mesmo cômodo que elas, afirmando que tiveram pesadelos após ouvir suas declarações.

As flores encontradas nos cabelos delas são híbridas inidentificáveis — possivelmente pirófitas.

Os cães farejadores de cadáveres continuam reagindo às crianças, mesmo dias após seu retorno.

Gabe Hollow insiste que os olhos de todas as três mudaram e que dentes de leite reapareceram em lugares de onde haviam caído.

Senti a bile subir até a garganta. Fechei a pasta bruscamente e tentei enfiá-la de volta na gaveta, mas ela prendeu na madeira e se abriu, esparramando os papéis no chão. Ajoelhei-me e empilhei as folhas com as mãos trêmulas, tentando não olhar o conteúdo delas. Fotos, depoimentos de testemunhas, evidências. Minha boca estava seca. Nos meus dedos, o papel parecia corrompido e errado. Queria queimá-lo, assim como se queima uma colheita infestada por pragas para que a destruição não se espalhe.

E então, no topo da pilha de documentos, encontrei uma foto de Grey com 11 anos, com duas flores brancas — flores reais, vivas — saindo do papel como se irrompessem de seus olhos.

3

ESTAVA COM FOME QUANDO CHEGUEI ao colégio, mesmo depois de Cate preparar meu café da manhã. Até mesmo agora, anos depois do trauma desconhecido que despertou meu apetite incomum, *ainda* sinto fome o tempo inteiro. Na semana passada, voltei para casa esfomeada e ataquei a cozinha. A geladeira e a despensa estavam cheias após Cate ter feito compras no dia anterior: dois pães *sourdough* fresquinhos, um vidro de azeitonas marinadas, duas dúzias de ovos, quatro latas de grão-de-bico, um saco de cenouras, chips de tortilha, molho de salsa, quatro abacates... e a lista não parava por aí. Era o suficiente para duas pessoas por duas semanas. Comi tudo, cada pedaço. Comi, comi e comi. Comi até minha boca sangrar e minha mandíbula doer de tanto mastigar. Mesmo depois de devorar toda a comida nova, me empanturrei com uma lata velha de feijão, uma caixa de cereais já moles e um pacote de *shortbread*.

Então, após finalmente saciar minha fome, parei na frente do espelho do meu quarto e me virei de um lado para o outro, perguntando-me onde é que a comida tinha ido parar. Eu continuava magra, sem nenhuma barriga.

No colégio, eu me senti tensa e assustadiça. Quando ouvi a porta de algum carro bater na entrada, dei um tapa tão forte no peito que a pele ficou ardendo. Ajeitei a gravata do uniforme e tentei me concentrar. Meus dedos pareciam pegajosos e estavam com um cheiro podre, apesar de eu os ter lavado três vezes em casa. O fedor vinha das flores da foto. Havia arrancado uma delas do olho da minha irmã antes de sair. Era esquisita, com pétalas cerosas e raízes que penetravam no papel feito sutura. Eu a reconheci: era a mesma flor que Grey transformara em estampa e costumava bordar em muitas de suas roupas.

Aproximei-a do nariz e inspirei, esperando um aroma doce como o de gardênias, mas o fedor de carne crua e lixo me deu ânsia de vômito. Deixei os arquivos e a flor fedorenta na gaveta da minha mãe e bati a porta do quarto ao sair.

Respirei um pouco mais aliviada no colégio, sentindo que estava voltando a ser quem sou — ou ao menos a versão meticulosamente calculada de mim que eu era na Escola Highgate Wood para Meninas. Minha mochila, com as costuras rangendo com os livros sobre Python e guias de estudos avançados, deixava marcas nos meus ombros. As regras e a estrutura do colégio faziam sentido. A estranheza que espreitava das casas velhas e vazias e das matas selvagens dos antigos charcos tinha dificuldade para permear a monotonia dos uniformes e das lâmpadas fluorescentes. O local se tornara meu refúgio longe da esquisitice da minha vida, ainda que meu lugar não fosse ali, junto de meninas que pertenciam a algumas das famílias mais ricas de Londres.

Atravessei depressa os corredores movimentados, indo para a biblioteca.

— Você está cinco minutos *atrasada* — observou Paisley, uma das doze alunas para quem eu dava aulas particulares antes e depois da escola. Paisley era uma garota miúda de 12 anos que, de algum modo, conseguia dar um visual *boho chic* ao uniforme escolar. Seus pais estavam me pagando um valor decente há algumas semanas para que eu tentasse ensinar o básico sobre programação a ela. O irritante era que Paisley levava muito jeito para a coisa. Quando prestava atenção, ela aprendia Python com uma elegância simples que me lembrava de Grey.

— Ah, me desculpe, Paisley. Posso ficar uma hora a mais depois da escola, sem custo adicional, para compensar. — Ela me fulminou com o olhar. — Foi o que imaginei. Cadê seu notebook?

— Ouvi por aí que você é uma bruxa — anunciou, voltando a digitar no celular, com mechas dos cabelos acastanhados caindo sob os olhos. — E que suas irmãs foram expulsas por terem sacrificado um professor para o diabo no auditório.

Caramba. Os boatos estavam fora de controle nos últimos anos, mas, francamente, o que mais me surpreendeu foi o fato de eles terem demorado tanto para chegar até ela.

— Não sou uma bruxa. Sou uma sereia — falei enquanto pegava meu notebook e abria o livro escolar onde havíamos parado. — Agora me mostre o dever de casa que pedi para você fazer na semana passada.

— Por que seu cabelo é branco, se você não é bruxa?

— Eu passo descolorante nele — menti.

Na verdade, na semana após Grey e Vivi saírem de casa, tentei tingi--lo de um tom mais escuro. Comprei três caixas de tintura e passei uma tardezinha chuvosa de verão tomando sidra de maçã e tingindo o cabelo. Esperei os quarenta e cinco minutos que as instruções recomendavam e mais um pouco, só para garantir, antes de enxaguar. Estava animada para ver a nova Iris. Parecia uma cena de transformação de algum filme de espionagem em que o protagonista está fugindo e é obrigado a mudar de aparência no banheiro de um posto de gasolina após se comportar mal.

Quando desembacei o espelho, soltei um gritinho. Meu cabelo estava do mesmo tom loiro esbranquiçado de sempre, totalmente intocado pela tinta.

— *O dever de casa* — ordenei de novo.

Paisley revirou os olhos pequenos e tirou o notebook de sua mochila Fjällräven.

— Aqui está. — Ela virou a tela para mim. — E aí? — perguntou enquanto eu rolava a tela, vendo seu código.

— Está bom. Apesar de não querer, você está aprendendo.

— Que pena que é nossa última aula.

Meu Deus, que menina de 12 anos fala assim?

— Tsc, tsc. Calma aí. Lamentavelmente para nós duas, seus pais pagaram pelo trimestre inteiro.

— Isso foi antes de eles descobrirem quem eram suas irmãs. — Paisley me entregou um envelope. Meu nome estava escrito na frente, com a letra cursiva de sua mãe. — Eles são obcecados por Jesus e nem me deixam ler Harry Potter. E agora acham que você não é uma influência muito boa pra mim. — Ela guardou suas coisas e levantou-se para sair. — Tchau, Sabrina — disse, carinhosamente, enquanto ia embora.

— Nossa — exclamou uma voz. — Algumas pessoas são *muito* grosseiras.

— Ah — respondi enquanto uma loira baixinha aparecia entre as pilhas de livros e puxava a cadeira do outro lado da mesa. — Oi, Jennifer.

Nos meses após Grey e Vivi saírem da escola, quando a solidão causada pela falta delas penetrou meu corpo tão profundamente que cada batida do meu coração doía, senti uma vontade desesperadora de fazer amizade com algumas das minhas colegas de turma. Nunca precisei de amigas antes, mas, sem minhas irmãs, eu não tinha com quem almoçar na escola nem com quem me divertir no fim de semana além da minha mãe.

Quando Jennifer Weir me convidou para sua festa do pijama, para comemorar seu aniversário (hesitando, imagino — nossas mães trabalhavam juntas no Royal Free), aceitei com cautela. Foi um evento elegante na medida certa: cada menina tinha sua própria cabaninha na ampla sala de estar da família Weir, com direito a pisca-pisca e montada no meio de um mar de balões vermelhos e dourados. Assistimos a três filmes de *Invocação do Mal* até de madrugada e comemos tanto bolo e docinhos delicados que achei que alguém fosse vomitar. Conversamos sobre garotos que estudavam em colégios próximos e sobre o quanto eles eram gatinhos. Abrimos escondido o armário de bebidas dos pais de Jennifer e cada uma tomou duas doses de tequila. Até mesmo Justine Khan, a garota que fizera bullying comigo e que depois raspara a cabeça na frente do colégio inteiro, pareceu não se incomodar com minha presença. Por algumas horas cor-de-rosa, açucaradas e atenuadas pelo álcool, tive coragem de imaginar um futuro parecido com aquele — e talvez ele tivesse sido possível, não fosse pelo infame jogo de girar a garrafa que fez eu e Justine pararmos no pronto-socorro.

Jennifer Weir não falava comigo desde aquela noite, quando saí de sua casa com sangue pingando dos lábios.

— Você quer alguma coisa? — perguntei.

— Bem, *na verdade...* — respondeu ela, sorrindo. — Comprei ingressos para o show de hoje no Camden Jazz Café. Ouvi dizer que sua irmã vai estar lá.

— É óbvio que vai — falei, confusa. — Ela é da banda.

— Ah, não, bobinha. Estou falando da sua outra irmã. *Grey.* Eu queria saber... Bem, eu ia *amar* conhecê-la. Talvez você pudesse me apresentar a ela...

Encarei-a por um bom tempo. Jennifer Weir e Justine Khan — que se chamavam de JJ — faziam da minha vida um inferno há uns quatro anos. Quando Jennifer me ignorava completamente, Justine compensava escrevendo *bruxa* com sangue no meu armário, escondendo pássaros mortos na minha mochila e, uma vez, espalhando cacos de vidro no meu almoço.

— Enfim — continuou Jennifer, com seu sorriso meloso começando a diminuir —, pense nisso. Ser minha amiga não seria a pior coisa do mundo pra você, sabe... A gente se vê à noite.

Depois que ela foi embora, li o bilhete de Paisley, em que seus pais explicavam que tinham ouvido algumas "acusações preocupantes" e pediam o dinheiro de volta. Rasguei-o e o joguei no lixo. Depois conferi a contagem regressiva do meu celular para ver quantos dias faltavam para a formatura: centenas. Uma eternidade. Todos no colégio tinham boa memória quando se tratava das irmãs Hollow e esse fardo parecia ser meu desde o mês em que minhas irmãs saíram da cidade.

Minha primeira aula do dia era a de inglês. Sentei-me no lugar de sempre, na frente da sala e perto da janela, com minha edição anotada

de *Frankenstein* aberta na mesa e as páginas decoradas com um arco-
-íris de marcadores adesivos de várias cores. Li-o duas vezes para a aula,
sublinhando trechos com cuidado e fazendo anotações, tentando encontrar um padrão, uma solução. Minha professora de inglês, a Sra. Thistle,
sentia-se profundamente dividida com meu comportamento: por um
lado, uma aluna que fazia todas as leituras solicitadas — *todas*, sempre,
e, em mais de uma ocasião, com direito a releitura — era como um sonho. Por outro, uma aluna que a deixava de cabelo em pé, pois queria a
resposta certa para uma obra literária.

Estava garoando lá fora. Um movimento estranho e trêmulo chamou
minha atenção assim que ajeitei minhas coisas e olhei o gramado molhado entre os prédios do outro lado da janela.

Lá estava, a distância, o homem com o crânio de touro, me encarando.

4

LEVANTEI-ME TÃO SUBITAMENTE E COM tanta força que minha mesa tombou para a frente, espalhando meus livros e canetas pelo chão. A sala inteira, sobressaltada pela intromissão repentina e violenta na monotonia da aula, ficou em silêncio e se virou para me encarar.

Eu estava de olhos arregalados, respirando com dificuldade, o coração martelando no peito.

— Iris — chamou a Sra. Thistle, assustada —, você está bem?

— Não chegue muito perto dela — alertou Justine Khan à nossa professora. Eu costumava achá-la bonita. Provavelmente ainda era, se você ignorasse a poça de veneno estagnado sob aquela pele reluzente. Agora ela tinha cabelos longos e lisos como uma cortina e levava uma escova na mochila para penteá-los no intervalo. Eram tão brilhantes e tão bem cuidados que chegava a ser constrangedor. Também tinham a dupla finalidade de esconder as cicatrizes que minhas unhas haviam deixado em ambos os lados do seu pescoço quando ela me beijou. — Todo mundo sabe que ela morde.

Houve algumas risadinhas, mas a maioria das pessoas parecia constrangida demais para saber como reagir.

— Hum... — Eu precisava de uma desculpa, de um motivo para sair dali. — Estou passando mal — falei ao me ajoelhar para guardar minhas coisas na mochila. Deixei a mesa e a cadeira onde estavam.

— Vá à enfermaria — instruiu a Sra. Thistle, mas eu já estava passando pela porta.

Outro ponto positivo de ser a queridinha dos professores: eles jamais duvidavam quando você dizia que estava se sentindo mal.

Fora da sala, joguei a mochila no ombro e saí correndo em direção ao local lá fora onde havia visto o homem, a área sombreada entre dois prédios. O dia estava cinza, escuro: típico de Londres. A água enlameada respingava na parte de trás das minhas meias enquanto eu corria. Mesmo de longe já era possível ver que não havia mais ninguém lá, mas continuei correndo, até parar onde ele estava. O ar ao meu redor estava úmido e frio, com cheiro de fumaça e de animal molhado. Dava para ver minha sala de aula através da cortina de chuva.

Liguei para Grey. Precisava ouvir sua voz. Ela sempre sabia me acalmar.

Caiu direto na caixa postal. Ela já devia estar no avião vindo de Paris. Deixei uma mensagem:

— Oi. Hum. Me liga quando aterrissar. Estou meio que perdendo a cabeça. Acho que tem alguém me seguindo. É isso. Tchau.

Com relutância, telefonei para Vivi.

— Sabia que você ia mudar de ideia! — disse ela após o celular tocar uma vez.

— Eu não mudei de ideia.

— Ah. Bem, que constrangedor. Olha pra trás.

Eu me virei. A distância, no estacionamento, dava para vê-la acenando.

— Argh. Preciso desligar. Tem uma mulher esquisita me perseguindo.

Com 19 anos, minha irmã do meio era uma baixista tatuada, com piercings, que fumava cigarros de cravo e tinha os cabelos loiros raspados, nariz levemente torto e um sorrisinho afiado o suficiente para cortar alguém. Quando me aproximei dela no estacionamento do colégio,

Vivi estava deitada no capô do carro vermelho de algum professor em crise de meia-idade, sem se incomodar com a chuva. Apesar de ter acabado de chegar de Budapeste, não trouxera nenhuma bagagem além de uma pequena mochila de couro. Sua roupa lembrava uma velha música do Cake, aquela da minissaia e jaqueta longa. Dois anos antes, quando a cicatriz da Grey se tornou o acessório mais cobiçado da temporada e as adolescentes começaram a fazer cortes em formato de meia-lua no pescoço, Vivi cobriu a sua com a tatuagem de uma glicínia que se estendia pelas clavículas, costas e até metade dos braços. Tinha um piercing na língua e outro no nariz, e suas orelhas tinham tanto metal que, se fosse derretido, provavelmente poderia ser transformado numa bala.

Grey era do mundo da alta-costura, mas Vivi era puro rock and roll. Olhei-a dos pés à cabeça.

— Você se perdeu a caminho do set de *Mad Max*, Furiosa?

Vivi deixou os olhos pretos se demorarem em mim enquanto dava uma tragada no cigarro. Poucas pessoas conseguiam raspar a cabeça, ter o hábito repugnante de fumar e ainda assim parecer uma sereia, mas Vivi era uma delas.

— Olha quem fala, Hermione.

Pensei outra vez na música do Cake: *uma voz tão sombria quanto vidro fumê.*

— Nossa, fala sério — respondi, balançando a cabeça. — Você está ficando ruim da cabeça por conta da idade avançada.

Então nós duas rimos. Vivi desceu do carro e me deu um abraço bem apertado. Dava para sentir a força e extensão dos seus músculos sob a pesada camada do casaco. Ela sabia se cuidar. Vivi levava a sério as aulas de defesa pessoal desde que aquele cara tentara puxá-la para dentro do carro.

— É bom te ver, garota — cumprimentou ela.

— Meu Deus, como você está fedendo! Que cheiro *é* esse?

— Ah. — Vivi agitou na minha direção o ar de baixo das suas axilas. — Esta nojeira é o perfume da Grey.

Hollow, de Grey Hollow, sua fragrância epônima, aquela que fora costurada em pequenos frascos às suas roupas de alta-costura. Dois anos atrás, ela me deu de presente de Natal um perfume com cheiro de fumaça e floresta, com notas de algo selvagem e podre. Uma única inalada já me fez cair de joelhos com ânsia de vômito.

Como tudo que Grey Hollow lançava, foi um sucesso de vendas. As revistas de moda chamaram-no de inebriante e críptico. Grey mandou uma caixa daquela coisa asquerosa para o meu colégio, um presente de vá-à-merda-olha-só-aonde-cheguei para todos os professores que a haviam importunado. Eles o usaram como se fosse uma colônia de farmácia. O cheiro grudava nos cabelos e roupas, como uma aura verde e úmida, e parecia atrair todos os outros odores para sua órbita, fazendo-os de refém. Notas de leite azedo e madeira podre insinuavam-se no perfume sempre que o aquecimento ficava forte demais. As salas de aula fediam àquilo. Ninguém mais parecia se incomodar com o cheiro.

— Quantos amigos seus disseram que não a encontrariam hoje, antes de você me ligar? — perguntei, embora nós duas soubéssemos que, assim como eu, Vivi não tinha amigos em Londres.

— Tipo uns cinco ou seis, no máximo — respondeu. — Agora todo mundo tem *empregos*. Que repugnante. E aí, você vai ou não?

— Não posso simplesmente *sair* do colégio.

— Pode sim. Eu que o diga. Era o que eu fazia todo santo dia.

— Sim, mas eu pretendo ir pra faculdade. Sem falar que Cate vai ficar furiosa se eu matar aula. Já foi difícil conseguir permissão para ir ao seu show. Você sabe como ela é.

— A codependência de Cate e seu respeito pelas autoridades são igualmente repulsivos. Me dá aqui seu celular. — Vivi adivinhou minha senha: 16 por causa do aniversário da Grey, 29 por causa do dela, 11 por causa do meu. — Em seguida, ligou para nossa mãe, que atendeu na mesma hora. — Não, não aconteceu nada. — Vivi revirou os olhos. — Vou sequestrar Iris pelo resto do dia. — Nós nos entreolhamos na palavra *sequestrar*. Balancei a cabeça. — Ela não vai estar no colégio, então não fique brava quando for conferir seu rastreador sinistro que invade a privacidade alheia, tá? Sim, eu sei. Não, Grey não está aqui. Somos só eu e Iris aqui, juro... Vou sim... Eu sei... Sim, Cate, *eu sei*. Ela está em segurança comigo, tá?... Sim, vou dormir em casa depois do show. Também não vejo a hora de te ver. Te amo. — Vivi desligou e jogou meu telefone de volta para mim. — Resolvido. Moleza.

Eu me perguntei qual seria a reação de Cate se Grey aparecesse no meu colégio sem avisar e tentasse me fazer matar todas as aulas do dia. A gente provavelmente já estaria ouvindo as sirenes das viaturas a distância.

— *Sequestrar?* — questionei. — Sério? Escolheu bem a palavra, hein?

— Foi sem querer. Ah, merda. Tem gente vindo.

A Sra. Thistle estava se aproximando de nós.

— Iris — chamou ela —, eu estava indo checar como você está. Melhorou?

— Ah — respondi. — Não. Acho que preciso ir pra casa. — Apontei para Vivi.

O olhar da Sra. Thistle se voltou para minha irmã.

— Olá, Vivienne — cumprimentou, secamente.

— Olá, *Thistle* — respondeu Vivi, acenando... E depois mostrando o dedo do meio.

A Sra. Thistle crispou os lábios e foi embora pelo mesmo caminho por onde chegara, balançando a cabeça. Vivi não havia sido uma aluna muito fácil. Bati na sua barriga com o dorso da mão.

— *Vivi* — reclamei.

— O que foi? Já falei mil vezes para aquela velha coroca que meu nome é *apenas Vivi*, mas ela insiste em me chamar de *Vivienne*. E ela me reprovou em inglês.

— Pois é, porque você nunca aparecia nas aulas.

— *Segundo as más línguas.*

Revirei os olhos.

— Grey já falou com você hoje?

— Não. Faz alguns dias que ela não fala comigo. Tentei ligar quando aterrissei, mas ela devia estar sem bateria. Mas Grey conhece o plano. Vamos nessa. Vamos comer e esperar que nossa irmã *muitíssimo* ocupada e importante dê o ar de sua graça.

☾

Vivi aguentou o dia fumando um cigarro de cravo após o outro e tomando chá Earl Grey misturado com alguma bebida alcoólica num cantil de bolso. Esqueci o quanto ela sabe ser *divertida*. Após almoçarmos numa lanchonete de kebab, passamos a tarde visitando seus locais prediletos em Londres: as lojas de guitarras na Denmark Street, os brechós em Camden, o Flamin' Eight Tattoo Studio em Kentish Town, onde ela passou uns bons quinze minutos tentando me convencer a tatuar o braço inteiro. Comemos croissants e fatias de pizza de fermentação natural, e Vivi me contou tudo sobre os seis meses desde que tínhamos nos visto: a turnê pela Europa continental, passando pela Alemanha, Hungria e República Tcheca; os shows em bares caindo aos pedaços, armazéns abandonados e piscinas vazias; as belas mulheres europeias com quem dormira, com mais detalhes do que eu gostaria de ter ouvido.

O horário em que Grey deveria nos encontrar passou. Era quase estranho ficar sozinha com minha irmã do meio, só nós duas. Mesmo depois que Vivi e Grey se mudaram, toda vez que a gente se encontrava quase sempre éramos nós três juntas. Sempre um trio, jamais uma dupla. Sem Grey, eu me sentia meio desancorada, como se a hierarquia interna da nossa irmandade houvesse desmoronado e ficado caótica. Todas nós sabíamos os nossos papéis: Grey era a chefe, a líder, a capitã, a que assumia o comando, tomava decisões e seguia em frente. Vivi era a assistente divertida, a rebelde, a que sugeria que aprontássemos e contava piadas — porém, mesmo com sua tendência anarquista e sua antipatia pelas autoridades, ela sempre obedecia a Grey. Em parte, eu suspeitava que Vivi tinha buscado sua independência aos 15 anos para escapar da mão de ferro de Grey. Meu papel era ser a caçula, a bebê, algo a ser protegido. Minhas irmãs eram mais gentis e afáveis comigo do que com elas próprias. Grey raramente mandava em mim como fazia com Vivi. Vivi raramente perdia a paciência e gritava comigo como fazia com Grey.

Enquanto a noite caía, enviamos para Grey pelo WhatsApp fotos de nós duas sem ela, de toda a diversão que ela estava perdendo. Era um tipo especial de punição fraterna: Grey odiava ficar de fora, odiava quando a gente começava algum plano que ela não tinha sancionado de antemão. Ela era um general, e nós éramos seu pequeno, mas extremamente leal exército. "Se Grey se jogasse de uma ponte, você também se jogaria?", minha mãe perguntou certa vez, enquanto colocava uma tala no meu dedo mindinho quebrado. Grey quebrara o mindinho horas antes, então encontrei um martelo no anexo que meu pai usava como olaria e o usei para quebrar o meu.

Era uma pergunta sem resposta. Era uma pergunta que nem sequer existia.

Eu não seguia minha irmã. Eu *era* minha irmã. Respirava quando ela respirava. Piscava quando ela piscava. Sentia dor quando ela sentia dor. Se Grey fosse se jogar de uma ponte, eu estaria lá com ela, segurando sua mão.

Isso era mais do que óbvio.

À noite, encontramos o resto da banda de Vivi para jantar antes do show: Candace, uma alemã beberrona com a voz de Janis Joplin, e Laura, a baterista dinamarquesa que mais parecia uma fada e que tocava bateria como uma *banshee*. Eu tinha uma quedinha por ela desde que a vira tocar pela primeira vez, numa viagem de fim de semana a Praga seis meses atrás. Grey nos encontrara lá e passamos duas noites perambulando pelas labirínticas ruazinhas de pedra da Cidade Velha, comendo apenas *trdelník* e só tomando absinto.

Quando vimos a banda tocar no bar subterrâneo de iluminação vermelha, a boca da Grey articulou as palavras de todas as músicas. Era uma das coisas que eu mais amava nela: você podia passar meses sem vê-la, mas aí ela aparecia sabendo todas as palavras de todas as músicas que você já tinha escrito, recitando-as como se fossem poemas de Shakespeare. Grey não apenas *sabia* que eu tirava boas notas; ela entrava em contato com meus professores e pedia para ler todas as redações que eu havia feito, e depois, quando nos encontrávamos de novo, ela as elogiava.

Então onde é que ela estava agora?

De jantar, comemos tigelas de *karaage* de frango apimentado no pub favorito de Vivi, o Lady Hamilton, cujo nome era uma homenagem à famosa musa e amante do século XVIII, Emma Hart. A primeira tatuagem de Vivi tinha sido o quadro de George Romney chamado *Emma Hart as Circe*, uma beldade delicada, de olhos redondos, lábios carnudos e cabelos esvoaçantes. Não sabia se Vivi conhecera primeiro a mulher ou o pub, mas, de qualquer maneira, sempre que vinha a Londres, terminávamos comendo nele. Por dentro o ambiente era aquecido e acolhedor, com paredes e mobília de madeira escura, e no alto havia cornijas de Bordeaux e rosetas de teto. Velas derramavam cera em nossa mesa enquanto comíamos. Vivi me deu sorrateiramente uma taça de vinho tinto da casa. Outra diferença entre minhas irmãs: os orçamentos. Se Grey estivesse aqui, é provável que tivéssemos pedido o menu degustação do Sketch e virado drinques de vinte libras como se fossem de graça.

Pensei nas aulas que eu teria no dia seguinte, em todos os deveres de casa que estava deixando de fazer por ter tirado a noite de folga. Pensei na pele do pescoço de Laura, em qual seria o gosto se eu a beijasse. Pensei em como eu parecia jovem no meu uniforme. Pensei no homem de chifres, e em como bastava Vivi chegar à cidade para que umas coisas esquisitas começassem a acontecer.

Depois do jantar, andamos pela Kentish Town Road, em direção a Camden, passando por lojas de conveniência, por barbeiros que ficavam abertos até tarde e pelo cheiro de óleo que saía das portas das lanchonetes de frango frito. Mesmo numa noite em dia útil, durante o inverno, as ruas perto da estação Camden Town estavam lotadas de gente: um punk de jaqueta de couro e moicano laranja fluorescente cobrava uma libra por foto para os turistas; uma marca de *vape* distribuía amostras grátis para as multidões que voltavam do trabalho ou iam ao mercado mais próximo para comprar comida; boêmios saíam aos montes dos bares mal iluminados; casais de mãos dadas estavam a caminho do cinema Odeon; clientes carregavam sacolas de compras da Marks & Spencer, do Sainsbury's, do Whole Foods.

A banda de Vivi, Irmãs do Sagrado, iria tocar no Jazz Café, que, ao contrário do que o nome sugeria, não era um café onde tocava jazz, e sim uma boate com música ao vivo num antigo banco Barclays. Suas colunas brancas e janelas em arco simulavam uma atmosfera grega, e havia um letreiro azul-neon declarando de maneira espalhafatosa que ali ficava o FAMOSO CLUBE DE JAZZ DE LONDRES. Já tinha uma fila na entrada, apesar do frio, e as pessoas pararam Vivi e suas colegas de banda.

— Meu Deus — exclamou Laura. — Estamos famosas agora, é?

A Irmãs do Sagrado era relativamente conhecida na cena underground das cidades mais descoladas e grunges da Europa continental, mas certamente não era famosa. Não como Grey.

Vivi encarou a fila e acendeu um cigarro.

— Talvez eu tenha dito para o gerente do clube que minha irmã e um bando de supermodelos com roupas sumárias viriam assistir a gente se eles agendassem nosso show.

— E bando é o termo correto para um monte de supermodelos? — perguntou Candace.

— Com certeza, Candace.

— Explorar a própria irmã para conseguir fama é meio que moralmente errado — ressaltei.

— As supermodelos foram *inventadas* para vender merda para os outros — observou Vivi. — De que adianta ser parente direta de uma delas se não a uso de vez em quando para me beneficiar?

— Meu Deus, Iris! — Uma mão acenou freneticamente da fila. — Aqui!

Jennifer Weir e Justine Khan estavam perto da frente. Era Jennifer que estava acenando para mim. Justine estava de braços cruzados, olhando para a frente, de cara amarrada.

— É sua amiga? — sussurrou Vivi enquanto Jennifer saía da fila e puxava Justine atrás de si.

— Inimigas mortais, na verdade — murmurei em resposta.

— Meu Deus, estava torcendo para encontrar você! — disparou Jennifer. — Chegamos cedo e estamos na fila faz, tipo, uma hora.

— São grandes fãs da banda, é?

— Somos! — exclamou.

O olhar de Vivi se desviou para Justine.

— Você me parece familiar. — Minha irmã estalou os dedos e apontou para ela. — Já sei! Você é a menina que raspou a cabeça na frente do colégio inteiro! Foi tão irado. — Vivi estendeu a mão e enroscou em seu dedo uma mecha dos longos cabelos de Justine. — Pena que deixou crescer. Achava muito melhor curtinho.

— Tira a porra da mão de mim, sua bruxa — disparou Justine. Ela se virou e saiu correndo para um restaurante italiano do outro lado da rua.

— Justine! Justine! — chamou Jennifer. — Desculpa por isso. Não sei o que deu nela. — Jennifer se virou de novo para mim. — Sua irmã está aqui? Ela ainda vem?

— Eu sou a irmã dela — observou Vivi.

— Acho que ela vem — respondi. — Não tivemos nenhuma notícia dela hoje.

— Acha que vocês vão para a Cuckoo depois? — perguntou Jennifer. — Meu Deus, acha que Tyler Yang vai estar lá?

— Cuckoo?

— É simplesmente a boate mais legal e ultraexclusiva de Londres. *Dã*. Um ser humano normal não consegue entrar de jeito nenhum, mas Grey e Tyler vão lá *o tempo todo* quando ela está aqui.

Um sorriso lento e mordaz se abriu no rosto de Vivi. Ela odiava quando as pessoas falavam da nossa irmã como se a conhecessem. Grey era nossa. Ela nos pertencia.

— Pode deixar que a gente avisa a você — disse ela, ainda sorrindo. — Até mais.

Jennifer pareceu não perceber que tinha sido dispensada.

— Ah, na verdade, meio que perdi meu lugar na fila. Acha que posso entrar com vocês? Eu *adoraria* ver os bastidores.

Vivi deu uma última e longa tragada em seu cigarro e deixou a fumaça com cheiro de cravo se espalhar no rosto de Jennifer.

— Você conhece alguma música nossa? Ou só está aqui como groupie da Grey? Saberia dizer o nome de uma única música sequer?

Jennifer se enrolou com as palavras:

— Eu... Eu não acho... Isso não é justo.

— Na verdade... — observou Vivi enquanto apagava o cigarro com a bota. — Qual é o nome da nossa banda?

Mais uma vez, Jennifer balbuciou.

— Pois é, foi o que imaginei — minha irmã concluiu. — Pode voltar pra fila.

— Ah, típica Vivi, fazendo amizade em todo lugar, não é mesmo? — brincou Laura enquanto os seguranças abriam as portas e nós entrávamos.

Vivi lançou os braços nos ombros das colegas de banda e entrou no clube se exibindo como a estrela do rock que ela era.

— Essas groupies nunca mudam — constatou, alheia ao fato de que eu teria de lidar com a groupie em questão, que agora me fulminava com o olhar, de braços cruzados, e com suas capangas amanhã no colégio.

☾

Ficamos nos bastidores enquanto a primeira banda animava a multidão. Então, quando a Irmãs do Sagrado subiu ao palco e Grey ainda não tinha dado as caras, mandei outra mensagem para ela:

O show vai começar. CADÊ VOCÊ?

Era estranho ela não ter visto minhas mensagens anteriores. Vivi conseguia passar semanas sem conferir as redes sociais, mas Grey vivia acorrentada a elas. Abri o Instagram. Minha conta era fechada, mas havia milhares de solicitações de mensagens. Quando se tem uma irmã famosa, todo mundo quer algum contato com você. Ou talvez eles queiram contato com sua irmã e que você seja a intermediária. Vampiros assombravam meu Instagram, meu Facebook, ávidos por uma lasquinha dela.

Você estuda com minha prima. Te achei muito gata. Me manda uma foto sua pelada, sua linda (ou da sua irmã, se você for tímida demais!).

Avise a Grey que, se ela partir o coração de Tyler, vou matá-la. E mato mesmo.

Ei, tenho uma teoria sobre o que aconteceu quando você era pequena. Já pensou que pode ter sido abduzida por alienígenas? O tio-avô da minha melhor amiga trabalha na Área 51 e me disse que ele tem provas. Posso contar os detalhes por um precinho camarada. É só mandar uma mensagem!

Sei que você provavelmente jamais vai ler isto, mas sinto que é meu DESTINO me tornar modelo, e eu agradeceria MUITO se você pudesse mostrar meu ensaio pra sua irmã.

Conferi a página da Grey para ver se ela tinha postado recentemente. Grey Hollow, supermodelo, tinha 98 milhões de seguidores. NOVENTA E OITO MILHÕES. Havia fotos dela com outras supermodelos, fotos dela em capas de revista, fotos dela nos bastidores de shows com astros do pop, fotos dela em iates, fotos dela com seu namorado modelo, Tyler Yang, em alguma boate de iluminação cor-de-rosa — a Cuckoo, imagino — em Mayfair.

Grey me contara de Tyler seis meses atrás, na nossa viagem a Praga, depois de tomarmos alguns shots de absinto em copinhos delicados. Nós nos sentamos uma ao lado da outra à mesa de uma boate, nos sentindo quentes e alegres por dentro devido ao álcool, e sua cabeça se apoiava no meu ombro enquanto assistíamos a Vivi dançar na pista com uma menina que conhecera no bar. Grey ergueu a mão esquerda, eu ergui a direita e pressionamos as pontas dos dedos umas nas outras, formando um arco. Senti sua pulsação na minha pele, no meu peito; senti a resistente linha que nos unia.

— Acho que estou apaixonada por ele — confessou, baixinho, com um leve cheiro de açúcar e de anis no hálito.

Dava para ouvir o sorriso em sua voz. Já sabia que ela o amava. Sabia desde a véspera, quando nos encontramos no aeroporto Václav Havel e a abracei pela primeira vez em meses. Ela estava com um odor diferente. Era, de algum modo, mais suave, e combinava com ela. Estar apaixonada a deixava ainda mais inebriante.

Fiquei surpresa e, ao mesmo tempo, não fiquei. Não foi surpresa, porque já sabia que eles estavam juntos. Já tinha visto fotos de paparazzi dos dois de mãos dadas na capa das revistas de fofoca, e Tyler tinha começado a aparecer cada vez mais nos seus stories do Instagram. E foi surpresa, porque Grey nunca tivera um namorado de verdade antes, apenas ficantes que a interessavam por um breve período. E, diferentemente de Vivi, que muitas vezes contava detalhes da sua vida amorosa e sexual, Grey era como uma caixa fechada a sete chaves e nos contava apenas coisas superficiais.

— Tyler Yang? — perguntei, e ela fez que sim, sonolenta.

— Ele é muito especial — continuou. — Você vai entender quando o conhecer.

Ainda não o conhecera, mas talvez acontecesse hoje. Isso se ela se desse ao trabalho de vir.

A última postagem da Grey tinha sido cinco dias atrás: uma imagem dela com um vestido verde de tule, recostada num corrimão vermelho, com uma taça de champanhe na mão, a pele saturada de luz fluorescente rosa, uma coroa de pequenas flores na cabeleira loira. *#TBT Semana de Moda de Londres*, dizia a legenda. Ela tinha marcado o local: Cuckoo Club. Pouco mais de quinze milhões de pessoas tinham curtido a foto.

O Jazz Café possuía dois andares. No térreo tinha o palco, a plateia bem grudada nele, a banda sob a luz laranja e sob os raios laser. Mais acima, no mezanino, um bar e restaurante em torno de uma área para aqueles que preferiam tomar vinho a levar um banho de cerveja no *mosh pit*. Avistei as JJ sentadas a uma mesa redonda, ambas de cara emburrada.

Grey não chegou durante a primeira música, nem durante a segunda, nem durante a terceira. Candace se movia pelo palco com o gingado de um Mick Jagger, como se exalasse sexo pelas pernas, mas eu estava de olho em Laura, uma mulher pequenina com olhos de Bambi que se transformava numa fera quando atacava sua bateria. Cabelos ao rosto, suor e saliva voando pelos ares, camiseta subindo e deixando à mostra uma faixa lisa de seu abdômen.

A plateia estava adorando a banda, mas na quarta música eu já estava distraída, preocupada. Não parava de olhar ao redor, à procura da minha irmã mais velha, certa de que ela chegaria por trás de mim e cobriria meus olhos a qualquer momento, mas ela não apareceu.

Então, mais perto do fim do show, algo aconteceu.

No palco, Vivi parou de tocar o baixo e deixou os braços caírem, flácidos. Estava encarando algo ou alguém na multidão atrás de mim, os olhos vidrados. Virei para ver o que ela estava olhando, mas a boate estava escura e cheia. Laura e Candace se entreolharam, confusas, e tentaram chamar a atenção de Vivi, sem muita sorte. Ela estava paralisada, respirando superficialmente pela boca trêmula. Candace atravessou o palco enquanto cantava e cutucava Vivi, que piscava fortemente os olhos e balançava a cabeça. Nossos olhos se encontraram na plateia. Uma lágrima escorreu pelo seu rosto.

Foi então que percebi que havia algo de muito errado.

Vivi engoliu em seco e pegou o baixo outra vez. A banda tocou mais duas músicas, mas Vivi estava distraída e cometeu vários erros. Quando a plateia pediu bis após a última música, somente Candace e Laura voltaram ao palco para tocar um cover acústico. Abri caminho no meio da multidão e fui para os bastidores. Vivi estava fumando o cigarro como se ele fosse um cilindro de oxigênio, a cabeça entre os joelhos.

— Meu Deus — exclamei. Corri até a pia, molhei uma toalha e a encostei em seus cabelos curtos. — O que diabos aconteceu lá? Você está bem?

— Não sei. Sei lá. — Um filete de saliva escorria de sua boca aberta e caía no chão, entre seus pés. — Acho que tive uma crise de pânico.

— Você viu alguma coisa — falei.

Vivi balançou a cabeça.

— Viu sim — insisti. — O que foi que você viu?

Ela endireitou a postura. Seus lábios estavam meio azulados, e a pele, grudenta de suor.

— Um homem. Mas não era um homem. Era... um cara com um crânio de touro por cima da cabeça.

Levantei e peguei o celular.

— Vou chamar a polícia.

— O quê? Não. Iris, sério, estava escuro e eu devia estar alucinan...

— Também o vi hoje. *Duas vezes.* Ele estava lá no colégio. Um cara alto, sem camisa, fazendo cosplay de um Minotauro demoníaco em decomposição.

— *O quê?*

— Pois é. Então não, não foi alucinação sua. Algum maluco da internet decidiu tentar nos perseguir e nos assustar, como aquela mulher que invadiu nossa casa quando a gente era criança, e não vou aturar isso.

Vivi franziu a testa.

— Iris... Você sabe que não é isso, né?

Hesitei.

— Hum... não?

— Reconheci o... cheiro dele. Não sei explicar. Parecia... familiar.

Encarei minha irmã por um bom tempo, depois o celular, que ainda não mostrava nenhuma notificação da nossa irmã mais velha.

— Cadê a Grey, Vivi? Por que ela não está aqui?

— Não sei.

— Grey não é de perder essas coisas. Quando diz que vai fazer algo, ela faz. Se ela não veio até nós, vamos até ela então.

5

SAÍMOS PELOS FUNDOS DO JAZZ Café enquanto Laura e Candace ainda estavam no palco, depois andamos apressadas até a entrada da estação Camden Town, olhando por cima dos ombros o tempo todo para ver se não víamos a pessoa — ou a coisa — que estava nos perseguindo.

Vivi ainda estava abalada. No metrô, ela respirou com as mãos em formato de concha na frente da boca para se acalmar. Foi somente depois de algumas paradas que a cor começou a reaparecer em suas bochechas e as gotas de suor pararam de brotar em sua testa.

Saltamos do metrô em Leicester Square, num mundo ao qual Vivi não pertencia mais. Em Camden, suas tatuagens e piercings não pareciam estar no lugar errado, mas aqui, enquanto abríamos caminho pela multidão de turistas e franquias de restaurantes e quiosques vendendo ingressos para *Matilda* e *Magic Mike*, ela era uma aberração.

Entramos no prédio da Grey com os códigos que ela nos dera ao comprar o apartamento um ano antes, mas era tão raro ela vir a Londres que nem eu, nem Vivi tínhamos visitado o local ainda. Imagens horríveis se infiltraram nos meus pensamentos enquanto subíamos de elevador até a cobertura. Uma após a outra, como num velho projetor de slides: Grey apagada no chão do banheiro após sofrer uma overdose ou assassinada pelo homem com o crânio de touro. Ao abrirmos a porta, porém, encontramos um apartamento organizado, espaçoso e impessoal. As luzes da cidade atravessavam as janelas do piso ao teto, que tinham vista para o Tâmisa. A roda-gigante London Eye girava devagar ao longe.

Não havia nenhum sinal de algo estranho. Na verdade, havia pouquíssimos sinais de que alguém morava ali. Alguns livros de moda na mesa de centro, mas nenhuma estante abarrotada dos contos de fadas sombrios que Grey adorava quando adolescente. Uma cozinha branca e elegante, com mármore e piso de concreto polido, mas nada de madeira, nada de acolhedor, nada de comida. O ar estava com um gosto amargo, cheio de água sanitária e amônia. Toda a mobília parecia ter sido selecionada por algum designer de interiores, depois arrumada e iluminada para uma sessão de fotos da *Vogue* sobre os lares sem graça das celebridades.

Não parecia ser a casa da Grey. O cérebro dela era caótico. Quando adolescente, seu quarto nunca estava limpo. Ela sempre usava meias diferentes, sempre se atrasava pelo menos quinze minutos para tudo. Nada na sua vida era arrumado e organizado. Grey enfrentava o mundo como um verdadeiro tornado, deixando rastros de destruição no caminho. Bom, pelo menos aos 17 anos ela era assim. Talvez tivesse mudado ao virar uma supermodelo e estilista, mas isso me parecia tão impossível quanto trocar os ossos do seu esqueleto.

Vivi e eu andamos pelo apartamento num silêncio sinistro, passando a ponta dos dedos nos pertences de Grey. Nos sofás, espelhos, relógios e armários. Parecia ilegal invadir o espaço pessoal de alguém daquela maneira. Como se eu pudesse abrir alguma gaveta, porta ou armário e encontrar a alma da minha irmã toda exposta e lindamente dobrada. Senti um certo entusiasmo.

De repente eu tinha voltado aos 10 anos de idade e à obsessão pela minha irmã mais velha. Naquela época, o quarto da Grey era um templo em época de guerra, um local de louvor no qual eu precisava entrar às escondidas, sem que sua guardiã soubesse. Sempre que sabia que ela passaria algumas horas fora de casa, eu empurrava a porta e começava a explorar. Só fazia isso quando sabia que poderia demorar, curtir a experiência. Seu estojo de maquiagem era um dos meus favoritos — parecia um baú de tesouros aparentemente sem fundo, cheio de brilhos labiais e de glitters que deixavam minha pele grudenta e reluzente. Eu queria morar na pele dela, saber como era ser tão linda e misteriosa como Grey Hollow.

Mas o apartamento não era o lar da irmã que eu conhecia. Quando sonhava em fugir de casa, Grey não pensava num lugar assim. Seria algum pequeno esconderijo sombrio em Budapeste ou Praga, um local cheio de veludo e metais. Vivi pedia a Grey para o lugar ter uma biblioteca. Tudo o que eu queria era um piso xadrez em preto e branco na cozinha e no banheiro, igual a como eu fazia em todas as minhas casas quando jogava *The Sims 4*. Aos 13 anos, eu considerava isso o auge da ostentação.

Não encontramos nada disso no apartamento.

— Parece que um designer de interiores se masturbou aqui dentro — comenta Vivi, tamborilando as unhas num vaso — e gozou em cima de tudo.

— Eca.

— Mas é verdade. Nada disso é Grey. Ela deve ter pagado alguém para decorar. Ou é isso, ou então algum reptiliano metamorfo está usando a pele dela.

— Não sabia que reptilianos metamorfos eram conhecidos por serem bons designers de interiores.

— E é por isso que você jamais fará parte dos Illuminati.

A suíte master parecia mais um hotel de luxo: chique, moderna, sem personalidade. A cama estava perfeitamente arrumada e não havia nenhum objeto pessoal à mostra, nem mesmo uma escova de cabelo ou uma fotografia. Abri o closet, também meticulosamente organizado. Fileiras e mais fileiras de saltos novos, brilhando como cascos de besouros. Passei os dedos pelas roupas. Lantejoulas, veludo trançado, seda, tudo pesado e caro. Oscar de la Renta, Vivienne Westwood, Elie Saab, Grey Hollow.

Vivi ergueu uma calça com estampa de cobra.

— A teoria do reptiliano metamorfo está começando a se confirmar.

— Parece que não vem ninguém aqui há semanas — observo.

— Parece que ninguém *nunca* veio aqui.

— Ela deve ter uma faxineira ou algo assim, não é?

Vivi passou o dedo numa prateleira do closet. Não havia pó.

— Pois é, né? Grey *não é* tão organizada assim.

— O que a gente faz agora? — perguntei.

Vivi deu de ombros.

— Não sei se precisamos nos preocupar. Talvez ela não tenha vindo de Paris.

Olhei o closet de Grey outra vez. O vestido verde de tule que ela usara na Cuckoo, segundo a foto do Instagram de cinco dias atrás, estava guardado, passado e sem vida, agora que não tinha o corpo dela para animá-lo.

— Se ela está em Londres, acho que sei onde pode estar.

☾

Parecia uma espécie de ritual sagrado, algo pelo qual havia esperado a vida inteira. Sentar onde ela se sentava, pintar meu rosto com sua maquiagem, cobrir meu corpo com suas roupas. Virar Grey.

Vasculhamos seu closet e vestimos suas coisas. Até mesmo Vivi, que costumava não se impressionar muito com moda, a não ser que fosse algo rasgado ou com rebites, ficou ansiosa e entusiasmada com a ideia de ter acesso ilimitado ao guarda-roupa da Grey. Provamos uma peça após a outra. Acabei escolhendo um vestido curto e dourado com um casaco verde de seda que esvoaçava por cima da minha pele como uma teia de aranha. Vivi preferiu um terninho vermelho-vivo com calça cigarrete e batom combinando, e passou um gel lustroso nos cabelos quase raspados para alisá-los.

Liguei para Grey várias e várias vezes durante o trajeto de táxi até a Cuckoo, certa de que estávamos exagerando, de que ela responderia à minha próxima mensagem e de que Vivi e eu passaríamos o resto da semana sentindo vergonha da nossa tolice. Mas Grey não atendeu. Não leu nenhuma das minhas mensagens.

Descemos do táxi na Regent Street e passamos por uma imensa arcada escura que levava à rua isolada onde ficava a Cuckoo. As luzes decorativas cobriam a rua como uma rede, e os restaurantes ainda zuniam com os clientes de fim de noite aglomerados sob os aquecedores externos. Não tinha nenhuma fila fora da boate. Uma porta despercebida, despretensiosa. Um casal na nossa frente apertou a campainha e a porta se abriu alguns centímetros, fazendo a luz roxo-neon e a música eletrônica escaparem. Eles conversaram baixinho com quem quer que a tivesse aberto e foram rejeitados.

Vivi e eu fomos as próximas. Apertei a campainha. Uma loira baixinha, de olhos de gato, abriu a porta.

— *Sur la liste?* — perguntou ela, e em seguida nos olhou com mais atenção e ficou um pouco boquiaberta. Éramos fantasmas da Grey. É óbvio que ela nos reconheceria. — Ela não está aqui — informou em inglês, com um sotaque tão forte que sua língua parecia inchada.

— Sabe onde ela está? — perguntou Vivi.

— Como eu disse ao amigo de vocês ontem, não tenho visto Grey.

— Alguém veio atrás dela? — perguntei. — Quem?

A expressão da mulher ficou mais severa.

— Um homem. Um homem que tinha cheiro de... queimado e morte.

Meu coração disparou. Pensei na mulher que entrara escondida pela janela do meu quarto quando eu era criança e cortara uma mecha do meu cabelo, no homem que tentara puxar Vivi para dentro do carro porque tinha lido sobre ela na internet.

— Ele disse por que estava procurando Grey? — insisti. — Ou o que queria?

A mulher balançou a cabeça.

— Não deixei que ele entrasse. Ele era... Os olhos dele eram pretos, como tinta. Fiquei com medo dele.

Vivi e eu nos entreolhamos, pensando: *precisamos encontrá-la.*

— Queremos falar com este cara aqui. — Mostrei à *hostess* uma foto do namorado da Grey. — Tyler Yang. Ele está aqui?

— Está, mas o evento de hoje é fechado — respondeu, hesitando. — Se vocês não estiverem na lista de convidados, não posso deixar...

— Eu não conto se você não contar — interrompeu Vivi, praticamente ronronando.

Ela pôs o dedo nos lábios da mulher e nada mais foi necessário. A mulher fechou os olhos sob o toque de Vivi, inebriada e confusa com o cheiro intoxicante da pele da minha irmã. De olhos ainda fechados, ela abriu a boca e chupou o dedo de Vivi.

Já tinha visto minhas irmãs fazerem isso antes. Eu mesma já fizera algo parecido algumas vezes, embora o poder do gesto me apavorasse. O que eu podia obrigar os outros a fazerem quando estavam inebriados comigo.

Quando a mulher abriu os olhos, suas pupilas estavam imensas e seu hálito cheirava a mel e madeira podre. Vivi acariciou sua bochecha, depois se aproximou para sussurrar:

— Você quer nos deixar entrar.

A *hostess* abriu a porta toda alegre, com um sorriso bobo no rosto. Não tirava os olhos de Vivi. À luz roxa da entrada, eu via o mesmo que ela: que minha irmã era assustadoramente bonita, sendo mais afilada e mais magra do que Grey. Era como se ela fosse um punhal, e Grey, uma espada.

— Não devia fazer aquilo com os outros — censurei enquanto passávamos por um corredor, rumo à fonte da música. Um baixo pesado vibrava no meu peito.

— Aquilo o quê?

— Aquela coisa lá, o que quer que fosse.

A boate, a favorita da Grey segundo seu Instagram, tinha uma iluminação rosa-neon partindo de todos os cantos. Para o evento fechado, o teto tinha sido coberto com uma floresta de cerejeiras que pendiam acima da pista de dança. Baldes grandes de Dom Pérignon com rótulos que brilhavam no escuro conferiam a cada mesa uma suave fosforescência verde. O bar era de vidro, dourado e emoldurado por suntuosas cortinas de veludo roxo. Os drinques eram servidos em taças altas, absurdamente elegantes, que se assemelhavam bastante às mulheres altas, absurdamente elegantes, que os tomavam. Os convidados, em sua maioria, faziam parte da indústria da moda — modelos, estilistas, fotógrafos —, mas também avistei um rapper famoso, um casal de atores de uma popular série adolescente americana, a filha socialite de uma velha lenda do rock britânico. Ao nos verem, muitos se espantavam e se aproximavam uns dos outros para cochichar.

— Veja se o encontra — falei para Vivi.

— Como sabia que ele estaria aqui?

— Grey está sempre aqui. E Tyler sempre aparece com ela nas fotos.

Tyler Yang era um modelo tatuado de origem coreana-britânica. Ele se tornara famoso no mundo da moda devido ao seu estilo, que fluía com facilidade entre os limites de gênero. Raras vezes era visto com algo que não fosse ousado: ternos floridos da Gucci, blusas rendadas feitas sob medida, colares de pérolas antigas, camisas com laços na gola, mocassins de salto. Estava sempre de lápis de olho, com uma profusão de cores vivas nas pálpebras e nos lábios.

A sexualidade de Grey era um tema de fofoca muito discutido, mas, ultimamente, nada fora confirmado. Será que ela estava namorando aquela modelo da Victoria's Secret ou aquele novo galã de Hollywood? Vivi e eu sabíamos que Grey era heterossexual. Ela sempre gostara de homens, assim como Vivi sempre gostara de mulheres.

Já eu sempre gostei de ambos. Meu primeiro beijo foi com Justine Khan, enquanto brincávamos de verdade ou consequência na festa do pijama de Jennifer Weir. Sua boca estava macia, e seu perfume lembrava glacê de baunilha e gloss. Era para ser apenas uma brincadeira, mas aquilo despertou alguma coisa em mim. Um globo espelhado no meu peito, um desejo persistente em algum lugar aqui dentro que me fez querer passar os dedos em seus cabelos, na época curtos, e pressionar meus quadris contra os seus. Foi a confirmação de algo a meu respeito de que eu já suspeitava há um tempo. O beijo também mexeu com Justine, e sua reação foi esquisita e violenta. Ela ficou me beijando sem parar, desejosa e insistente, até eu tentar afastá-la e ela me pressionar no chão, até morder meu lábio com tanta força que ele abriu e sangrou, até suas unhas deixarem arranhões nos meus braços e eu precisar começar a me debater contra ela, até todas as meninas que nos observavam perceberem que não era mais uma brincadeira e precisarem brigar com ela, vidrada e com a boca espumando, para tirá-la de cima de mim. A história tinha sido distorcida com o passar do tempo, então agora as meninas do colégio diziam que fui *eu* que mordi Justine, que fui *eu* que não quis soltá-la, que *eu* era a bruxa descontrolada que tentou arrancar o rosto dela com uma mordida.

Ainda assim, aquele tinha sido o beijo menos assustador dos dois que eu suportara.

— Ali — anunciou Vivi, virando a cabeça para a parede dos fundos.

Tyler estava numa mesa de veludo rosa, sentado entre uma estrela do pop e uma supermodelo. Havia uma ex-estrela adolescente da Disney por perto, tentando se inserir na conversa.

Dava para entender por que Grey gostava de Tyler: os cabelos pretos e volumosos presos num coque no topo da cabeça, o queixo bem definido, os músculos que se moviam sob os braços tatuados. Hoje seus olhos castanhos estavam com lápis kohl e seus lábios brilhavam com um batom verde. Estava vestindo uma blusa lilás e calça de cintura alta, do tipo que os homens usavam na década de 1920. O rótulo lustroso do Dom Pérignon conferia à sua pele um tom de absinto. As mulheres eram bonitas, mas Tyler Yang era, assim como Grey, extremamente belo. Lambi os lábios.

— Caramba, aquela ali é quem estou pensando? — perguntou Vivi, de olho na supermodelo. — É a *angel* da Victoria's Secret, não é? Acho que ela acabou de terminar com a namorada.

— Pode ir tirando o cavalinho da chuva — falei. — A gente está investigando o misterioso desaparecimento da nossa irmã. Não temos tempo de ficar batendo papo.

— Olha quem está falando. Você está babando pelo Tyler Yang, o *namorado* da irmã desaparecida em questão.

— Eu *não* estou babando.

— Não com a boca, pelo menos.

— Eca.

— Mas é verdade.

Então Tyler nos avistou. Nós duas nos entreolhamos.

— Hum... Ele não parece muito contente em nos ver — observou Vivi.

A expressão de Tyler tinha se azedado como vinagre. Agora ele estava nos encarando com olhos sombrios, o maxilar tensionado. Ele ergueu o dedo fino e o dobrou na própria direção. *Venham até aqui.*

— Pelo jeito estamos sendo chamadas — falei.

— Bem, esse convite já basta pra mim.

Vivi me deixou para trás e foi direto para a modelo. Sem-vergonha. Quando nos aproximamos da mesa, porém, Tyler sussurrou para as mulheres, que se levantaram e foram para o bar, duas deusas que brilhavam como estrelas.

— Não... Por que elas estão indo pra lá? — lamentou Vivi, encarando as mulheres que deslizavam entre a multidão.

Meu celular apitou na minha mão. Olhei a tela, mas era uma mensagem da minha mãe, e não da Grey. *Merda*. De tanto pânico para encontrar Grey, eu tinha me esquecido do horário de voltar para casa.

Daqui a pouco volto, escrevi para Cate, e depois coloquei o aparelho no modo avião para que ela não viesse me buscar na boate.

— Vocês são mini Hollows — afirmou Tyler, olhando de Vivi para mim. — São iguaizinhas.

— Somos irmãs da Grey — respondi enquanto nos sentávamos.

— Se ela mandou vocês virem até aqui para se desculpar por ela, não quero nem ouvir.

— Se desculpar pelo quê?

— Ah, por ser uma *bruxa* mentirosa e traidora, sabe.

Vivi ergueu as sobrancelhas. Rangi os dentes. Nós duas odiávamos aquela palavra.

— Estamos aqui porque não conseguimos encontrá-la — revelou. — Estamos preocupadas achando que ela pode ter desaparecido.

Tyler riu, mas não simpaticamente.

— Não, ela não desapareceu.

— Quando foi que você a viu pela última vez? — perguntei.

— Sei lá. Alguns dias atrás, quando a gente terminou. Acho que depois disso não a vi mais.

— Vocês terminaram? — perguntou Vivi.

— Terminamos.

— Por quê? Vocês brigaram?

— É o que costuma acontecer quando duas pessoas terminam.

O queixo de Vivi se virou para baixo. Ainda havia um sorriso se insinuando em seus lábios, mas seus olhos estavam vivos, preparando-se para o bote.

— E você ficou com raiva? — perguntou ela, quase como se estivesse flertando. — Você a machucou?

Tyler mexeu em sua bebida.

— Não estou gostando disso.

Ele tentou se levantar, mas Vivi o segurou pela gola e o puxou para baixo. Ela se aproximou dele e pôs a perna por cima da sua coxa. Quem quer que estivesse vendo acharia que era uma paquera, não uma ameaça.

— Quando chamarmos a polícia, você será a primeira pessoa que eles vão procurar — informou ela, com os lábios próximos ao ouvido de Tyler. Endireitei a postura ao ouvir a palavra *polícia*. É óbvio que Vivi estava blefando. Ainda não era tão sério assim. Ou era? — O ex-namorado. Sabe que tenho razão. Então nos conte o que aconteceu.

Vivi acariciou sua bochecha, mas o feitiço nauseante que usara com a *hostess*, qualquer que fosse, não estava dando certo com Tyler.

Ele é muito especial, dissera Grey para mim. *Você vai entender quando o conhecer*. Será que era isso que ela quis dizer?

Tyler parecia assustado, assim como eu.

— Calma aí, calma aí. Polícia? Por que vai envolver a polícia na história?

— Porque não estamos conseguindo encontrá-la, seu idiota — declarou Vivi. — Não conseguimos falar com ela. A *hostess* daqui disse que um cara estranho veio procurá-la. Talvez alguma coisa tenha acontecido.

— Grey está sempre desaparecendo. Isso não é novidade.

— Como assim?

— Às vezes ela desaparece completamente por dias, tá? Não atende ligações, perde compromissos de trabalho ou pessoais, não comparece às provas de roupas... Todo mundo já se acostumou com isso. Faz parte do mistério dela. "Será que ela vem ou não?" É tudo muito empolgante, mas é um saco quando você é o namorado dela. Sua irmã foi uma péssima namorada.

Vivi o advertiu:

— Tome muito cuidado com o que você diz sobre ela.

— Por quê? Acha que eu falaria mal da Grey se tivesse feito alguma coisa com ela? Não. Mas ela foi mesmo uma péssima namorada. Acho que tinha outra pessoa. Foi por isso que terminamos. Deve ser com quem ela está agora.

— Grey traiu você? — perguntei.

Isso não parecia coisa dela. Grey certamente era rebelde, mas não desrespeitosa, sobretudo com o coração alheio.

— Bem, ela não disse isso na minha cara, mas qual seria a outra opção? Para onde é que ela vai quando desaparece? Tudo que sei é que, quando estava aqui, era só pela metade, e isso *quando* eu dava sorte. Passamos um ano juntos, e parece que a conheci muito superficialmente. Eram tantos os segredos que ela guardava, tanto de si mesma que ela escondia. Especialmente as coisas de ocultismo.

Vivi e eu nos entreolhamos. Tyler tinha conquistado nossa atenção e sabia disso.

— Ah, vocês não sabem muito dessa história, sabem? — deduziu ele. — Eu também não, na verdade. Só sei que, na única vez que ela me deixou ir até o apartamento dela, foi o lugar mais sinistro que já vi. Cheio de coisas esquisitas. Bichos mortos, magia sombria. Grey acha que é alguma espécie de bruxa.

— Passamos no apartamento dela agora à noite — falei. — Não vimos nada disso.

— Todo mundo guarda segredos, Mini Hollow. Talvez sua irmã mais velha tenha guardado mais segredos de você do que imagina.

Saber que Grey ainda se interessava por ocultismo não me surpreendeu. Isso tinha acontecido durante toda sua adolescência. Ela gostava de coisas obscuras e perigosas, homens mais velhos, drogas, sessões espíritas em cemitérios, livros pesados com encadernação de couro que cheiravam a chocolate e prometiam feitiços para se comunicar com demônios.

— Sobre o que vocês brigaram quando terminaram o namoro? — perguntou Vivi.

— Vi um homem saindo do apartamento dela — respondeu Tyler. Vivi e eu nos entreolhamos outra vez. — Foi o estopim.

— E ele... — começou Vivi. — Hum, como é que eu digo isso? E ele, por acaso, era alguma espécie de Minotauro, sem nenhuma carne nos ossos do rosto?

Tyler a encarou por alguns momentos, depois sorriu.

— Acho que já basta, Mini Hollows — concluiu, terminando sua bebida e dando de ombros com sua jaqueta de veludo. — Quando encontrarem Grey, digam a ela que a odeio.

Depois disso, ele se levantou e foi embora.

6

HAVIA SETE LIGAÇÕES PERDIDAS E umas dez mensagens da minha mãe quando saímos da boate, com todas as notificações apitando de uma vez no meu celular quando desliguei o modo avião.

— Droga — sussurrei enquanto ligava para Cate, com o coração acelerado e pesado de tanta culpa. — Nossa mãe vai me matar.

— Iris? — ouvi Cate dizer na mesma hora. Pude sentir o gosto do pânico em sua língua, um cheiro azedo que fez meu estômago embrulhar.

— Desculpa! — Vivi e eu estávamos indo para o metrô. Estava tão frio que a pele das minhas pernas parecia estar sendo arrancada, me virando do avesso. — Estou bem. Vamos pra casa agora.

— Como pôde fazer isso comigo? — minha mãe perguntou. — Como pôde?

— Desculpa, desculpa. Eu estou bem.

— Estou no trabalho. Quase liguei para a polícia.

— Eu estou bem, mamãe — falei sem querer. Às vezes escapava.

Dava para ouvir a respiração de Cate do outro lado da linha.

— Por favor, não me chame assim — respondeu ela baixinho. — Você sabe que não gosto.

— Desculpa.

— Vá para casa *agora*.

— Já estamos indo. Vamos chegar em mais ou menos meia hora. Mando mensagem quando chegarmos.

Desliguei. O frio deixara meus dedos dormentes, e foi difícil dobrá-los para guardar o celular no bolso do casaco. Senti Vivi me lançando um olhar de desaprovação.

— Iris — disse ela.

— Não começa — disparei.

— O que Cate vai fazer no ano que vem, quando você for para a universidade, hein? Vai se mudar para Oxford ou Cambridge com você?

— Estamos vendo lugares para morar, e ela está procurando emprego.

— É *sério*?

— Não é como se fôssemos morar *juntas*. Apenas perto uma da outra. Assim posso vê-la de vez em quando e ela não se sentirá...

— *Iris.*

— Escuta, é fácil pra você me dar um sermão. Você nunca está *aqui*. Sou tudo que ela tem, tá? Tenho que ser tudo pra ela, todos os dias. — Cate Hollow sofreu mais na vida do que a maioria das pessoas. Seus pais morreram de repente, algo terrível aconteceu com suas filhas, seu marido enlouqueceu e depois perdeu a vontade de viver. Em seguida, suas filhas mais velhas saíram de casa bem jovens e praticamente cortaram todo o contato com ela. Eu não conseguia entender a maneira como minhas irmãs a tratavam de vez em quando, como se ela fosse uma desconhecida. Tudo que Cate queria era que precisassem dela.

— Sou tudo que ela tem — repeti, desta vez mais baixo.

Parecia o mínimo que eu podia fazer: deixar que ela me rastreasse num aplicativo e fizesse tranças no meu cabelo, como quando eu era pequena.

— É um fardo muito pesado para carregar... — constatou Vivi. — Isso de ser tudo para alguém.

— Pois é. Sorte sua não ter de carregá-lo.

Vivi pôs a mão nas minhas costas, entre as escápulas. Senti o calor da sua pele através do tecido sedoso, senti o fio da força que nos unia.

Sangue com sangue, alma com alma. O pânico emaranhado em algum lugar entre minhas costelas e minha garganta começou a se desenrolar.

— Vamos, garota — chamou Vivi. — Vamos levá-la para casa.

Pegamos a linha Northern até Golders Green, e os passageiros noturnos apreciaram minhas pernas e clavículas à mostra com olhos arregalados e desejosos. Senti como se eu fosse algo a ser devorado, chupado até o tutano. Encolhi-me no assento e tentei puxar o vestido para que cobrisse um pouco mais das minhas coxas. O metrô chacoalhava e rangia. A mulher ao meu lado cheirava a alguma bebida alcoólica doce e seu hálito era uma nuvem frutada e açucarada. As janelas curvas do outro lado do vagão refletiam um animal esquisito atrás de mim. Havia duas Iris: uma era meu reflexo normal, a outra, o reflexo invertido, ambos unidos pelo crânio. Uma criatura com duas bocas, dois narizes, e o mesmo par de olhos, dois ovais pretos e vazios, distorcidos e aumentados devido à curva do vidro.

Vivi e eu andamos juntas pelo caminho familiar que levava até nossa casa, passando pelos ônibus vermelhos de dois andares na saída da estação, pela rua reta e comprida cheia de casas baixas com vitrais escuros. Sempre fazíamos esse mesmo trajeto — apesar de haver um mais rápido pelas ruelas mais isoladas —, pois a rua principal era movimentada e bem iluminada. A gente sabia muito bem o que podia acontecer com garotas em ruas mal iluminadas à noite, pois havia acontecido conosco.

Mas, pensando bem, todas as garotas sabiam disso.

Hoje aquele antigo perigo parecia próximo. Olhávamos para trás a cada poucos passos para ter certeza de que ninguém nos seguia. Havia uma velhinha de camisola e casaco fumando na varanda de um prédio, observando-nos com seus olhos fundos enquanto passávamos. Será que ela se lembraria de nós, caso nos deparássemos com o homem de chifres entre este ponto e nossa casa e não conseguíssemos chegar lá? O que diria aos policiais se eles aparecessem em sua casa, atrás de testemunhas? *Elas pareciam nervosas. Estavam com roupas curtas demais para este frio. Estavam apressadas. Olhavam para trás o tempo todo, como se estivessem sendo seguidas. O que elas esperavam, vestidas daquele jeito?*

Viramos à esquerda, depois entramos na nossa rua. Estava mais escura do que a principal e ladeada por árvores esqueléticas que pareciam monstruosas àquela luz fraca.

O homem, quem quer que fosse, sabia onde eu corria em Hampstead Heath todas as manhãs.

Sabia onde eu estudava.

Sabia onde era o show de Vivi.

E com certeza sabia onde morávamos.

Assim que entramos, trancamos a porta e mandei uma mensagem para Cate avisando que estava em segurança enquanto Vivi conferia todas as janelas e portas. Tiramos as roupas finas da Grey, vestimos pijamas — que pareceram ásperos na nossa pele após a seda e a lã de grifes — e nos sentamos de pernas cruzadas na ilha da cozinha para comer o macarrão que Cate deixara numa tigela na geladeira. Sasha miou no chão, implorando por comida, apesar de já ter sido alimentada.

Ainda não tínhamos recebido nenhuma notícia da Grey. Liguei mais uma vez — nada — e enviei outra mensagem, que não foi entregue. Decidimos esperar até o dia seguinte, antes de chamar a polícia. Não havia nenhum sinal de briga em seu apartamento, sem falar que ela era uma *jet setter*: poderia muito bem estar num iate no Caribe, sem sinal no celular.

O fato de haver um cara sinistro nos perseguindo e de um homem com olhos pretos e cheiro de morte tê-la procurado não significava que alguma coisa de ruim havia acontecido a ela.

Eu sou a coisa no escuro, dissera Grey uma vez, e, naquele momento, acreditei nela.

— Por que acha que somos tão esquisitas? — perguntei a Vivi enquanto comíamos. — Por que acha que conseguimos fazer as coisas que fazemos?

— Tipo o quê? — retorquiu ela, com a boca cheia de macarrão.

— Obrigar as pessoas a fazerem o que queremos que elas façam. Entre outras coisas.

— Não acho isso esquisito. Acho natural.

— As outras pessoas não conseguem fazer o que a gente faz.

— É óbvio que conseguem. Elas também fazem coisas estranhas, sabe, apenas não falam disso. Sempre existiu gente como nós, Iris. Basta dar uma olhada em qualquer livro de história, em qualquer folclore: bruxas, médiuns, Wiccanos. Pode chamá-los como quiser. Estamos conectadas ao mundo e aos outros de um jeito diferente. Talvez sejamos diferentes, mas não somos uma *novidade*.

Balancei a cabeça.

— Não, tem algo de errado com a gente. Sinto isso às vezes. Algo podre por dentro. — Foi por isso que eu tinha metido a cara em livros de programação, robótica e titulação, para que essa coisa errada tivesse menos espaço por onde se infiltrar. Eu tinha certeza de que outras pessoas, como Justine Khan e Jennifer Weir, também sentiam isso. Talvez elas tivessem razão ao serem cruéis comigo. Talvez eu não reagisse porque parte de mim achava que eu merecia. — Você acha que aquela coisa, o cara com o crânio... Acha que ele teve alguma coisa a ver com o que aconteceu com a gente? — Estendi a mão para passar os dedos na cicatriz no pescoço da minha irmã, agora escondida sob a tatuagem de uma videira torcida. — Quem é que corta a garganta de menininhas?

Vivi mastigou devagar, seus olhos me penetrando.

— Acho que está na hora de irmos dormir.

Ela desceu do banco da cozinha e se retirou sem dizer mais nada.

Escovei os dentes, tentei fazer parte dos exercícios da aula que eu havia perdido, depois fui atrás de Vivi em seu antigo quarto e a encontrei encolhida em sua cama de solteiro de infância. Deitei-me ao seu lado. O fedor do perfume já passara, e agora senti o cheiro natural de Vivi: leitoso e silvestre. Limpei a mancha de lápis de olho em sua bochecha e a observei dormir. Nenhuma de nós ficava bonita dormindo. Todos os ângulos bem definidos que nos deixavam lindas quando acordadas eram substituídos por bocas abertas e poças de baba assim que nossas cabeças encostavam no travesseiro. Uma vez, passamos um mês inteiro querendo ver quem conseguia tirar as fotos mais horrorosas das outras dormindo.

Fiz carinho na bochecha de Vivi e senti uma pontada de saudade dela, de Grey e dos anos em que éramos inseparáveis. Antes de sermos separadas por países, fusos horários, carreiras e vidas.

Passei delicadamente a ponta dos dedos em seu pescoço, bem no ponto em que sua pulsação latejava sob a pele. Era como dormíamos quando crianças: uma com o dedo num dos pontos de pulsação da outra, um emaranhado de pulsos e pescoços e mãos. Por muito tempo, por anos, só consegui dormir profundamente quando sentia a pulsação das minhas duas irmãs vibrando sob meus dedos. Mas elas tinham crescido e saído de casa, e eu percebera que havia coisas mais assustadoras no mundo do que os monstros que viviam nos meus pesadelos.

Grey, pensei, numa prece silenciosa, sabendo que, de alguma maneira, ela me escutaria onde quer que estivesse, *espero que esteja bem*.

☾

Acordei antes do amanhecer, como sempre. Mandei mensagem para minha mãe, conferi se o aplicativo Buscar Meus Amigos estava ativado, corri por Hampstead Heath, xingando os romanos por terem se estabelecido num local tão úmido e deplorável. Estava chovendo de novo, pois era Londres. A estranheza do dia anterior tinha passado, mas preferi os caminhos mais movimentados e evitei a área arborizada onde tinha visto o homem. Corri até sentir dor para respirar, com o corpo implorando para que eu parasse, e depois corri mais um pouco. Fiquei com o celular na mão o tempo todo, querendo que ele vibrasse com uma mensagem de Grey, mas sempre que checava não havia nenhuma notificação nova.

Quando voltei para casa, Cate estava fazendo o café da manhã com sua roupa hospitalar. Vivi estava sentada na ilha da cozinha outra vez, as pernas longas e tatuadas penduradas enquanto colocava tomates-cereja na boca.

— Olha só quem eu encontrei — anunciou Cate ao me ver.

— A filha pródiga voltou — declarou Vivi, abrindo bem os braços e olhando para o nada, como uma pintura renascentista de Jesus.

— Sabia que a definição de *pródigo* é "perdulário"? — respondi enquanto me dirigia à geladeira para pegar leite.

Vivi abaixou os braços.

— Pensei que significava "favorito", e vou me agarrar a isso. Também quero um — pediu ela enquanto eu me servia de um copo de leite.

— Por favor — falou Cate, por força do hábito.

— *Por favor* — repetiu Vivi.

Entreguei o copo de leite a ela e me sentei ao balcão enquanto Cate fazia ovos mexidos.

Vivi tinha uma relação mais tranquila com nossa mãe do que Grey. Cate sempre fora superprotetora — como poderia não ser, depois de ter passado pelo que passou? —, e Grey considerava isso uma ameaça à sua liberdade. Vivi, por outro lado, jamais se incomodava com as regras de Cate, porque nunca as cumpria. Quando Vivi era descoberta infringindo alguma, o que não costumava acontecer porque ela era especialista em sair de casa escondida, ela se desculpava com bilhetes e cafés da manhã na cama.

Eram duas mulheres bem diferentes que tinham vidas bem diferentes e se interessavam por coisas bem diferentes, mas de alguma maneira — apesar de uma considerar a outra uma anomalia — elas costumavam encontrar um meio-termo. Falavam ao telefone pelo menos uma vez por mês. Provocavam-se sem parar: Cate mandava links de clínicas de remoção de tatuagem para Vivi, que devolvia com fotos de línguas bifurcadas e dentes lixados dizendo "você acha que isso combinaria comigo?". Quando Vivi mandava gravações de músicas novas, Cate respondia com comentários do tipo "acho que me mandou a música errada, não? Nessa aqui, parece mais que alguém gravou gatos sendo assassinados". Elas eram brincalhonas uma com a outra. Meigas uma com a outra.

— Grey deu notícias? — perguntei a Vivi.

Ela negou com a cabeça.

— Cate acha que não deveríamos nos preocupar.

— Grey sabe cuidar de si mesma — afirmou Cate, e a maneira como falou, sem nem tirar os olhos do que estava fazendo, me fez comprimir os lábios.

Pensei na noite em que Grey saiu de casa. Elas já estavam se estranhando há meses, Cate e Grey, brigando por causa de horários de voltar para casa e namorados e festas e bebidas. Grey estava testando seus limites, querendo ver até onde conseguia ir. Uma noite, ela voltou para casa cambaleando, totalmente bêbada, e vomitou no chão da cozinha.

Cate ficou furiosa e a colocou de castigo na hora. Grey era uma garota de 17 anos, com a raiva e a força de uma tempestade se agitando sob a pele. Ao perder a paciência, ela pôs as mãos no pescoço da nossa mãe, empurrou-a contra a parede e cochichou algo em seu ouvido. Uma provocação, uma alfineta, mas foi tão baixinho que não escutei. Cate ficou parada. Então o que quer que Grey tivesse dito se estilhaçou pelo corpo dela, eletrizando-a. Ela era uma árvore partida ao meio por um raio. Num momento, uma mulher; no outro, algo selvagem e quebrado. Depois, deu um tapa tão forte em Grey que o lábio dela se abriu. Ainda havia três pontinhos marrons na parede onde seu sangue penetrara no gesso.

— Saia da porra da minha casa — ordenou Cate, com a voz firme e grave. — E não volte nunca, *nunca mais*.

Aquela violência repentina me fez hiperventilar. Durante anos, à medida que os delírios do meu pai se infiltravam em sua mente, fui sentindo cada vez mais medo de que ele fosse nos machucar, nos sufocar com um travesseiro enquanto dormíamos. Não era raro eu acordar no meio da noite com seu vulto escuro pairando na beira da minha cama, sussurrando: "Quem é você? O que você é?" Porém, mesmo enquanto enlouquecia, ele jamais encostou na gente.

E ali estava Cate Hollow, uma mulher pequena e delicada que fizera algo tão brutal, tão indefensável. Ainda não sabia que coisa terrível Grey lhe dissera para fazê-la reagir daquele jeito, para fazê-la agir de uma maneira tão atípica.

Grey não chorou. Ela tensionou a mandíbula, arrumou suas malas e fez o que nossa mãe pediu: saiu de casa e nunca mais voltou, com exceção de uma vez em que voltou para esvaziar seu quarto. Elas não se falavam desde aquela noite, quatro anos atrás.

— Não deveríamos ligar para a polícia? — perguntei. — Talvez seja melhor eu não ir ao colégio.

Era uma ideia tentadora. Perguntei-me que castigo as JJ teriam preparado para mim por tê-las envergonhado ontem.

— Você *vai* para o colégio — afirmou Cate enquanto apontava de mim para Vivi. — Dá para tolerar um dia matando aula com sua terrível irmã, mas agora chega.

— Acho que você quis dizer "irmã genial e deusa do rock", mas tudo bem — respondeu Vivi.

— Eu gostaria de ter uma médica na família — continuou Cate, cruzando os dedos de ambas as mãos. — Ou que pelo menos uma filha minha terminasse o ensino médio. Então vá se arrumar.

— E se ela não der notícias? — perguntei.

Olhei para Vivi, que deu de ombros. Fiquei frustrada na mesma hora, sentindo que, se Grey estivesse aqui e Vivi estivesse desaparecida, ela saberia exatamente o que fazer. Haveria algum avanço. Haveria algum plano. Grey era assim: não havia problema grande demais que não pudesse ser resolvido. O universo parecia se conformar às suas vontades. Já eu e Vivi estávamos acostumadas demais a sermos soldados sob a liderança da nossa irmã mais velha. Sem nossa unidade de comando central para nos unificar, estávamos perdidas.

— Meu voo de volta para Budapeste está marcado para hoje à tarde, mas acho que posso adiá-lo para amanhã — informou Vivi. — Depois das 9h, ligo para a agente e para o empresário dela. Tenho certeza de que saberão onde Grey está.

7

LIGUEI PARA GREY A CAMINHO do colégio e em todos os intervalos entre as aulas, já sabendo que cairia direto na caixa postal. Conferi o aplicativo Buscar Meus Amigos — Vivi e Cate estavam ambas em casa —, mas a localização da Grey estava indisponível. Fiquei distraída durante as aulas, atualizando o Instagram e o Facebook para ver se ela postava algo novo.

Na hora do almoço, eu me perguntei se as JJ se esqueceriam do meu pecado de ter Vivi como irmã. Justine me ignorara durante a aula de inglês, e eu ainda não tinha visto Jennifer — então, quando me sentei para comer, encontrei a foto. Um pedaço de folha impressa havia sido dobrado duas vezes e colocado na minha mochila. Era uma imagem medieval de três mulheres sendo queimadas vivas, presas a postes de madeira, de mãos atadas nas costas enquanto as chamas alcançavam seus dedos dos pés. Os rostos tinham sido digitalmente alterados para o meu e os das minhas irmãs. Não havia nenhum bilhete acompanhando, mas a mensagem era evidente:

Vocês serão queimadas.

Suspirei. Meu primeiro instinto foi jogar o papel longe ou entregá-lo a algum professor. Em vez disso, dobrei-o e o guardei na mochila. Grey gostaria, provavelmente acharia graça, e apreciaria o talento artístico necessário para fazer as mulheres queimadas se parecerem conosco. Era o tipo de provocação que, na minha idade, ela teria mandado emoldurar e pendurar na parede do seu quarto.

Peguei o telefone com a intenção de ligar para ela, esquecendo, por um instante, que Grey provavelmente não atenderia. Então liguei para Vivi, querendo saber as novidades, mas ela também não atendeu. Quando seu avatar desapareceu do Buscar Meus Amigos alguns minutos depois, senti um frio na barriga, temendo que o que acontecera com Grey estivesse acontecendo com Vivi também.

Matei aula pelo segundo dia seguido e fui correndo para casa enquanto chuviscava. Quando cheguei, o carro de Cate não estava lá, e a casa estava fechada, escura.

— Vivi? — chamei ao destrancar a porta da frente.

Nenhuma resposta.

— Vivi?!

— Aqui em cima! — respondeu ela. — No quarto da Grey!

Subi a escada correndo, com o coração em disparada. Vivi estava no quarto vazio da Grey, sentada no chão, com Sasha no colo e a revista *Vogue* aberta à sua frente.

— Como foi que entrou aqui? — perguntei ofegante. — Faz anos que a porta está trancada.

— Grey sumiu, Iris — informou, sem me encarar.

Um relâmpago brilhou lá fora. Logo depois veio o trovão, fazendo a casa vibrar e as janelas tremerem. Meus cabelos estavam molhados e meus dentes rangiam devido ao frio. Cate me contara que nós três nascemos durante temporais. Grey era o raio, Vivi era o trovão e eu era o mar tempestuoso. Grey sempre odiara tempestades, mas Vivi as adorava. Quando uma segunda onda do trovão se infiltrou pela janela aberta, eu me perguntei se ela não o teria invocado de alguma maneira.

— Como assim Grey sumiu? — perguntei.

— Falei com a agente dela, o empresário, o assessor de imprensa, com o fotógrafo com quem ela ia trabalhar ontem. Falei com seus amigos de

Paris e de Londres. Falei com seu porteiro. Faz dias que ninguém tem notícias dela. — Vivi ergueu a última edição da *Vogue*, a que eu tinha escondido debaixo do travesseiro para que minha mãe não a visse. — Já leu isso aqui?

— Alguns parágrafos, mas...

— Leia mais um pouco.

— Temos coisas mais importantes para...

— Sério, *só leia.*

— O que devo procurar no texto?

— Ah, você vai saber quando encontrar.

Abri a revista e continuei lendo de onde eu tinha parado.

No Ano-Novo, completaram-se dez anos de um dos mistérios modernos mais duradouros do mundo: o desaparecimento das irmãs Hollow. Em uma rua calma de Edimburgo, três garotinhas desapareceram bem diante do olhar vigilante de seus pais. Então, exatamente um mês depois, elas voltaram para a mesma rua de onde foram levadas. Estavam nuas e não carregavam nenhum objeto além de uma antiga faca de caça dobrável. Não tinham nenhum machucado sério, nenhum sinal de abuso sexual. Não estavam desidratadas nem desnutridas. Todas elas tinham uma incisão em formato de meia-lua na base do pescoço, na curva entre as clavículas, que fora costurada com fio de seda. As cicatrizes estavam sarando muito bem.

Ninguém sabia dizer para onde elas tinham ido ou o que lhes acontecera — nem mesmo Grey Hollow, a mais velha das três. Ela tinha 11 anos na época, certamente idade o bastante para se lembrar de fragmentos de sua experiência, apesar de ter se recusado a prestar depoimento à polícia escocesa e nunca ter falado publicamente sobre seu suposto sequestro.

Há inúmeras teorias da conspiração. As mais populares mencionam abdução por alienígenas, uma farsa armada pelos pais, e, talvez devido ao cenário celta, *changelings* — crianças trocadas por fadas que assumem secretamente o lugar de outra, de acordo com as lendas.

Os pais das meninas firmaram vários acordos extrajudiciais com os vários canais de notícias que os acusaram falsamente de terem se envolvido com o desaparecimento. O montante recebido serviu para matriculá-las na Escola Highgate para Meninas, uma instituição caríssima que tem entre seus ex-alunos atores famosos, poetas e jornalistas. Uma das ex-alunas se casou recentemente com um agregado da família real. O colégio está localizado num amplo terreno verde, e a construção principal é uma mansão de estilo Tudor com estrutura de madeira e glicínias se espalhando pela fachada. Grey Hollow teve dificuldades para se sair bem naquele ambiente.

Uma série de tragédias familiares ocorreu nos anos seguintes, e a mais arrasadora de todas foi a síndrome de Capgras — dizem que Gabe, pai de Hollow, passou a acreditar que suas filhas tinham sido todas substituídas por impostoras idênticas. Após dois anos de estadas em instituições psiquiátricas, ele se matou quando Grey tinha 13 anos.

Não sabemos muito mais sobre sua adolescência, mas, aos 17 anos, ela brigou com a mãe e ficou sem ter onde morar. Abandonou o colégio, mudou-se para um apartamento conjugado em Hackney com mais três garotas e tentou a carreira de modelo. Menos de seis meses depois, havia desfilado para Elie Saab, Balmain, Rodarte e Valentino. Em dois anos, já era a supermodelo mais bem paga do mundo. Agora, aos 21 anos, Hollow é proprietária e estilista-chefe da House of Hollow, cujas criações se tornaram disputadíssimas na indústria após o lançamento da marca na Semana de Moda de Paris há apenas dezoito meses.

Uma das primeiras coisas que lhe digo é que costurar pedaços de papel em suas criações me faz pensar em outro famoso crime não solucionado: o mistério do homem de Somerton. Em 1948, um homem não identificado foi encontrado morto numa praia na Austrália. Todas as etiquetas tinham sido cortadas de suas roupas, e depois a polícia encontrou um papelzinho enrolado, costurado no bolso de sua calça, dizendo *Tamám Shud*, que significa "concluído" em persa.

As palavras tinham sido rasgadas da última página de *Rubáiyát of Omar Khayyám.*

"Foi nisso que me inspirei", revela Hollow, com entusiasmo, enquanto põe seus dedos compridos — de uma destreza extrema, como se ela fosse uma costureira que trabalha há cem anos — em torno de uma xícara de chá preto do Ceilão, não adoçado. Sua voz é surpreendentemente grave, e ela quase não pisca os olhos. Com cabelos brancos de tão loiros, olhos pretos e um punhado de sardas no nariz, durante o ano inteiro ela é a definição de etérea. Já entrevistei muitas mulheres bonitas, mas nenhuma tão sobrenatural assim. "Na infância, eu era obcecada por mistérios. Provavelmente porque eu mesma sou um."

Sua agente me instruiu veementemente a não fazer perguntas sobre seu desaparecimento de um mês, mas, como foi ela quem o mencionou, decido arriscar:

Será que ela não se lembra de nada mesmo?

"É óbvio que lembro", afirma, com os olhos cor de tinta cravados nos meus e um sorrisinho furtivo — o mesmo sorriso feérico que a deixou famosa. "Eu me lembro de tudo. Mas você não acreditaria se eu contasse."

O artigo continuava, mas parei bruscamente naquela frase, na frase a que Vivi certamente tinha se referido: *É óbvio que lembro. Eu me lembro de tudo.*

Mas você não acreditaria se eu contasse.

As palavras penetraram meu corpo como ácido, dissolvendo minha carne. Fechei a *Vogue* com rapidez e me sentei na cama vazia de Grey, pressionando a mão na boca.

— Pois é — murmurou Vivi, com tristeza.

— Não pode ser verdade.

Quando eu tinha sete anos, desapareci por um mês inteiro sem deixar nenhum rastro.

Nas raríssimas vezes em que minha mãe bebia vinho o bastante para conversar sobre o assunto, ela enfatizava a impossibilidade do fato. Que estávamos andando pelas ruazinhas labirínticas do centro histórico de Edimburgo, voltando para a casa dos pais do meu pai. Que estávamos lá num momento e desaparecemos em seguida. Que ela tirou os olhos da gente por um ou dois segundos, só para dar um beijo na bochecha do meu pai quando os fogos do Réveillon começaram. Que não escutou nada, não viu ninguém — apenas olhou para a frente e se deparou com uma rua vazia diante de si. Caía uma neve fina, aquela que derrete quando bate na calçada. O beco estava iluminado por faixas de luz e pelos estouros efervescentes dos fogos lá no alto.

Onde deveria haver três meninas, não havia nenhuma.

Primeiro Cate riu. Achou que estávamos brincando com ela.

— Iris, Vivi, Grey, cadê vocês, hein? — cantarolou ela.

Nós éramos péssimas quando brincávamos de esconde-esconde, mas Cate sempre fingia demorar uma eternidade para nos encontrar. Desta vez, ela não ouviu nenhuma risadinha, nenhum cochicho, e percebeu na mesma hora que havia algo de errado. Em seu primeiro depoimento à polícia, Cate disse que o ar tinha gosto de queimado e cheiro de algum animal selvagem molhado. Que a única coisa que lhe parecia estranha na rua era o punhado de folhas outonais e flores brancas na frente de uma casa que havia pegado fogo no mês anterior. Foi o primeiro lugar onde nos procurou. Tudo que sobrevivera às chamas havia sido a moldura da porta, que não estava apoiada em nada. Minha mãe passou por ela, chamou nossos nomes e andou de um cômodo para o outro, em meio à estrutura queimada de tijolos e destroços, com o pânico aumentando.

Não estávamos lá. Não estávamos em lugar nenhum. Era como se os paralelepípedos tivessem se aberto e nos engolido.

Meu pai, Gabe, quando estava vivo, completava a história: ele tinha chamado a polícia menos de cinco minutos após nosso desaparecimento. Batera às portas de todas as casas da rua, mas ninguém tinha nos visto. Era possível ouvir as pessoas chamando nossos nomes — *Iris! Vivi! Grey!* — de uma ponta do centro histórico à outra, até o sol nascer e todos irem embora querendo dar um descanso à garganta e abraçar os próprios filhos que dormiam.

Não me lembrava de nada disso. Como uma língua em que eu já fora fluente, mas que parara de falar há muito tempo, as lembranças do que realmente acontecera tinham se esvaecido, transformando-se em fragmentos com o passar do tempo e depois em absolutamente nada.

E me sentia grata. Sabia o que costumava acontecer com crianças sequestradas. Era melhor não saber o que tinham feito conosco.

Minhas lembranças começam um mês depois, quando uma mulher nos encontrou à meia-noite, abraçadas uma à outra, tremendo na calçada da mesma rua de onde tínhamos desaparecido. Estávamos sem casaco, nuas no frio, mas, tirando isso, estávamos ilesas. Nossa pele estava limpa. Havia folhas e flores brancas em nossos cabelos. Cheirávamos a mofo, madeira queimada, leite e morte. A polícia chegou, tirou a faca da mão trêmula de Grey, pôs cobertores térmicos na gente e nos ofereceu chocolate quente e bolo feito com melaço e especiarias. Eu estava morrendo de fome. Todas nós estávamos. A gente se empanturrou.

Após os exames médicos, fomos entregues aos nossos pais. Cate me pegou nos braços e caiu no chão do hospital, aos prantos. Seu rosto estava molhado pelas lágrimas, e seu cabelo era um ninho oleoso, preso num coque baixo. Ela não conseguia falar, só conseguia me balançar para a frente e para trás no chão, pranteando no meu ouvido.

É a primeira lembrança que tenho da minha mãe.

É óbvio que lembro.

Eu me lembro de tudo.

Mas você não acreditaria se eu contasse.

Isso *tinha* que ser uma mentira. Grey não lembrava. Nenhuma de nós lembrava. Era um ponto central da nossa história. Nós fomos raptadas. Nós voltamos. Nenhuma das três sabia o que tinha acontecido, e nenhuma das três jamais saberia. Éramos o milagre com que os pais de todas as crianças desaparecidas sonhavam. Devolvidas do abismo, sãs e salvas.

Mas você não acreditaria se eu contasse.

— Não consigo senti-la, Isis — anunciou Vivi. — Não consigo *sentir* Grey.

— Como assim?

— Ontem à noite, você falou das coisas estranhas que a gente consegue fazer. Essa é uma delas. Eu tinha esquecido, pois faz anos que não tento fazê-la, mas quando acordei hoje de manhã e você não estava em casa... eu consegui *sentir* você. Segui seus passos pela escada, indo até a porta. Nós somos... ligadas, ou algo assim. Sempre conseguimos nos encontrar. Na escuridão, do outro lado da cidade, até mesmo do outro lado do oceano. Meus pés me levam até você quando quero.

Sabia do que ela estava falando. Sempre sabia quando era Grey ou Vivi me ligando sem nem mesmo olhar o celular. Sempre sabia onde encontraria minhas irmãs quando eu as procurava, mas imaginava que as lembranças em que eu conseguia *senti-las* e encontrá-las quando precisava eram como sonhos da minha infância, como respirar submersa ou conseguir voar.

— Mas não consigo senti-la — Vivi continuou. — Grey sumiu. E se o que aconteceu com a gente antes estiver se repetindo? Talvez nós duas sejamos as únicas pessoas capazes de ajudá-la.

— Não diga isso. Nem pense nisso, tá? Não *aconteceu* nada com ela. — Pelo tom da minha voz, percebi o quanto eu queria que isso fosse verdade. — Não somos mais crianças. Além disso, você ouviu o que Tyler disse ontem à noite. Ela vive sumindo.

— Precisamos procurá-la, Iris.

— Não, eu preciso ir ao colégio. Tenho de assistir às minhas aulas e dar aulas particulares. Tem uma competição de titulação no mês que vem e ainda não treinei nenhuma vez, e minhas habilidades de Python precisam de...

— Então me diga que você acha que ela está bem, assim eu mesma a deixo no colégio.

— Vivi... Isso é loucura.

— Diga então que ela está bem. Ouça seus instintos e me diga que acha que Grey está bem. Faça aquela coisa que a gente sabe fazer. Encontre-a.

— Faz muito tempo que não tento.

— Faça.

Expirei pela boca e fiz o que Vivi pediu. Eu me concentrei e tentei encontrar Grey, senti-la, como conseguia fazer quando criança, mas a única resposta que obtive foi uma sensação vazia de nada.

Mordi o lábio. Isso provava alguma coisa?

— Foi o que imaginei — concluiu Vivi. Ela tocou na capa da *Vogue*. — Grey sempre teve segredos. Quando éramos crianças, ela costumava esconder coisas de nós duas. O diário dela, dinheiro, bebidas. Ela deixava tudo debaixo das tábuas soltas do assoalho ou atrás das estantes de livros. Então onde ela esconderia seus segredos agora?

Dei uma olhada no quarto.

— E *como* foi que você conseguiu entrar aqui? Arrombou a fechadura?

Vivi deu de ombros.

— A porta estava aberta.

— A única pessoa que tem a chave deste quarto é Grey.

Sabia disso por ter tentado entrar muitas vezes, sem conseguir, desde que ela saíra de casa. Pensei na porta de casa aberta ontem, nas pegadas molhadas no interior, em Sasha do lado de fora, no capacho.

— E se... — comecei. Era uma teoria improvável, mas já estávamos falando de coisas improváveis. — E se Grey destrancou a porta? E se ela tiver passado aqui ontem? E se ela tiver deixado algo para nós, algo que somente a gente saberia onde encontrar?

Vivi estalou os dedos.

— Agora sim você está pensando como uma Hollow.

☾

Passamos a tarde revirando o quarto de Grey, vasculhando-o à procura de sinais da nossa irmã. Vivi encontrou o primeiro: uma coleção de runas bordadas com linha cor de esmeralda na lateral do colchão. Encontrei o segundo: uma página rasgada de um livro de poemas de Emily Dickinson, com anotações, enrolado dentro do suporte da cortina, e o terceiro.

Eu estava debaixo da cama de Grey, passando os dedos no rodapé, quando senti uma farpa de madeira na pele. Uma gota de sangue brotou na ponta do meu dedo. Limpei-a na saia do uniforme, depois me agachei para inspecionar o culpado.

— Tem alguma coisa aqui — falei para Vivi. Uma fenda no rodapé. Coloquei os dedos sob a madeira e a ergui. Ela cedeu, mas não o bastante. — Pega uma faca lá na cozinha.

Vivi estava em pé ao meu lado.

— Por que você mesma não vai pegar? — respondeu ela.

Suspirei e me virei para olhá-la com uma cara de: *é sério?*

— Foi mal. É difícil mudar esses hábitos de irmã mais velha.

Quando Vivi voltou com uma faca de manteiga, deslizei-a para dentro da fenda e mexi para que ela cedesse.

— Vai acabar quebrando — alertou Vivi, tentando me afastar com o ombro. — Deixa que eu faço.

Parei e a fulminei com o olhar.

— Quer parar com isso?

— Tudo bem. Deixa pra lá. Mas seja mais delicada.

— Eu *já estou* sendo delicada.

Finalmente a madeira se descolou da parede com um forte estalo e caiu com estrépito no assoalho. Atrás dela havia um buraco no gesso, com as bordas malfeitas. Exatamente o tipo de lugar onde Grey gostava de guardar segredos.

— Me dá seu celular — pedi a Vivi, e ela obedeceu, com a lanterna já ligada.

Inseri-o na escuridão, em busca de mais mistérios da Grey, assim como fazia quando criança. Meu coração disparou no peito. O buraco estava coberto de teias de aranha. Não havia diários, nem dinheiro, nem camisinhas, nem garrafinhas de gim com flor de sabugueiro, que era o que costumávamos encontrar nos esconderijos da Grey antes de ela sair de casa. Havia apenas uma flor branca seca, uma faca de caça antiga e uma chave de latão com um bilhete.

— Agora sim. Isso é *a cara* da Grey — exclamou Vivi quando lhe entreguei os estranhos tesouros.

Dava para sentir Grey e sua energia neles: ela os tocara não muito tempo atrás.

No bilhete preso à chave havia um endereço em Shoreditch e uma mensagem com a data de ontem:

Vivi, Iris,

Antes de tudo, parem de mexer nas minhas coisas pessoais. Já cansei de dizer isso pra vocês. (Tudo bem, desta vez eu estava contando que vocês fossem mexer nelas. Mas mesmo assim — não foi nada legal.)

Odeio o que vou dizer a seguir, mas, se estão lendo isso, talvez eu já esteja morta. Tem tanta coisa que eu queria ter contado pra vocês. Venham para o endereço aí em cima. Tragam a chave. Encontrem a porta. Me salvem.

E se ele for atrás de vocês... corram.

Amo vocês duas mais do que tudo no mundo.

Grey

P.S.: Quanto à faca, como disseram Jon e Arya, é só furá-los com a ponta afiada.

8

TALVEZ EU JÁ ESTEJA MORTA.

Estávamos num Uber a caminho do endereço que Grey nos dera. As palavras da sua carta me deixavam à flor da pele e à beira das lágrimas. Vivi estava em silêncio, a testa pressionada na janela, a mandíbula tão rígida que temi que seus dentes fossem quebrar.

Girei a faca nas mãos. Abri-a e tornei a fechá-la. O cabo de chifre de veado estava enferrujado e a lâmina tinha pequenos amassados, mas parecia afiada, do tipo corto-sua-pele-feito-manteiga. Era a mesma faca com a qual nós tínhamos sido encontradas na infância, a que a polícia pegara com Grey na noite em que voltamos. Por um tempo, eles acharam que era uma prova importante, mas as únicas impressões digitais encontradas nela pertenciam à minha irmã. Fiquei me perguntando como ela conseguira tirar a faca do meio das evidências, considerando que nosso caso ainda estava sendo investigado, e caí de volta nos confins da minha terrível imaginação.

Um mundo sem Grey era impossível. Minhas irmãs eram os grandes amores da minha vida. Não conseguiria nem queria viver sem elas.

O Uber parou em frente a um pub numa rua estreita e grafitada. Era fim de tarde, e alguns londrinos se aglomeravam sob a iluminação cor de mel do bar, tomando cerveja. O endereço que Grey nos dera ficava no apartamento no primeiro andar. Vivi e eu adivinhamos o código de acesso do prédio — 162911, a mesma senha dos nossos celulares — e subimos a escada em espiral que dava no segundo andar. A porta da Grey era verde-metálica e a maçaneta era do mesmo latão da chave.

Vivi encostou na tinta e balançou a cabeça.

— Ela também não está aqui.

Percebi que eu também sabia disso. Sabia como era sentir Grey, a maneira como sua energia se acomodava num lugar. Algumas lembranças antigas foram voltando. A maneira como eu conseguia descobrir o caminho que ela fizera pela nossa casa quando éramos crianças, refazendo seus passos pelos locais por onde ela passara cinco, seis, sete horas antes. Que livros ela lia, que frutas ela pegava, examinava e colocava no lugar. Não era como se eu pudesse ver fios atrás dela ou sentir o cheiro da sua pele. Era uma sensação geral de que eu estava correta. Sim, ela estivera aqui. Sim, ela fizera isso. Eu conseguia fazer o mesmo com Vivi, embora ela fosse menos fascinante para mim. Grey era minha obsessão. Grey era quem eu queria ser.

Durante um longo e preguiçoso verão na França, o primeiro sem nosso pai, passei dois meses vivendo uma hora atrás de Grey. Ela tinha 14 anos e estava começando a compreender a força arrebatadora de sua beleza. Eu tinha 10 anos. Era magra demais, alta demais, ainda tímida e desajeitada. Naquela época, para mim, Grey era uma deusa. Ela usava vestidos brancos esvoaçantes e coroas de flores de lavanda na cabeça. Eu copiava tudo que ela fazia, vivendo no mundo limítrofe que ela deixava para trás. Não era preciso vê-la o dia inteiro para saber onde ela estivera, o que fizera. Pegar sol no telhado. Nadar no rio no meio do dia. Almoçar nectarinas e queijo. Beijar um rapaz da região nos bancos da igreja medieval (eu improvisei e usei a mão — ainda assim, o padre não ficou nada satisfeito quando me encontrou).

Espera aí.

Uma lembrança esquisita surgiu à margem dos meus pensamentos. Algo perdido e depois encontrado. Outra igreja, uma que estava em ruínas e meio engolida pelo mato. Nós a encontramos no nosso primeiro dia lá, perto do rio. Cate avisou que não deveríamos nos aproximar. Estava abandonada. Mas... Grey entrou nela. Sim. Ela entrou em algum lugar e eu não consegui segui-la. Não por estar com medo, mas porque o rastro dela simplesmente... sumiu. Porque ela passou por uma porta e não estava lá do outro lado. Passei horas vagando do lado de fora da velha igreja, tentando descobrir para onde ela tinha ido. No fim das contas, Grey reapareceu sã e salva. Estava com cheiro de queimado e tinha flores presas nos nós do cabelo embaraçado.

Encontrem a porta, dizia o bilhete de Grey.

Vivi enfiou a chave na fechadura e girou. Nós entramos.

A primeira coisa que sentimos foi o cheiro. O fedor pesado e úmido de alguma coisa fermentada, com uma doçura enjoativa. Sentimos ânsia de vômito na mesma hora e voltamos para o corredor, ofegando. Vivi me encarou de olhos arregalados, entendendo tudo. Nós já tínhamos sentido o cheiro de um cadáver antes. Alguns anos atrás, na semana depois de Grey sair de casa e antes de Vivi ir embora, o homem na casa ao lado da nossa escorregara na banheira. Só foi encontrado oito dias depois, quando seu corpo já tinha começado a se liquefazer e o cheiro se infiltrara nas paredes, tetos e pisos. Quando os paramédicos foram buscá-lo e abriram a porta da frente, o fedor explodiu para o meio da rua, impregnando o ar. Ele se agarrou aos galhos das árvores como colares e permaneceu por semanas.

As palavras do bilhete da Grey me tiraram o ar. *Se estiverem lendo isso, talvez eu já esteja morta.*

— Um animal morto — disparou Vivi, determinada. — Não é Grey.

Em seguida, ela entrou de novo, respirando pela boca. Fiz o mesmo, embora ainda desse para sentir o gosto gorduroso e persistente da coisa morta.

Atravessamos juntas o apartamento clandestino de Grey, em parte procurando a fonte do fedor, em parte hipnotizadas com a imensidão daquele tesouro. Em nossos poucos anos de vida, tínhamos subsistido a partir de fragmentos dos segredos de Grey Hollow. Lendo páginas de diário com uma lanterna após ela sair escondida, roubando goles de vinho doce da garrafa que ela escondia debaixo da cama. E agora ali estava: sua alma, exposta, pronta para ser capturada. Um banquete para os esfomeados.

Todas as cortinas estavam fechadas, e o espaço parecia amadeirado e frio. A escuridão era intensa, úmida, como a vegetação rasteira de uma floresta. Vivi acendeu um abajur. Era bem diferente do primeiro apartamento. Aqui as paredes eram verde-escuras, e o piso de parquê era branco, em ziguezague. Havia terrários cheios de plantas carnívoras e bandejas repletas de cristais variados e delicados ossos de animais. Vasos com penas e jarras expondo criaturinhas suspensas em formaldeído. Caixas de abeto balsâmico empilhadas e incenso de cedro vermelho. Garrafas de gim e de absinto. Livros sobre botânica, taxidermia e maneiras de se comunicar com os mortos. Havia desenhos a lápis presos a quase todas as superfícies disponíveis — as roupas de alta-costura de Grey, mas também outras imagens, de criaturas estranhas e casas em ruínas. Buquês de flores secas e folhas de outono pendiam do teto. E talvez o mais estranho de tudo fosse a taxidermia: uma cobra saindo da boca de um rato, uma raposa emergindo da pele de um coelho.

O espaço estava impregnado pela energia de Grey. Havia rastros de quando ela ziguezagueara pelo corredor e pelos cômodos formando teias densas. Ela havia estado aqui mais recentemente do que no outro apartamento.

O primeiro cômodo do corredor era a cozinha. Parei ao vê-la, sentindo um peso no estômago. O piso quadriculado era branco e preto, de mármore, e a parede oposta estava totalmente coberta de prateleiras cheias de livros.

Meu piso xadrez. A biblioteca de Vivi. Exatamente os detalhes que queríamos quando pensávamos em fugir juntas. Por que Grey ainda não tinha compartilhado isso com a gente?

— Vamos — incitou Vivi. — Siga em frente. Vamos encontrar o que ela quer que a gente encontre e depois dar o fora daqui.

Havia mais duas portas no fim do corredor. Fui abrir uma e Vivi, a outra. Girei a maçaneta e dei uma olhada no quarto de Grey. O cheiro estava mais forte ali, tão acre que meus olhos arderam, quase me empurrando fisicamente para trás. Alguma parte antiga do meu cérebro implorou para que eu não me aproximasse, a parte que sabia que o cheiro de morte era uma advertência. *Não chegue perto.*

— Vivi — chamei baixinho. — Tem sangue aqui.

Senti minha irmã mais velha no meu ombro. Da porta, nós inspecionamos juntas os danos, sem querer entrar no quarto. Estava tudo revirado. Era a cena de pesadelo que eu temia encontrar no primeiro apartamento de Grey: respingos de sangue estilo Hitchcock nas paredes, mobília derrubada, um abajur estilhaçado, um conjunto horrendo de poças marrons já secas nos lençóis amassados. Havia marcas de botas na parede, buracos feitos por chutes no estuque e pegadas escorregadias no sangue espalhado pelo chão.

Alguém havia sido atacado neste quarto. Alguém havia lutado neste quarto. E a julgar pela quantidade de sangue derramado, alguém havia morrido neste quarto.

Talvez eu já esteja morta.

Eu estava chorando quando Vivi me empurrou para trás, entrou naquele caos malcheiroso e encontrou o iPhone de Grey, com a tela quebrada, na mesa de cabeceira, junto com seu passaporte. Os dois estavam em cima de uma cópia do livro *A Practical Guide to the Runes: Their Uses in Divination and Magick*, de Lisa Peschel. Não conseguia ver o rosto de Vivi, apena seu peito ofegante.

— Vou matar quem quer que tenha encostado em Grey — afirmou ela, com a voz ríspida e grave.

Não duvidei. E eu a ajudaria.

— Que barulho é esse?

Era um zumbido baixo ao fundo. Uma vibração raivosa vindo do closet. Entrei no quarto com cuidado para não pisar em nenhum sangue. Vivi abriu a porta do closet e acendeu a luz.

Havia um alçapão no teto. Uma dúzia de moscas girava embaixo dele. Um líquido preto pingava de um canto e se acumulava no piso, transformando a madeira num charco de decomposição. Vivi agarrou a corda do alçapão.

— Não — falei. — Não quero ver. Não aguento ver.

Não se fosse Grey. Ver seu cadáver apodrecendo me destruiria.

Vivi me ignorou.

— Não é Grey — respondeu, mais um desejo do que qualquer outra coisa. — Não vai ser ela.

Em seguida, ela puxou a corda. O alçapão se abriu aos poucos e despejou um corpo. Nós duas gritamos e nos agarramos quando ele despencou no chão, caindo aos nossos pés com um barulho de coisa molhada. Era realmente um humano, não um animal.

— Porra, porra, porra, porra, porra! — berrou Vivi. E depois: — Não é ela.

Desta vez, não foi um desejo: foi uma afirmação.

De alguma maneira, eu tinha saído do closet para o outro lado do quarto e estava agachada ao lado da cama ensanguentada, apesar de não conseguir lembrar como tinha ido parar ali com tanta rapidez.

— Hum... Iris, você devia ver isso aqui — sugeriu Vivi enquanto se abaixava para inspecionar o corpo.

Eu não conseguiria olhar. Não queria olhar. Acho que meu estômago não aguentaria.

Abri a janela e respirei o ar invernal antes de ir até o corpo caído. Estava inchado e com hematomas, mas obviamente não era Grey. Era um homem. Jovem, musculoso, pelado, exceto por três runas marcadas no seu peito com sangue seco. A causa da morte era evidente: sua garganta havia sido cortada.

Porém, o fato de ele estar morto, coberto de runas e escondido no teto da nossa irmã não era o mais estranho.

— O que está *acontecendo* com ele? — perguntou Vivi.

Havia flores brancas cerosas brotando da boca, nariz e dos restos moles dos globos oculares. Flores nascendo violentamente na ferida de sua pele, com raízes pretas e avermelhadas devido ao sangue morto. Alguma coisa se moveu no fundo de sua garganta, atrás de seus dentes quebrados. Alguma coisa viva no meio das flores.

— Devemos chamar a polícia agora? — foi a minha vez de perguntar.

— Assim que chamarmos, isso vai se tornar uma cena de crime, e não vamos poder encontrar o que Grey quer que a gente encontre. Dê uma olhada. Procure em todo canto. Tem alguma coisa aqui que só nós duas podemos achar.

Foi uma brisa que nos salvou. Ela soprou pela janela do quarto e pelo corredor, onde fez bater a porta da frente. A porta que eu fechara apenas alguns minutos antes.

Um novo medo se espalhou pelo meu corpo. Agora não por Grey, mas por mim e por Vivi. A pessoa de quem Grey tinha medo, quem quer que fosse, sabia onde Grey morava. Tinha estado aqui. Talvez tivesse matado alguém. Talvez tivesse voltado.

Ouvimos passos pesados. No corredor, bem na frente do quarto de Grey.

Esconda-se, articulou Vivi, com os lábios, para mim, já tirando a mochila e se abaixando para se esconder debaixo da cama de Grey. Em seguida alguém encostou na porta do quarto e a abriu. Não tive escolha além de entrar no closet, por cima do cadáver do homem. Anos seguindo minha irmã como uma espiã haviam deixado meus passos firmes e silenciosos. Passei do lado da poça pútrida e entrei bem no meio das roupas de Grey, esperando que isso me escondesse o bastante.

Um homem parou na frente da porta do closet. Um homem de peito nu, com um crânio de touro sem carne escondendo o rosto. O homem que estava me seguindo. Ele fedia a terra e a coisas podres, e seu cheiro era tão forte que ocultava momentaneamente o odor do corpo.

Era o cheiro da parte mais sombria da floresta.

Do perfume de Grey.

Do mês do desaparecimento.

Uma lembrança reverberou pelo meu corpo como uma corda dedilhada. Uma casa no meio do mato. Grey segurando minha mão e me guiando por entre as árvores. Uma faixa de tartã amarrada num galho baixo. Grey dizendo:

— Já estamos chegando.

Onde é que a gente estava?

Recuei ainda mais no closet, sem respirar, sem piscar, enquanto o homem encontrava o cadáver — e não se surpreendia nem um pouco com ele. O homem — que, à meia-luz, ficava com a pele macilenta e cheia de líquen — empurrou o corpo com o pé descalço. Pensei na *hostess* de ontem à noite, no fato de ela ter dito que um homem apavorante tinha perguntado por Grey.

O homem grunhiu, com hálito quente saindo das narinas do crânio.

Sem dizer nada, ele se ajoelhou para pegar o cadáver e o ergueu por cima do ombro. Um filete de líquido preto escorregou por suas costas, saindo da garganta rasgada. Cobri a boca para não vomitar. Ele soltou o corpo na cama de Grey e depois agiu rapidamente, indo de um cômodo ao outro, jogando pertences dela em cima do cadáver. Ramos de flores secas, cadernos de couro, ossos de animais. Tapeçarias, esboços de vestidos, joias. Fotografias. Muitas, muitas fotos de Grey, Vivi e eu, de nós três juntas. Ele fez uma pira em cima do cadáver e atiçou as chamas com papel amassado. Em seguida, ficou parado vendo-a queimar.

De onde eu estava escondida era possível fazer contato visual com Vivi. Ela estava com a mão cobrindo o nariz e a boca para não tossir com a fumaça. Seus olhos se arregalaram de pânico. Se o homem demorasse muito, ela teria de sair de baixo da cama antes que as chamas consumissem demais o colchão ou a fumaça se tornasse sufocante.

Lentamente, levantei as mãos e cobri o nariz e a boca. O homem parou e encarou a sombra no closet, olhando diretamente na minha direção. Parei de respirar, não pisquei. A luz do fogo dançava em seus olhos, as íris pretas dentro do crânio que ele usava para esconder o rosto. Havia runas ensanguentadas em seu peito também, as mesmas do cadáver. Será que tinha sido essa criatura que me raptara na rua quando eu tinha sete anos? Será que ele me mantivera em cativeiro com minhas irmãs durante um mês?

Esperei alguma lembrança horrenda emergir, mas nenhuma apareceu.

O homem se virou e foi embora.

A fumaça estava preta e sufocante quando a porta do apartamento finalmente se fechou e eu saí em disparada do closet, com o ar impregnado pelo fedor de cabelo chamuscado e gordura queimando.

Vivi estava com dificuldade para respirar quando a arrastei de debaixo da cama.

— Salve elas — arfou ela entre as tossidas. — Salve elas.

As coisas da Grey. Puxei uma colcha de uma poltrona virada e a lancei por cima da pira como uma rede de pesca, esperando que funcionasse como uma manta antichama.

Vivi e eu paramos ao vê-la. Na colcha havia a imagem costurada à mão de uma porta de pedra arruinada, cheia de flores brancas. Um olhar estranho apareceu no rosto de Vivi, um breve momento de reconhecimento e compreensão, logo tomado por uma desorientação.

— Eu não... — disse ela em meio a uma crise de tosse. — O que diabos está acontecendo?

— O que é isso?

— Uma lembrança. — Vivi passou os dedos pela costura da colcha. — Ou talvez um *déjà-vu*.

Eu também senti, uma palavra que estava na ponta da língua e que eu não conseguia lembrar muito bem qual era.

Vivi sorriu.

— O Ponto de Passagem. O lugar inventado por Grey. Meu Deus, ela nos contava histórias sobre isso quando éramos pequenas.

Balancei a cabeça.

— Não lembro.

— Era um lugar esquisito que ficava entre a vida e a morte. Para onde as pessoas iam quando não conseguiam se despedir de alguma coisa ou quando alguém não conseguia se despedir delas. Algumas pessoas ficam presas lá quando morrem. Aquelas que não conseguem seguir em frente.

— É como... um limbo?

— Não sei. Grey nunca falou como se fosse algo religioso. Era mais como uma versão da vida após a morte que encontramos num conto de fadas sombrio: tudo acabava preso num meio-termo. Por exemplo, o sol estava sempre se pondo e nascendo ao mesmo tempo. Todas as árvores estavam apodrecendo, mas nunca morriam. As comidas só nos satisfaziam pela metade. — Vivi riu. — Faz anos que não penso nisso.

— O que a porta tem a ver com isso?

— É assim que se chega lá, eu acho. A pessoa cai por uma porta quebrada.

Levem a chave. Encontrem a porta.

Vivi e eu esperamos para ver se as chamas consumiriam o tecido, mas o fogo havia morrido. Tirei a colcha devagar, como se removesse um curativo de uma ferida, e a deixei cair, ainda quente, numa pilha. A fumaça se espalhou pela cama, mas as chamas não se reacenderam.

— O corpo queimou tão rapidamente — falei enquanto pegava os diários, desenhos e joias que tinham sobrevivido.

Músculos, dentes e ossos demoravam horas para queimar, mas os pertences de Grey tinham sobrevivido melhor do que o cadáver.

— Que respostas ela quer que a gente encontre? — indagou Vivi, ainda vasculhando os destroços chamuscados, cada vez mais frenética. — Que porta estamos procurando?

Meu olhar voltou para o corpo em decomposição. Quem era aquele homem? Será que ele a atacara? Será que ela o matara, tentando se defender, e depois se escondera? E quem era o homem que tinha vindo atrás do cadáver dele?

Para onde queria que a gente fosse procurá-la?

— Preciso de água — falei. O ar ainda cheirava a morte, e a fumaça do fogo nos cobria, capturando nossas gargantas. — Você quer?

Vivi fez que sim, distraída. Fui até o corredor, esfregando os olhos, e dei dois ou três passos antes de olhar para cima e parar.

— Ah — falei. — Merda.

9

O HOMEM COM O CRÂNIO estava parado no fim do corredor, olhando para mim. Ele voltara por algum motivo, talvez conferir se o fogo ainda estava aceso ou para buscar algo que tinha esquecido. Não esperava me ver, e eu não esperava vê-lo, então nós ficamos paralisados, chocados. Por um instante tenso e estranho, pareceu que a criatura estava com medo de mim. Então ele mexeu em alguma coisa nas costas. Avistei algo metálico.

— Merda, ele está armado — falei, mergulhando no quarto quando o primeiro tiro foi disparado.

A bala estilhaçou o espelho às minhas costas, fazendo uma chuva de vidro cobrir meu cabelo. Vivi bateu a porta atrás de mim e a trancou, mas isso só nos deu um ou dois segundos a mais. As balas atravessaram a madeira, transformando-a em palitos de dentes.

Vivi berrou e se abaixou. Meu mundo pareceu se comprimir ao tamanho de uma cabeça de alfinete.

Não.

Não.

Vivi também, não. Eu não podia perder as duas.

Mas ela se sentou quando os tiros pararam, pressionando a mão direita no braço esquerdo. Uma mancha vermelha se espalhava por baixo de seus dedos.

— Meu Deus, ele atirou em mim. Você atirou em mim, seu psicopata! — gritou ela para a porta.

Houve silêncio por um instante, em seguida a porta começou a ranger quando o homem jogou seu peso contra ela. A madeira se inclinou para dentro do quarto, como um tecido se esticando por cima de uma enorme barriga.

— Pegue as coisas, pegue as coisas — falei enquanto juntava um bocado dos tesouros chamuscados na cama de Grey e os jogava pela janela, fazendo-os cair na rua molhada, um andar abaixo.

Vivi fez o mesmo e usou a mão livre para pegar um diário, algumas fotos e sua mochila. Saímos de costas pela janela enquanto a porta arrebentava e, com um suspiro de alívio, o homem se lançava para cima de nós. Desci até ficar pendurada. Vivi, sem conseguir se segurar devido ao braço machucado e à mão molhada de sangue, caiu e se esparramou embaixo de mim. O apartamento da Grey ficava no segundo andar, mas ainda assim o chão parecia distante. Soltei e caí bem de pé. A onda do impacto subiu pela minha coluna, tirando o ar dos meus pulmões, e senti como se todos os meus ossos estivessem comprimidos. Pegamos o que deu das coisas da Grey e saímos correndo. O homem com o crânio nos observou da janela, com os braços cheios dos troféus encharcados e ensanguentados que tentara queimar.

Corremos por quase um quilômetro, deixando folhas de papel e gotas de sangue para trás enquanto passávamos pelas ruas isoladas de Shoreditch, murais e restaurantes da moda, certas de que ele estava bem em nosso encalço. Dois caminhões de bombeiros passaram aos berros por nós duas enquanto seguiam na direção de onde estávamos vindo. Paramos para observá-los. Agora havia uma fina coluna de fumaça subindo à distância. Ficamos paradas, ofegantes, e encontramos a mão livre uma da outra, sabendo que aquele homem incendiara a vida da nossa irmã e que agora tudo o que restava era o que havia em nossos braços. Onde Grey estivesse, o que quer que houvesse acontecido a ela... Nós teríamos de resolver tudo usando apenas o que tínhamos conseguido salvar.

— Você está bem? — perguntei a Vivi, ofegante.

Meus dedos estavam grudentos devido ao sangue dela secando. A manga esquerda de sua jaqueta tinha se encharcado. Vivi conseguiu removê-la e usou a outra manga para limpar o líquido vermelho. A bala atingira seu braço de raspão. Havia muito sangue, e ela ficaria com uma cicatriz no meio da sua tatuagem de glicínias. O corte tinha a largura e o comprimento de um dedo, mas não era profundo. Vivi procurou um cachecol na mochila e começou a amarrá-lo por cima do corte para conter o sangramento.

Uma transeunte, uma senhora de idade com casaco de pele, diminuiu o passo e nos encarou.

— Meu gato é *terrível* — mentiu Vivi, dando de ombros, totalmente séria.

A mulher se afastou apressada.

— Levei um tiro — falou, dessa vez para mim. — Dá pra acreditar? Um tiro. Com bala e tudo!

— Eu sei — respondi enquanto a ajudava a fazer o curativo improvisado.

— Que porra foi aquela? — perguntou Vivi.

— Pois é.

— Tipo, que porra foi aquela, hein?

— Pois é.

— Iris, você não está me escutando. Que *porra* foi aquela?

— Precisamos sair do meio da rua — avisei, enquanto outra mulher nos olhava pela segunda vez. Alguém podia acabar chamando a polícia, e eu não saberia explicar nossa história. A irmã desaparecida, o cadáver, o apartamento incendiado, o ferimento a bala, um punhado de pertences roubados. Ainda mais difícil de explicar: o homem que usava um crânio, as flores que nasciam desembestadas em todas as partes moles de um cadáver. — Venha comigo.

Voltei pelo caminho por onde tínhamos vindo, em parte para despistar o homem caso ele estivesse seguindo os rastros ensanguentados de Vivi, em parte por ter visto um café, uns cem metros antes, onde poderíamos nos esconder.

Era pequeno e mal iluminado, com um papel de parede florido sob lâmpadas de coloração damasco penduradas em potes de vidro no teto. Nós nos sentamos a uma mesa nos fundos. A adrenalina estava diminuindo e meu corpo começara a doer por toda parte. Tinha caído de mau jeito em cima do tornozelo e sentia uma forte pontada sempre que pisava. A camada de cortes que cobria minhas palmas parecia áspera e começou a arder dentro do café aquecido. Havia vidro nos meus cabelos, sangue nas minhas mãos e o cheiro de morte ainda estava impregnado no meu nariz.

Vivi e eu pusemos os objetos salvos na mesa entre nós. Um diário com encadernação de couro, as pontas das páginas molhadas e com respingos de sangue. Folhas amassadas e soltas que haviam sido arrancadas de um caderno. Alguns desenhos, em grande parte destruídos pelo sangue, pela calçada molhada, por terem sido agarrados com muita força durante nossa fuga. Primeiro nós vimos os desenhos.

Os quatro primeiros eram rascunhos para a House of Hollow: figuras sem rosto, distorcidas, cobertas por camadas de tecidos escuros e penas, com riscos a lápis que as deixavam frenéticas. O último era completamente diferente: a imagem de uma casa caindo aos pedaços, com janelas quebradas e paredes de pedra desgastadas e uma faixa de tartã puído esvoaçando no portão da frente.

— Tenho a sensação de que já vi essa casa antes — falei enquanto me inclinava sobre a mesa para analisar a imagem mais de perto. A lembrança estava embaçada e empoeirada. Será que tinha estado ali ou tinha visto a casa num filme quando era pequena? — Parece o tecido do casaco que eu estava usando no dia em que desaparecemos.

— Isso me parece *vagamente* familiar — concordou Vivi. — Se não me engano.

— Espera — respondi enquanto pegava as folhas de caderno na mesa. — Essa é a letra do Gabe.

Reconheci na mesma hora sua caligrafia porque o cartão que ele me dera no meu quinto aniversário ficava na minha mesa de cabeceira. Na frente havia uma íris desenhada à mão, com pétalas roxas abertas, e dentro tinha uma pequena mensagem explicando por que meu nome era Iris: era a flor predileta de sua mãe.

— O que tem escrito aí? — perguntou Vivi.

Dei uma olhada nas folhas. Pareciam textos não datados de um diário.

Minhas filhas voltaram. Uma semana atrás isso parecia uma fantasia impossível. Agora elas estão aqui.

— Meu Deus! — exclamei. — É sobre a gente.

Continuei lendo.

Elas não falam, exceto quando cochicham entre si. Quando voltamos para Londres, elas passaram uma hora andando pela casa, como se tivessem se esquecido dela. Não querem mais dormir sozinhas nos quartos. Preferem se esconder debaixo da colcha na cama da Grey e dormir aninhadas. Ainda tenho muitas perguntas. O que lhes aconteceu? Onde é que elas estavam? Será que alguém as machucou? Por ora, só a presença delas em casa já me alegra.

Entreguei a primeira página a Vivi, depois comecei a ler ansiosamente a próxima, e a próxima, e a próxima.

Minhas filhas voltaram há três semanas. Eu deveria estar feliz. E estou feliz... Mas não consigo parar de pensar que há algo de errado com elas. Cate acha que é paranoia minha, e ela deve estar certa. Qual seria a outra explicação?

—

Hoje faz seis semanas. Elas comem tudo que aparece na frente delas. Parecem gafanhotos. Ontem à noite, ficamos sem comida em casa. Encontramos as três na cozinha umas 2h da madrugada, peladas, enchendo as mãos com comida de gato e devorando-a. Elas urraram e nos arranharam quando tentamos tirá-la delas. Cate chorou e as deixou comer. Eu não consegui lidar com aquilo. Não consegui ficar dentro de casa. Caminhei por Hampstead Heath até amanhecer.

—

Quando estavam desaparecidas, tudo que eu queria era que voltassem pra casa. Em segurança. Agora elas estão aqui e só consigo pensar em coisas ruins. O que há de errado comigo?

—

Já se passaram três meses. Quando voltaram, elas pareciam idênticas às minhas filhas, tirando os dentes e os olhos. Agora, os cabelos delas estão ficando brancos. Por que Cate não consegue ver o que eu vejo?

—

Nós éramos felizes. A vida não era perfeita, muito menos fácil. Não éramos ricos e precisávamos trabalhar duro todos os dias para sustentar nossas filhas, mas éramos felizes. Eu amava minha esposa. Cate era... animada. Tinha uma risada aguda como a de um pássaro tropical. Fomos ver um filme quando saímos pela primeira vez, e ela riu tanto e tão alto que o resto do cinema riu dela, e depois com ela. Foi mágico. Faz *meses que não escuto sua risada. Ela está tão magra. Dá toda sua comida para as meninas e mal come. Elas estão sugando a nossa vida.*

—

Acho que estou enlouquecendo. É o que parece. Cate acha que estou mesmo. Meu terapeuta também. Ele me diz que minha teoria é errada e impossível, que é uma manifestação do meu transtorno de estresse pós-traumático. Que minhas filhas estão se comportando de uma maneira estranha por também sofrerem do mesmo transtorno.

—

Tem algo de errado com todas elas, mas principalmente com a que é parecida com Grey. Tenho medo delas. Tenho medo dela. Cadê minhas filhas? Se essas coisas não são minhas filhas, o que aconteceu com minhas meninas?

—

Cheguei a uma terrível conclusão: minhas filhas estão mortas.

— Meu Deus — Vivi suspirou. — Isso é que é enlouquecer.

O declínio de Gabe Hollow foi rápido. Assim que voltamos do sequestro, ele ficou exuberante. Ele nos abraçava, um homem adulto que se derretera com o retorno milagroso de suas três filhas.

Foi Gabe que percebeu algo de errado nos meus dentes e olhos, antes mesmo de sairmos da Escócia. Ele me levou de volta para a delegacia sem contar à minha mãe e explicou o estranho problema aos detetives encarregados do nosso caso:

— Um mês atrás, na véspera do desaparecimento, Iris perdeu os dois dentes de leite mordendo um pirulito. Ela estava tão empolgada — relatou.

Perder o primeiro dente aos sete anos era considerado tarde, e eu estava animada para finalmente conhecer a fada do dente.

— E qual é o problema? — perguntaram os policiais.

— Vejam só os dentes dela agora — meu pai disse, puxando meu lábio superior enquanto me empurrava na frente deles. — Deem uma olhada. — Minha boca estava cheia. Não tinha nenhum espaço. Os dentes que eu perdera haviam nascido de volta, mas como dentes de leite mesmo, então eu os perderia de novo alguns meses depois. — Vejam também os olhos dela — insistiu Gabe. — Todas as minhas filhas têm olhos azuis, e os olhos desta menina são pretos.

Pisquei algumas vezes para a detetive, que sorriu de um jeito triste para mim.

— Suas filhas voltaram, Gabe — respondeu ela enquanto fechava o arquivo à sua frente. — Você ganhou o final feliz e impossível que só acontece uma vez em um milhão. Vá para casa.

Então nós voltamos para casa, e durante um tempinho ficou tudo bem. Gabe era um homem alto, cuja pele sempre estava morna, e nas semanas após nosso retorno me apeguei ainda mais a ele. Passei a gostar de me aconchegar em seu colo e dormir em seus braços. Gostava de empurrar seus cabelos para trás e estudar as feições delicadas do seu rosto, e quando ele se levantava para ir a algum lugar, eu gostava de acompanhá-lo, agarrada ao seu pescoço. Por um tempo, Gabe apreciou a atenção. Ele me chamava de "minha pequena sanguessuga".

Não sei exatamente quando a mente dele começou a deteriorar, mas suspeito que o primeiro gatilho foi nossos cabelos mudando de cor. Nós três tínhamos cabelos escuros quando crianças, assim como nossos pais, mas nas semanas após nossa volta ele foi clareando, até ficar num tom de loiro quase branco. Pessoas que tinham sofrido um trauma severo podiam ficar com os cabelos brancos por um breve período, e isso tinha até nome: síndrome de Maria Antonieta, em homenagem à rainha cujos cabelos supostamente ficaram branquíssimos na noite antes de seu encontro com a guilhotina. Era incomum e extremamente raro, disseram os médicos, mas nada para se preocupar.

A vida seguiu em frente. Voltamos para a escola. Gabe parecia desconfiado perto da gente. Já não queria que eu me sentasse em seu colo, não gostava mais dos meus bracinhos em seu pescoço. Alguma coisa amarga e traiçoeira começou a se instalar dentro dele. Não sei de onde ele tirou a ideia de que éramos impostoras — se foi de um conto de fadas de sua infância que de repente passou a fazer sentido ou se lera alguma coisa num fórum de teorias da conspiração —, mas ela se estabeleceu em sua mente e foi se espalhando até dominar tudo.

Mesmo quando os médicos lhe disseram que a mudança de cor nos nossos olhos também tinha nome — aniridia, a ausência de íris, um distúrbio causado por traumatismo —, Gabe já tinha se decidido.

— E se o papai tivesse razão? — perguntei.

— Razão sobre *o quê*? — Vivi pegou as folhas de papel e as sacudiu na minha cara. — Isto aqui são as divagações insanas de um louco.

— Bem, então o que aconteceu com a gente, Vivi? O que aconteceu? Sim, tudo bem, talvez Gabe tenha enlouquecido, mas alguma coisa provocou isso. Quem nos levou? Para onde nós fomos?

— Eu não sei! — respondeu Vivi, sem paciência. Ela jogou os papéis na mesa. — Preciso de uma bebida.

— Se você resolvesse lidar com o que aconteceu quando éramos crianças — disparei, sem conseguir olhar para ela —, talvez não precisasse se entorpecer com drogas e álcool.

Todas nós tínhamos maneiras diferentes de lidar com o ocorrido, mas as de Vivi eram as mais destrutivas, cheias de pós e venenos para diminuir a dor de uma tragédia que não entendíamos.

Vivi ficou em silêncio. Nós nos entreolhamos. Minha irmã me encarou com uma expressão fria e intensa, lançando o maxilar inferior para a frente e pressionando os lábios um no outro.

— E se você resolvesse lidar com o que aconteceu quando éramos crianças — rebateu ela —, talvez sua mãe não fosse sua única amiga.

Expirei pela boca, perdendo toda a vontade de brigar.

— Não vamos começar.

— Bem, então não chegue assim, se achando a maioral e me acusando de ser alcoólatra.

— Mas você *é* alcoólatra.

— Ah, vá se ferrar, Senhorita Perfeita.

— Por favor, Vivi. Fala sério. Não vamos brigar por causa disso agora.

— Tá. Que seja. Foi você quem começou.

Nós folheamos o diário juntas. Estava cheio de recortes de jornais e de notícias impressas. No começo, elas falavam de nós três, todas escritas durante o nosso desaparecimento. Eu evitava ler muito sobre nosso caso. Achei que todas nós tínhamos feito isso. Pelo jeito, me enganei.

— Caramba, ela estava obcecada — comentou Vivi enquanto virava as páginas. — Grey nunca falava a respeito, nem queria que a gente tocasse no assunto. Quer dizer que esse tempo todo ela estava montando um dossiê como uma dona de casa entediada?

O resto dos artigos de jornais e da Wikipédia falavam de outras pessoas — todas elas, assim como nós, haviam desaparecido em circunstâncias esquisitas. Grey destacara e sublinhara trechos e fizera anotações nas margens. Elas diziam coisas como:

Mesma coisa? Improvável. Deve ter sido assassinado.

Apenas uma porta ou muitas?

Difícil de repetir. Será que foi por acaso? Talvez minhas lembranças não sejam reais...

Quero voltar!

Nada em comum.

Quantos voltam pra casa? Mt poucos. Talvez nenhum?

Noite? Três irmãs? Escócia?

Liminaridade! Réveillon. Amanhecer, anoitecer etc. Momentos em que o véu está fino.

Se minhas lembranças são reais, o que eu sou?

Portas quebradas!

Voltar para a Escócia? (E se eu conseguir retornar?)
O QUE FOI QUE FIZ?

A letra era bonitinha e alegre, com corações cor-de-rosa no lugar dos pontos dos is. Grey escrevera isso quando criança. Talvez tivesse apenas 12 ou 13 anos, antes das canetas verdes e da caligrafia fina que adotou durante o ensino médio. A última anotação dizia: *O QUE FOI QUE FIZ?* Era na margem de um artigo da Wikipédia sobre o desaparecimento de Mary Byrne, uma adolescente britânica que desaparecera em Bromley- -by-Bow no Réveillon de 1955. No meio da folha dobrada havia algumas polaroides que Grey tirara quando fomos a Bromley-by-Bow para ficar com a prima da nossa mãe na semana depois da morte de Gabe. A casa era perto da estação, do outro lado do rio onde Mary Byrne tinha sido vista pela última vez, décadas atrás.

O que eu me lembrava daquela semana: nós quatro dormindo num colchão inflável, os corpos grudados no calor, um charco de sal, suor e luto. Eu caindo na grama alta do Mile End Park e ralando os joelhos nas pedras escondidas. Eu usando um short rosa e passando gloss com sabor de chocolate com uma frequência assustadora. Minha mãe chorando todas as noites, e eu fazendo cafuné até ela adormecer. Grey dormindo com o corpo contra a parede, de costas para o resto de nós. Eu sentindo saudade do meu pai.

Grey andava obcecada por Mary Byrne, outro desaparecimento inex- plicável num Réveillon, e passou boa parte do seu tempo em Bromley-by- -Bow, perambulando pelas ruas, de manhã à noite. Vivi e eu éramos jovens demais para acompanhá-la, e Cate e os outros adultos estavam distraídos demais planejando o funeral para perceber o que Grey fazia ou para se im- portar com isso. Era uma oportunidade rara, a diminuição da vigilância constante de Cate, e Grey, com seus 13 anos, aproveitava ao máximo esse gostinho de liberdade e saía escondida para percorrer sozinha as ruas de East London todos os dias e voltar frustrada todas as noites.

Então, na nossa última noite lá, na véspera do funeral de Gabe, Grey voltara toda entusiasmada e sorrindo de orelha a orelha. Fazia um bom tempo que eu não a via tão feliz. Ela estava com cheiro de alguma coisa selvagem e verde.

As fotos do diário estavam com a data daquele dia, a véspera do enterro do nosso pai. As quatro primeiras eram de áreas nos arredores de Bromley-by-Bow: a Greenway, a pista de pedestres e ciclistas que se estendia por quilômetros em Londres, ladeada, na foto de Grey, por prédios altos e brancos que contrastavam com o céu crepuscular; a passarela metálica coberta que ficava por cima da estação West Ham, o último lugar onde Mary Byrne havia sido vista; uma foto interna e externa do House Mill, um antigo e imenso moinho de maré que havia pegado fogo e sido reconstruído no século XIX.

A última foto mostrava uma porta destruída: uma parede de pedras isolada com uma arcada no centro. Era uma foto interna, talvez do porão do moinho, preservado pelas novas construções feitas em cima dele. Havia flores brancas nascendo em abundância na superfície da parede. Parecia idêntica à porta bordada na colcha de Grey.

Senti um calafrio se espalhar pela minha pele.

— Será que ela achava que tinha solucionado o mistério de Mary Byrne ou algo assim? — perguntei.

O resto do diário tinha apenas desenhos de portas destruídas, com o local e a data indicados logo abaixo. Portas em Paris, portas em Berlim, portas na Cracóvia. Portas em Anuradhapura, portas em Angkor Wat, portas em Israel. Será que Grey havia visitado todos aqueles lugares?

A barista se inclinou por cima do balcão.

— Vocês... hum... vocês estão bem? — perguntou ela.

— Estamos, obrigada — respondi. — Desculpe, já vamos pedir alguma coisa.

— Não, é que... hum... você está sangrando um pouquinho no chão.

— Ah, é. A gente… hum... A gente caiu de bicicleta. Você teria um kit de primeiros-socorros?

A barista trouxe o kit e um cappuccino de graça para cada uma. Vivi e eu ficamos sentadas nos fundos do café, agora vazio, tomando as bebidas, com a caixa verde e branca escancarada na mesa entre nós.

Vivi estava sentada com as mãos viradas para cima, apoiadas nos joelhos, enquanto eu passava antisséptico nos seus cortes.

— Grey está morta, não é? — disse ela secamente. Seus olhos estavam marejados. Ela nem se contraiu, apesar de provavelmente estar sentindo uma dor intensa. — Há um período crucial de 48 horas, e depois disso a pessoa já morreu.

— Não diga isso — censurei. — Não foi isso que aconteceu com a gente.

— O que você se lembra do desaparecimento? — perguntou Vivi.

— Eu não me lembro de nada.

— Sei que é isso que dizemos umas às outras. Sei que é isso que dizemos para o mundo. Mas eu me lembro de pétalas brancas pairando no ar como folhas de outono. E de fumaça. E do crepúsculo. E...

Uma lareira. Uma menina com uma faca na mão.

— Não — falei. — Você tinha nove anos. Eu tinha sete. Não dá para confiar nessas lembranças. Deixa eu ver seu braço.

— Tinha uma menina.

— Pare.

— Acho que ela fez alguma coisa com a gente. Acho que ela nos machucou.

— Vivi.

— Você perguntou: "Quem é que corta a garganta de menininhas?" Não quer saber o que aconteceu?

— Não.

— Por que não?

— Porque... eu tenho medo.

— Você não devia ter medo da verdade. A verdade liberta, não é mesmo?

— A não ser que seja tão horrível que acabe com a pessoa de vez. Não, obrigada. Talvez eu esteja muitíssimo bem com minhas lembranças reprimidas. Agora me mostre seu braço.

Vivi se balançou para que a jaqueta caísse e dobrou a manga do suéter ensanguentado, a pele toda arrepiada. Desamarrei o cachecol que tínhamos usado para estancar o sangramento. O tecido fora encharcado pelo sangue gelatinoso e estava com um cheiro esquisito e nauseante.

Hesitei ao ver o ferimento.

— Fique parada — ordenei enquanto passava um lenço umedecido com álcool para poder dar uma olhada melhor. — Tem alguma coisa aqui.

Vivi não estava prestando atenção.

— Nós vamos encontrá-la, Iris — afirmou ela, encarando o teto, ainda sem se incomodar com a dor. — Não vou viver num mundo sem Grey.

— Concordo — respondi, mas era minha vez de ficar distraída.

Havia alguma coisa translúcida e encolhida em sua carne. Usei a ponta afiada da faca de Grey para puxá-la. Não foi difícil de deslocar: era uma flor, solitária e fraca. Puxei de leve e a extraí da ferida, incluindo o minúsculo sistema radicular. A mesma flor que se apossara do cadáver do homem. A mesma flor que estava nascendo nos olhos de Grey na foto.

Estava crescendo dentro de Vivi, alimentando-se de seu sangue, desabrochando em sua carne rasgada.

O que diabos estava acontecendo?

Girei a flor ensanguentada nos dedos e de repente me senti mal de um jeito desesperador. Minha garganta fechou. Engoli um soluço. Grey havia sumido, e a estranheza da qual eu tanto tentava escapar me encontrara outra vez.

— Pelo menos vou ficar com uma cicatriz irada. As garotas curtem cicatrizes, não é? Parece infeccionado? — perguntou Vivi.

Esmaguei a flor entre os dedos antes que Vivi pudesse vê-la. Reconhecer um fato o tornava real, e eu não estava pronta para que o que quer que estivesse acontecendo fosse real.

— Parece estar tudo bem — falei enquanto passava mais antisséptico no seu braço e o cobria com gaze, esperando que isso bastasse para impedir que mais jardins brotassem nela. — Acho que está na hora de chamarmos a polícia.

10

DOIS DIAS DEPOIS

MAIS UM FLASH DISPAROU, DEIXANDO um novo aglomerado de pontinhos brancos e viscosos na minha visão. Olhei meu vestido e pisquei para ver se eles desapareciam. Havia um fio descosturado na bainha. Segurei-o e vi a costura se desfazer enquanto o puxava. Era da House of Hollow e havia sido tirado do closet da Grey. Todas nós tínhamos vestido roupas da marca para expressar nossa solidariedade. Um blazer para Vivi. Um vestido esmeralda de veludo para mim. Um broche para nossa mãe, apesar de seus protestos. Um pouquinho do perfume nauseante de Grey nos nossos pulsos e pescoço, então estávamos todas fedendo a fumaça e as partes perigosas da floresta.

O vestido tinha uma gola alta que roçava a cicatriz no meu pescoço, deixando-a irritada e pinicando. Tirei a costura de cima da cicatriz, mas ainda parecia haver uma lixa arranhando minha pele.

O policial responsável estava de pé, fazendo seus comentários iniciais:

— A Srta. Hollow não está com o celular — informou ele. — Não conseguimos rastreá-la pelas suas redes sociais. Estamos preocupados com sua segurança. Pedimos ao público que a procure, e a quem quer que tenha informações sobre seu paradeiro, que entre em contato conosco.

Os jornalistas ficaram alvoroçados imediatamente.

— O senhor acha que este desaparecimento tem a ver com o desaparecimento dela quando criança? — perguntou um deles.

— Não sabemos — respondeu o policial. — Estamos em contato com as autoridades escocesas para determinar se há semelhanças, embora, a esta altura, não pareça haver nenhuma correlação.

— Onde foi a última localização confirmada dela? Quem foi a última pessoa com quem ela falou?

— Ainda não podemos divulgar essas informações. Vou responder a mais perguntas daqui pouco. Agora, a família da Srta. Hollow gostaria de dar uma breve declaração.

Em outro universo, eu estaria na minha aula de inglês de sexta-feira, discutindo *Frankenstein* com a Sra. Thistle. Em vez disso, Vivi, Cate e eu estávamos juntas na frente de uma sala de eventos do hotel Lanesborough. Um candelabro de cristal reluzia acima de nós. As paredes tinham muitos painéis, e retratos de moldura dourada se enfileiravam pelo recinto. Só os tapetes com estampa de onça pareciam modernos.

De um lado, sentava minha mãe, rígida e frágil. Do outro, Vivi, curvada e de braços cruzados. Ela estava fedendo — era o cheiro oleoso de bebida velha, suor e fumaça de cigarro. Cate não tinha conseguido obrigá-la a tomar banho, então borrifara perfume nela para disfarçar os dois dias de bebedeira pesada. Não adiantou.

A agente da Grey ligou para a polícia dois dias atrás. Nós os aguardamos no escritório dela, um espaço moderno, chique, adornado com fotos emolduradas da nossa irmã. Eles demoraram horas para chegar. Afinal, não era uma emergência. Não havia mais cena de crime nem cadáver. Apenas um apartamento incendiado e uma moça desaparecida — e moças desapareciam todos os dias.

A polícia chegou ao anoitecer para colher nosso depoimento. Omitimos os detalhes que não sabíamos explicar — as flores nascendo no cadáver, o crânio de touro que o homem estava usando por cima da cabeça — e contamos apenas a versão mais simples dos fatos. Grey deixara um bilhete dizendo que estava correndo perigo. Havia um cadáver em seu apartamento. Um homem invadira o local e o incendiara. Ele atirara em Vivi.

O interrogatório dos policiais foi minucioso, mas rotineiro. Eles trocavam olhares de descrença e irritação a cada trinta segundos, mais ou menos. Era compreensível. Mesmo omitindo as partes mais esdrúxulas, era uma história insana e improvável vindo de uma família insana e improvável.

Quando eles foram embora, Vivi ligou para nossa mãe, e a agente ligou para o assessor de imprensa de Grey. Uma hora depois, o mundo sabia que Grey Hollow — a bela e esquisita Grey Hollow — estava desaparecida. *De novo.* Grey era uma supermodelo famosa uma semana atrás, mas agora ela era dez vezes mais inebriante: ela era um mistério não solucionado.

Era oficial: tinha começado.

O que nos traz à coletiva de imprensa. O evento ocorreria na sombria sala de conferência de uma delegacia local, mas o assessor de imprensa da Grey trocou o local para o Lanesborough.

Fomos instruídas a ficar com uma aparência triste, recatada e indefesa, o que não foi difícil. Nós estávamos *mesmo* indefesas. Grey esperava que fôssemos procurá-la, e nós fomos. Grey escondera segredos que somente a gente encontraria, e nós encontramos. Grey deixara migalhas e contava com o fato de que a gente iria salvá-la, e nós falhamos.

Tínhamos deixado algo escapar, alguma pista vital, e agora Grey estava realmente desaparecida, e as únicas duas pessoas que tinham alguma esperança de encontrá-la haviam estragado tudo.

Senti um aperto no peito ao pensar em Grey sozinha em algum lugar, com medo, esperando eu e Vivi chegar para resgatá-la. Aguardando esperançosamente, certa de que apareceríamos — e depois percebendo que isso não aconteceria.

Amo você, pensei, engolindo o choro. *Por favor, saiba que amo você. Por favor, saiba que tentei.*

Os jornalistas assistiram ao meu momento de luto com avidez. Os flashes dos fotógrafos me deixaram desorientada, com dor de cabeça. Cate se levantou e implorou baixinho para que Grey voltasse, sem que suas palavras soassem muito convincentes. Lábios crispados, zero sentimento. Eu assistira à gravação da coletiva de imprensa que meus pais fizeram quando desaparecemos pela primeira vez, e nossa mãe estava à beira de um colapso: o rosto coberto de lágrimas, os olhos arregalados, vermelhos e descontrolados. Ela passava um lenço molhado no nariz a cada dez segundos enquanto suplicava, suplicava e *suplicava* pelo nosso retorno.

Agora era completamente diferente.

Aquele tinha sido o mês mais difícil da vida dos meus pais. Tinha avassalado e desmantelado os dois, tanto individualmente quanto como casal.

Eles culpavam um ao outro. Culpavam a si mesmos. Foi Gabe quem insistiu em ir à Escócia para visitar os pais dele durante o Natal e o Ano-Novo. Cate foi quem quis nos levar para passear pelas ruas do centro histórico à meia-noite, para que pudéssemos ver os fogos de artifício e a festança. Gabe escolheu o caminho. Foram os dois que tiraram os olhos da gente para se beijar à meia-noite.

Culpa dele.

Culpa dela.

Culpa dos dois.

Culpa da gente.

Eles não tinham nos ensinado a não falar com desconhecidos? Não tinham nos ensinado a não nos afastarmos deles? Não tinham sido rigorosos o bastante? Flexíveis o bastante? Nada tinha sido o bastante?

Nos dias seguintes, a casa dos meus avós foi revistada à procura de sangue, de sinais de brigas. Os cães farejadores de cadáveres percorreram os corredores e os quartos, caçando a morte. O quintal foi escavado, destruído. O carro deles foi levado como possível prova. Entrevistaram dúzias de testemunhas, tentando reencenar o que acontecera naquele dia. Os lagos mais próximos foram dragados para ver se achavam nossos corpos. Fizeram testes de polígrafo com meus pais. Colheram suas impressões digitais. Tiraram fotos deles. Os dois foram perseguidos tanto por policiais quanto por jornalistas. A imprensa tirou fotos deles em seus piores momentos. Se choravam muito, as pessoas os acusavam de estar fingindo. Se tentavam manter a calma, as pessoas os acusavam de serem frios.

Se eles sorriam, então era imperdoável.

Ninguém acreditava na história deles — e por que acreditariam? Era impossível. Quem raptaria três crianças sem ser visto ou ouvido? Quem conseguiria fazer isso em questão de segundos? Eles não podiam sair de Edimburgo sem uma resposta. Não podiam trabalhar. Não podiam ficar na casa dos meus avós, agora que o local era considerado uma possível cena de crime. Gastaram toda a poupança em hotéis e carros alugados e outdoors com nossos rostos. Mal comiam. Mal dormiam. Bateram em todas as portas do centro histórico. Perambulavam pelas ruas tomados pelo desespero, sujos, fedorentos e magros. Alternavam entre se consolarem e se odiarem pelo que havia acontecido.

As almas e o casamento deles estavam se desfazendo.

Talvez faltassem apenas uns dois dias para eles serem presos pelos nossos assassinatos quando ambos fizeram um pacto:

— Se elas estiverem mortas — disse Cate ao meu pai —, nós nos matamos?

— Isso — respondeu Gabe. — Se elas estiverem mortas, nós nos matamos.

Uma mulher nos encontrou na rua naquela noite, peladas e abaladas, mas ilesas. Os jornais que tinham acossado meus pais pediram desculpas pela difamação e pagaram enormes somas em acordos extrajudiciais — o suficiente para matricular todas nós num luxuoso colégio particular.

Gabe e Cate jamais se recuperaram. Eles tinham se ferido muito profundamente, assim como fizeram um ao outro. A *tristeza* de *na alegria e na tristeza* tinha sido bem pior do que os dois poderiam ter imaginado.

Agora minha mãe estava vivendo a mesma tragédia outra vez. Apertei sua mão, ela apertou a minha.

E assim nossa participação na coletiva acabou. Tinha sido decidido que Vivi e eu não falaríamos, para não tirarmos a atenção de Grey. Então quando todas nos levantamos para sair da sala, os jornalistas gritaram, fazendo as perguntas que estavam desesperados para fazer desde o instante em que nos viram:

— Iris, Vivi, querem dizer alguma coisa sobre o que aconteceu com vocês na infância?

— Vocês vão ajudar na investigação?

— O que realmente aconteceu com vocês na Escócia?

— Acham que Grey foi raptada pelas mesmas pessoas que as raptaram da outra vez?

— Cate! Cate! O que tem a dizer para as pessoas que ainda acham que você é culpada pelo sequestro de suas próprias filhas dez anos atrás?

Mantive a cabeça baixa e os olhos no chão enquanto meu estômago revirava. A polícia nos chamou para a sala ao lado, um refúgio silencioso, longe dos abutres. Quando as portas se fecharam atrás de nós, minha família se separou sem dizer nada. Vivi foi direto para o bar do hotel. Voltei com Cate para casa, para nossa casa enorme e vazia. Minha mãe se isolou em seu quarto escuro, e fui deixada sozinha, ainda vestindo as roupas da minha irmã desaparecida.

Meu celular tocou no bolso. Ele não parava de tocar desde o primeiro comunicado de imprensa, com mensagens de professores, dos pais das meninas para quem eu dava aulas particulares, de colegas da escola com quem eu nunca tinha falado pessoalmente, mas que tinham conseguido meu número com a amiga de uma amiga para dizer que estavam rezando por nós.

Esta nova mensagem vinha de um número desconhecido:

Meu Deus, querida, que terrível isso da Grey!
Espero que a encontrem logo!

P.S.: Conseguiu mandar meu portfólio para a agente dela?
Mandei o link pelo Instagram, lembra? Ainda não obtive
nenhuma resposta. Eles devem estar ocupados com isso do
desaparecimento, mas pensei em perguntar mesmo assim!

Não aguentava mais o veludo roçando minha pele, irritando minha cicatriz. Tirei a roupa no corredor, amassei-a nas mãos trêmulas e gritei no tecido. Queria destruir alguma coisa bonita, então peguei o vestido e o rasguei. Então, um pedaço de papel, delicado como um filamento, saiu voando de algum esconderijo dentro de uma costura qualquer. Afundei no chão, encostada na parede, e o desenrolei. O bilhete tinha sido escrito com a tinta verde que Grey sempre usava:

Sou uma garota feita de migalhas de pão, perdida e sozinha no bosque. — GH

Pois é, Grey, pensei. *Não me diga.*

☾

O que fazer quando um ente querido está desaparecido? Quando você já procurou por toda parte, o que fazer durante as longas horas que se prolongam são tomadas pela ausência e pela preocupação? A resposta de Vivi era beber o máximo possível pelo maior tempo possível, até desaparecer em si mesma. A minha era perambular pelos andares da nossa casa, espanando as lembranças de Grey em cada cômodo, com Sasha nos meus calcanhares, como se pudesse sentir meu luto e minha ansiedade.

Aqui, no armário debaixo da escada, era onde Grey havia enchido o espaço com colchas, almofadas e luzes decorativas e lido *As Crônicas de Nárnia* para nós durante um ano, todas as noites. Era onde eu pressionava as pontas dos dedos nas pequenas lâmpadas de plástico enquanto ela lia e me maravilhava com o fato de o brilho me atravessar, ficando vermelho fluorescente com meu sangue, revelando capilares e veias e toda espécie de segredos sob minha pele.

Aqui, na cozinha, era onde ela preparava o café da manhã todo domingo, dançando ao som de The Smiths ou Pixies enquanto batia as portas dos armários e deixava tempestades brancas de farinha no chão.

Aqui, no meu quarto, era onde ela se aconchegava a mim quando eu estava doente e me contava contos de fadas sobre três irmãs corajosas e os monstros que encontravam no escuro.

Aqui, em seu quarto agora vazio, era onde ela prendera um pôster de quiromancia mostrando as linhas das mãos e enchera suas prateleiras de sálvia e incensos.

Passei um bom tempo sentada em sua cama, tentando lembrar como era o quarto antes de sua mudança. Sempre havia roupas espalhadas pelo chão e a cama nunca estava arrumada. As gavinhas de uma glicínia haviam invadido a janela e sempre pareciam dominar um canto do quarto. Uma luminária rosa de sal do Himalaia molhara sua mesa de cabeceira, encurvando as páginas da sua cópia de *A Practical Guide to the Runes*, o livro que ela mais gostava de ler antes de dormir. A cômoda estava repleta de saquinhos com ervas, cordões com cristais e livros grifados sobre tabuletas de maldição da antiga Roma

Agora todas as coisas tinham desaparecido, e a garota desaparecera junto com elas.

Minha mãe estava chorando. Não era um barulho novo. Tinha sido a trilha sonora de boa parte da minha vida. O uivo do vento pela casa e, debaixo dele, o choro da minha mãe. Segui descalça pelo corredor até seu quarto, com cuidado para evitar a tábua barulhenta que revelaria minha presença. A porta estava entreaberta e uma fresta de luz se projetava para fora. Era uma cena que eu reconhecia: Cate ajoelhada ao lado da cama, segurando a foto da família ainda completa. Com o rosto enterrado no travesseiro, ela chorava tão intensamente que temi que acabasse engolindo tecido e penas e se engasgando.

À tarde, me joguei na cama com o notebook e alternei entre o Twitter e o Reddit e todas as notícias que encontrei sobre o desaparecimento da Grey. A informação havia explodido nas redes sociais. Acompanhei hashtags e li fóruns até minha cabeça doer de tão cheia, até sentir minha ansiedade como um peso físico dentro do crânio, até ter a sensação de que meu corpo tinha sido cortado e dissecado. Roí as unhas até os dedos sangrarem. Não conseguia respirar direito, mas também não conseguia parar de ler e de ver as reações dos outros. Seria um truque de publicidade, uma farsa, uma tentativa de chamar atenção, um mal-entendido, um assassinato, um suicídio, uma conspiração do governo, uma trama alienígena ou um pacto com o demônio? Rolei a tela e cliquei e consumi e me enchi e me drenei até ver minha mãe passar pela porta do quarto ao anoitecer, com a roupa hospitalar e os cabelos escuros presos no coque que sempre usava no trabalho.

Fui para o corredor e a alcancei na base da escada.

— Você está *de brincadeira*, né?

— A vida precisa continuar — disse ela enquanto pegava as chaves do carro e se dirigia à porta da frente. A pele sob seus olhos estava inchada, os lábios como se picados por uma abelha.

— Por que você não a ama mais? — perguntei, seguindo-a. — Quer dizer, o que uma garota de 17 anos poderia ter lhe dito de tão cruel para fazer você odiá-la?

Minha mãe parou enquanto passava pela porta. Esperava que ela fosse negar, que fosse dizer: *eu não odeio a Grey, jamais poderia odiar minha própria filha*. Em vez disso, ela respondeu:

— Te contar acabaria comigo.

Respirei fundo algumas vezes e tentei compreender o que ela dissera.

— Se Gray estivesse morta, você ao menos ligaria?

Ela engoliu a seco.

— Não.

Balancei a cabeça, horrorizada.

Cate então se aproximou de mim, puxou-me para um abraço, mesmo enquanto eu fingia tentar afastá-la. Ela estava tremendo, uma energia frenética vibrava pelo seu corpo.

— Desculpe — lamentou. — Desculpe. Sei que ela é sua irmã. Eu não devia ter dito isso. — O momento em que eu me sentia mais distante de Cate era quando parávamos uma ao lado da outra, com a extrema diferença de altura entre nós duas. Minha mãe pequena, meiga, de olhos azuis, e eu gigantesca e angulosa. Éramos espécies distintas. — Não saia hoje à noite, está bem? Por favor. Fique em casa. Fique aqui dentro. Você sabe que eu não aguentaria perdê-la. Desculpe... mas ainda preciso ir trabalhar.

E foi o que ela fez. Ela foi embora. Sentei-me na escada, encarando-a, sentindo uma contorção ácida dentro de mim. Minha cicatriz ainda estava pinicando por causa do vestido de veludo, então cravei as unhas nela. Agora havia um pequeno nódulo duro em uma das pontas, inflamado devido ao contato com o tecido. Cocei-a até que sangrasse. A casa me parecia silenciosa demais, cheia de sombras e de possíveis esconderijos para um invasor. E se o homem mascarado já estivesse aqui? E se ele chegasse durante à noite, enquanto eu estivesse sozinha?

Conferi a localização de Vivi no celular — ela ainda estava no Lanesborough, provavelmente bebendo no bar. Eu tinha passado o dia inteiro sem falar com ela. Vivi era volátil: podia ser sua melhor amiga em determinado momento, sua parceira para qualquer encrenca, e se afastar completamente em outro.

Mais um pensamento sombrio: Grey era a força fundamental da nossa irmandade, o Sol em torno do qual nós duas orbitávamos. O que seria de Vivi e de mim sem ela? Será que nos distanciaríamos no espaço cavernoso deixado por Grey, como planetas independentes gravitando num abismo?

Será que eu perderia minhas duas irmãs de uma vez?

Quando a campainha tocou, achei que fosse Cate de novo, voltando para se explicar. Demorei para ir até a porta e a abri devagar.

— Preciso de uma bebida — disparou Tyler Yang enquanto entrava, passando por mim sem esperar um convite.

— Sim, pode entrar, desconhecido que só vi uma vez na vida — respondi, mas Tyler já tinha passado pelo corredor e entrado na cozinha.

Ouvi armários fechando, panelas batendo. Fechei a porta e fui atrás dele.

— Está em cima da geladeira — informei, de braços cruzados, enquanto o observava.

Tyler estava mais desarrumado hoje, com os cabelos pretos caindo na testa e a calça jeans rasgada nos joelhos, mas o visual lhe caía bem.

Mesmo no cenário insosso de uma cozinha suburbana de Londres, Tyler Yang tinha uma energia fanfarrona, como um pirata, que se intensificava com o lápis de olho borrado, a camisa florida esvoaçante e o sobretudo com estampa de oncinha da House of Hollow cobrindo seus braços tatuados. Era alto e esguio, inconvenientemente bonito.

Ele encontrou o esconderijo de bebidas, pegou um gim e deu um longo gole direto na garrafa.

— Que encantador — falei.

— Sua irmã está dando uma de *Garota Exemplar* pra cima de mim, tenho certeza — afirmou Tyler, indo de um lado para o outro da cozinha, ainda segurando a garrafa de gim.

— Como assim?

— Grey está fingindo! Vou levar a culpa por isso, e é exatamente o que ela quer. — Ele deu mais outro gole demorado e parou, olhando de um lado para o outro, frenético. — A Inglaterra tem pena de morte?

— Espera, você acha que Grey está fingindo o próprio desaparecimento para... punir *você*?

— Não acha que ela é capaz disso?

Pensei em Justine Khan raspando a cabeça na frente do colégio inteiro. Lembrei-me do professor de que Grey não gostava, que a beijou na frente da turma inteira e foi demitido por causa disso. Ele insistira que não queria beijá-la, que ela sussurrara em seu ouvido e o obrigara. Grey Hollow tinha uma noção levemente distorcida de crimes e punições, e coisas ruins aconteciam com aqueles que a irritavam.

Tyler estava andando de um lado para o outro de novo.

— Um monte de coisa esquisita acontece perto dela. Uma quantidade *anormal* de coisa esquisita!

Suspirei. Eu sabia disso.

— A polícia entrou no meu apartamento quando eu não estava, sabia? — prosseguiu. — Pelo jeito, eles têm um mandado de prisão. — Tyler choramingou. — Está nos *trending topics* do Twitter.

Fui ver. Era verdade.

— E eles têm como incriminá-lo? — perguntei.

Mais um soluço contido. Mais um gole de gim.

— E eu sei lá!

— Então você veio... *pra cá*? Quando a polícia quer incriminá-lo pelo... *assassinato* da minha irmã?

Tyler apontou a garrafa para mim, com os dedos cheios de anéis finos e prateados.

— Você sabe que eu não tive nada a ver com o desaparecimento dela. Dá para *ver* isso nos seus olhos. Você *sabe* de alguma coisa, Mini Hollow. *Me conte.*

Balancei a cabeça.

— A gente achou que sabia alguma coisa. Achamos que talvez tivesse a ver com o que aconteceu quando éramos crianças, mas... não descobrimos nada.

— Merda!

Tyler passou a mão nos cabelos, afastando-os do rosto, em seguida se deixou cair no chão da cozinha, com o queixo encostado no peito e os braços pendendo ao lado do corpo. Fui até ele e me agachei à sua frente. De perto, senti o fedor de gim, maconha e vômito, e me perguntei o quanto ele já não devia estar bêbado e chapado quando chegou aqui.

— Você a conhecia, Tyler — falei.

Ele balançou a cabeça pendente.

— Não sei se alguém a *conhece* de verdade — retrucou, enrolando as palavras.

— *Pense.* Pense *bem*. Tem alguma coisa que você possa me contar, qualquer coisa, que seria um bom ponto de partida? Um nome, um lugar, uma história que ela lhe contou?

Esperei um minuto inteiro, depois sacudi seu ombro, mas ele mexeu a mão na minha direção com um gemido e depois se recostou de novo no armário, inconsciente.

— Ah, pelo amor de Deus! — esbravejei enquanto me levantava.

Tyler era pesado demais para que eu o tirasse do lugar, então peguei uma colcha e um travesseiro sobrando no armário de roupas de cama e o deixei lá, esparramado no chão da cozinha.

☾

Acordei no sábado de manhã com o gosto de sangue e o cheiro de suor e álcool. Estava com uma fome intensa e avassaladora — havia mastigado as bochechas e a língua enquanto dormia. O sangue pertencia a mim mesma. Ele tinha secado nos meus lábios, pingado na fronha. O cheiro de suor e álcool vinha de Vivi, ainda com a roupa que havia usado na coletiva ontem, a maquiagem craquelada na pele. Seu corpo morno estava aconchegado ao meu, com uma de suas pernas por cima do meu quadril.

A noite tinha sido esquisita e insone. As horas se agruparam, e depois esvaeceram em conjunto. Só consegui fechar os olhos quando o sol já embranquecia o céu invernal. No fim das contas, foi bom ter a presença não solicitada de Tyler Yang. Como tive de ver como ele estava durante a noite para conferir que ele não se engasgara com o próprio vômito, pude fazer alguma coisa além de me preocupar com Grey. A notícia do mandado de prisão de Tyler se disseminara bem rápido na internet, chegando a toda parte, e fui tragada de uma leitura a outra sobre ele, seu namoro com minha irmã, sua carreira e seu passado. O que inevitavelmente me fez conhecer a trágica história de Rosie Yang.

Estava sentada no chão da cozinha, ao lado de Tyler, quando me deparei com a seguinte manchete:

UM AFOGAMENTO TERRÍVEL: TESTEMUNHAS RELATAM AS CENAS ASSUSTADORAS DA MORTE DE UMA MENINA DE 7 ANOS DURANTE UMA VIAGEM DE FAMÍLIA À PRAIA

Fiquei arrancando cutículas enquanto lia. Tinha acontecido muito tempo atrás, quando Tyler tinha cinco anos, numa cidade litorânea movimentada no auge do verão. Havia uma onda de calor e a praia estava abarrotada com milhares de pessoas querendo escapar do calor pegajoso. Tyler e a irmã mais velha tinham se afastado dos pais e foram encontrados deitados de bruços na areia pouco tempo depois. Tyler foi reanimado no local. Não conseguiram fazer o mesmo com Rosie, declarada morta no hospital.

O artigo incluía uma foto dela em sua festa de aniversário, uma semana antes. Uma menininha de vestido amarelo, com os mesmos cabelos pretos de Tyler, o mesmo sorriso travesso, as mesmas covinhas.

Encostei a mão no peito de Tyler enquanto ele dormia e senti o movimento ritmado de sua caixa torácica, a forte batida de seu coração, e imaginei a cena na praia naquele dia. As mãos de um salva-vidas no peito dele, as compressões tão intensas que quebraram suas finas costelas. A pele nua e molhada de suas costas sendo empurrada contra a areia quente enquanto os espectadores se aglomeravam ao redor, pressionando os dedos na boca e segurando os próprios filhos atrás de si para que eles não vissem. Seus pais ao lado dele, ao lado da irmã, mal conseguindo respirar de tanta dor, esperança e urgência. O filho cuspindo a água dos pulmões, uma inspiração repentina. A filha sem vida, azul, fria.

Tyler Yang era confiante, arrogante e despreocupado. Não parecia um homem com um passado trágico. Porém, a pior coisa que eu podia imaginar, e que talvez estivesse acontecendo comigo agora — perder uma irmã —, já lhe acontecera. Ele era uma prova triste de uma verdade que eu sabia existir, mas me recusava a aceitar: era possível sofrer uma perda devastadora, incompreensível, e continuar vivendo, respirando, bombeando sangue pelo corpo e enviando oxigênio para o cérebro.

Depois disso, passei a maior parte da noite sentada na cozinha, conferindo a respiração de Tyler, com a faca de Grey na mão, caso o homem de chifres voltasse. Ao amanhecer, finalmente fui para a cama e apaguei.

Apoiei o rosto no peito tatuado de Vivi e escutei seu coração bater, com o braço em sua barriga. Meu coração batia no mesmo ritmo que o seu. Nós três, com o exato mesmo ritmo dentro do peito. Quando uma se assustava, o coração das outras se surpreendia. Se alguém nos abrisse e levantasse a pele, tenho certeza de que encontraria algo estranho: um órgão compartilhado, de alguma maneira, por três garotas.

Nós três éramos peças de um quebra-cabeça. Tinha esquecido o quanto era bom acordar ao seu lado, aconchegada a ela, um todo com três partes. Naquela manhã, a ausência de Grey me parecia intensa e dolorosa. Nunca desejei tanto sua presença. Queria encontrá-la, desmoronar em cima dela, deixá-la fazer cafuné em mim como ela fazia quando eu era criança, até dormir aninhada em seus braços.

Minha irmã. Meu refúgio.

Uma lágrima escorreu do canto do meu olho e atingiu a pele morna de Vivi.

Ela se mexeu quando comecei a soluçar.

— Oi — disse, grogue, com uma baforada de mau hálito. — O que aconteceu?

Eu me aconcheguei ainda mais a ela.

— Achei que tinha perdido você também. Achei que talvez você não fosse voltar para casa.

— Não vou a lugar nenhum. — Vivi balançou a cabeça encostada no meu corpo. — Eu... eu não devia ter deixado você aqui, Iris. Depois que Grey foi embora. Eu devia ter ficado e cuidado de você, ajudando-a a carregar o fardo. Não vou abandoná-la de novo.

De repente Tyler entrou no quarto, com a camisa florida amassada, os olhos arregalados e os cabelos despenteados.

— YULIA VASYLYK! — disse ele, apontando para mim. — ISSO!

E então, com a mesma rapidez com que chegara, ele sumiu de novo.

Vivi se sentou e encarou a porta vazia, como se tentasse entender o que acabara de ver.

— Ainda estou superbêbada ou acabo de ver Tyler Yang no seu quarto?

— Acho que ele está se escondendo da polícia — respondi.

— Isso... é genial. É o último lugar onde eles procurariam.

Tyler apareceu de novo e bateu palmas para que a gente se levantasse.

— Mini Hollows. Aquilo foi um momento eureca. Vocês precisam *vir aqui.*

— Estou com muita ressaca para lidar com isso — avisou Vivi enquanto nos desemaranhávamos e descíamos.

Encontramos Tyler na cozinha, com a colcha da noite anterior dobrada bem direitinho em cima do banco. Ele estava andando de um lado para o outro de novo. Agora eu o enxergava de outra maneira, como um homem que carregava uma tragédia daquela no coração. Sasha o observava de cima da geladeira, balançando o rabo para demonstrar sua insatisfação com a invasão de seu espaço.

— Yulia Vasylyk — repetiu ele. — É por aí que vamos começar.

— Está falando nossa língua? — perguntou Vivi ao se sentar à ilha da cozinha, encostando a bochecha no balcão, de olhos fechados.

— É um nome — explicou Tyler. — Uma mulher. Alguém que Grey já mencionou.

Eu estava com tanta fome que minha barriga mais parecia um buraco negro se expandindo dentro da minha caixa torácica. Peguei meu celular, digitei *Yulia Vasylyk* no Google e cliquei no botão de pesquisar.

O desaparecimento de Yulia Vasylyk três anos e meio atrás não havia sido uma grande notícia. Havia apenas alguns artigos curtos, e dois deles a chamavam de *Julia*.

— Não entendi qual é a relação — admiti. — Outra mulher desaparecida, é isso?

— Digite *Yulia Vasylyk Grey Hollow* — sugeriu Tyler.

Eu tinha minhas dúvidas, mas fiz o que ele pediu. Apareceu um único resultado no Google. Li o texto em voz alta:

UCRANIANA ENCONTRADA UMA SEMANA APÓS SER DADA COMO DESAPARECIDA

Yulia Vasylyk, de 19 anos, uma ucraniana aspirante a modelo, foi encontrada uma semana após o namorado comunicar seu desaparecimento. Vasylyk foi encontrada andando perto de seu apartamento em Hackney no fim da noite da segunda-feira, descalça e desorientada. A polícia a levou até um hospital próximo para que fosse avaliada. Nenhum detalhe adicional foi divulgado.

Por ironia do destino, Vasylyk divide seu pequeno apartamento de um quarto em Hackney com mais três moças, uma das quais...

Parei de ler e olhei para Tyler.

— Continue lendo — pediu ele.

Respirei e continuei:

... uma das quais é famosa por também ter desaparecido e retornado: Grey Hollow. Hollow, agora com 18 anos, foi raptada numa rua na Escócia quando criança e encontrada sã e salva um mês depois.
Nem Vasylyk nem Hollow retornaram nosso contato.

— Puta merda! — exclamou Vivi, erguendo a cabeça do balcão. — Aconteceu de novo.

Tyler estava sorrindo.

— Isso aí, gata — concordou ele, estalando os dedos. — Outra pessoa voltou.

11

ERA FÁCIL ENCONTRAR YULIA VASYLYK on-line. Com cem mil seguidores no Instagram, a antiga aspirante a ícone fashion se tornara uma maquiadora e cabeleireira de certa fama. Tyler havia até trabalhado com ela várias vezes antes de começar a namorar Grey. Quando Yulia descobriu que os dois estavam juntos, ela se recusou a trabalhar com ele de novo, e foi então que Grey contou a Tyler do passado esquisito delas.

Tyler passou a manhã ligando para seus contatos do ramo para descobrir onde Yulia poderia estar, sem muita sorte: a notícia de sua iminente prisão havia se espalhado com rapidez, e as pessoas não queriam divulgar o paradeiro de outra jovem, pois talvez ele fosse um assassino em série iniciante desejando matá-la também.

Ao final do seu turno, Cate me mandou uma mensagem avisando que ia ficar até mais tarde para cobrir o turno de uma colega doente, e perguntando se eu não estava pensando em voltar às aulas após o fim de semana.

A rotina faz bem, escreveu ela. Normalidade faz bem. Sei que me acha fria, mas eu já fiz isso antes, lembra?

Não respondi.

Após um tempo, depois que Vivi e eu tomamos uma ducha, trocamos de roupa, alimentamos Sasha e comemos por três pessoas — cada uma — no café da manhã, Tyler começou a dar murros no ar enquanto falava ao telefone.

— Yulia está numa sessão de fotos num armazém em Spitalfields — revelou ao desligar. — Eu mando bem? Sim ou sim?

— Nossa, Sherlock, você só demorou duas horas — respondeu Vivi, com a voz ainda grave da ressaca.

Tyler pegou emprestado uns óculos escuros grandes para o trajeto de Uber até Spitalfields, mas seu "disfarce" era uma tentativa tão evidente de não chamar atenção que o motorista passou metade do percurso encarando-o pelo retrovisor. Fui segurando a mão de Vivi. Minha perna direita balançava para cima e para baixo, animada pela nova sensação de esperança. Não era muito, mas era alguma coisa. Uma pista. Ainda não tinha acabado.

Encontramos a sessão de fotos no depósito, exatamente onde o contato de Tyler havia dito que seria. Eram fotos de alta-costura, com modelos andando de um lado para o outro em vestidos de baile transparentes e impermeáveis e macacões feitos de corda entrelaçada, os rostos pintados com sombra vermelho-sangue e sardas rosa-neon. Nós três entramos sem que questionassem nossa presença porque parecíamos fazer parte do show.

— Por que ainda não fizeram o cabelo e a maquiagem? — perguntou rispidamente uma mulher com uma prancheta antes de nos olhar melhor e perceber, de repente, quem éramos. — Ah — disse ela. — Ah.

Em seguida, ela saiu correndo para o cômodo ao lado e nos deixou sozinhos.

Encontramos Yulia nos fundos do armazém, pintando o rosto de um homem com cabelos azuis. A própria Yulia não estava maquiada. Seus cabelos escuros estavam presos numa trança, e a roupa sob seu cinto porta-pincéis era funcional, prática. Ela quase parecia deslocada naquele ambiente tão extravagante.

— Não sei onde ela está — disparou Yulia ao nos ver. — Não falo com Grey desde que ela conheceu você — falou para Tyler.

Em seguida, virou-se e voltou a trabalhar.

— Não estamos procurando Grey — afirmei.

— Estamos procurando você — explicou Tyler.

— Nós sabemos que você morou com ela — continuou Vivi.

Yulia nos olhou de novo.

— Meus pais eram os donos do apartamento. Eles me deixavam morar lá quando estava fazendo testes para modelo, mas eu precisava dividir com outras pessoas para conseguir pagar o aluguel. Então sua irmã surgiu na história. Não quero responder a mais nenhuma pergunta.

— Por favor — insistiu Vivi enquanto dava um passo à frente e estendia o braço sedutoramente na direção do rosto de Yulia.

— Não — interrompeu Yulia, batendo um pincel na mão de Vivi para afastá-la. — Nem pense em fazer essa coisa abominável comigo.

— Ai, ai — respondeu Vivi, erguendo as mãos para se render. — Tudo bem. Foi mal.

— Você é igualzinha à sua irmã — observou Yulia grosseiramente, apontando o pincel para nós. — Manipuladora. Agora saia do meu *local de trabalho* antes que eu chame a polícia. — Ela olhou para Tyler mais uma vez. — Tenho certeza de que eles adorariam saber que *você* está aqui.

— *Vaca.* — Ouvi Tyler dizer baixinho.

— Por favor — falei, tentando acalmar a situação. — *Por favor.* Prometemos não chegar perto de você. Não encostaremos em você, não a obrigaremos a fazer nada que não queira. Só queremos encontrar nossa irmã.

Yulia bufou, depois fez que sim com a cabeça e se inclinou para cochichar no ouvido do modelo. Quando ele saiu, ela pegou uma tesoura e ficou segurando-a ao lado do corpo.

— Não se aproxime — alertou. — Eu vou me defender.

— Isso é *mesmo* necessário? — perguntou Vivi, apontando a cabeça para a tesoura.

— Conheço sua irmã. Se vocês forem como ela, é necessário — afirmou Yulia. — Façam suas perguntas.

— Você realmente não faz ideia de onde ela pode estar? — perguntou Tyler.

— Pelo que ouvi por aí, você a matou. Próxima pergunta.

Precisávamos de uma abordagem diferente.

— Como ela era quando você a conheceu? — arrisquei.

Isso a pegou de surpresa. Yulia fez uma pausa antes de responder.

— Linda — respondeu ela, por fim. — Era a primeira coisa que todo mundo percebia, obviamente. Também reservada. Quieta. Estranha.

— Estranha como? — insisti.

— A maioria das garotas, quando começam a trabalhar como modelo, acaba se empolgando. É a primeira vez que estão morando longe dos pais. Elas bebem, vão pra balada.

— Está me dizendo que Grey Hollow *não* ia pra balada? — questionou Tyler. — Acho difícil.

— Não com a gente — explicou Yulia. — Nós íamos para as boates e ela ficava. Quando voltávamos, ela não estava, e às vezes passava dias fora.

— Ela sumia? — indaguei.

— Isso — confirmou Yulia. — Sumia, sua ausência era evidente.

— E onde você acha que ela estava?

— Provavelmente tendo casos sórdidos por aí, como ela costuma fazer — Tyler se intrometeu, sendo fulminado pelo olhar de Vivi.

— No início achei mesmo que fosse alguém — prosseguiu Yulia. Tyler jogou as mãos para cima. — Depois, vício em drogas.

Vivi riu.

— Grey usava um pouco, mas jamais ficaria viciada.

— Como você sabe? — disparou Yulia, com rispidez. Ela segurou a tesoura com mais força. Suas articulações ficaram brancas. Havia um brilho animal em seus olhos, a expressão de algo pronto para lutar pela própria vida. O que Grey fizera com aquela mulher? — Grey guardava todo tipo de segredo. Com certeza escondia coisas de vocês. Eu só descobri que ela tinha irmãs quando ficou famosa. Ela nunca falava de vocês duas. Era um pesadelo morar com ela. Grey tinha hobbies esquisitos, mas a taxidermia era o mais esquisito de todos. Quantas adolescentes que vocês conhecem gostam de esfolar ratos, pássaros e cobras e transformá-los em monstros estranhos do tipo Frankenstein? Foi assim que ela conseguiu pagar o aluguel nos primeiros meses, antes de começar a ganhar mais dinheiro como modelo. Pelo jeito, a taxidermia dela era tão boa que uns esquisitões da internet entravam em contato e faziam encomendas. Foi ótimo para ela e uma merda para a mesa da minha cozinha. Nunca consegui remover as manchas.

— E então teve aquela semana em que você desapareceu — disse Tyler. — O que aconteceu, meu bem? Para onde você foi?

Yulia respirou.

— Eu era como a maioria das pessoas. Assim que vi Grey, eu... eu me apaixonei. Fiquei obcecada por ela. Como um bichinho de estimação seguindo o dono. Não sei explicar, só sei que ela era linda. Eu a seguia como uma sombra. E então aconteceu. Um dia, quando Grey saiu para o lugar aonde ela costumava ir, onde quer que ele fosse, fui atrás dela. Segui-a. Queria saber aonde ela ia quando desaparecia. Grey voltou. Eu não. — Ela lambeu os lábios. — Meu namorado da época foi à delegacia. Comunicou meu desaparecimento e disse que achava que Grey tinha feito algo comigo, mas eles disseram que moças como eu desapareciam o tempo todo. Ninguém ligou. Nem me procuraram.

— E... onde você estava? — perguntei.

— Aí é que está. Eu não lembro — admitiu Yulia.

— Meu Deus! — exclamou Tyler. — Cacete, vocês todas são inúteis!

— Você tinha *19 anos* — afirmou Vivi. — Deve se lembrar de alguma coisa.

— Eu sei o que aconteceu comigo. Segui sua irmã até um lugar aonde eu não deveria ir e paguei o preço. Quando voltei, eu não estava... normal. Aquilo tinha acabado comigo. Agora sonho o tempo todo com gente morta. Quando acordo, ainda consigo ouvir essas pessoas sussurrando para mim. — Yulia olhou para as próprias mãos trêmulas, depois para atrás da gente, por cima dos nossos ombros. O modelo de cabelos azuis tinha ido chamar a mulher da prancheta. Ambos nos encaravam. A mulher estava com o celular no ouvido, numa conversa baixa e urgente. — Eu me esforcei muito para me recuperar depois de conhecer sua irmã. Agora, é melhor vocês irem embora se quiserem sair antes que a polícia chegue.

Olhei para Vivi. Dava para perceber que ela queria insistir, queria enfiar os dedos na boca de Yulia Vasylyk e inebriá-la com o gosto de sua pele para que ela respondesse a todas as nossas perguntas. Coloquei a mão em seu braço e balancei a cabeça uma vez.

— Só uma última pergunta — falei antes de irmos embora. — Onde ficava o apartamento em que vocês moravam?

Nos primeiros meses após Grey sair de casa, nós praticamente não a vimos. Jamais conhecemos esse apartamento, mas sabíamos que ficava em algum lugar de Hackney.

— Perto do parque London Fields — informou Yulia. — Mas Grey não vai estar lá, se é isso que você está pensando. Meus pais são donos do apartamento. Não tem ninguém morando lá.

— Está desocupado?

— Ninguém quer alugá-lo, e meus pais não conseguiram vendê-lo depois que Grey se mudou de lá. Sempre que algum possível comprador ou locatório vai lá para conhecer, diz que está passando mal. Que tem algo de errado com aquele lugar. Meus pais inspecionaram para ver se tinha mofo ou vazamento de gás carbônico, mas acho que...

— O que você acha? — interpelou Vivi.

— Acho que sua irmã o amaldiçoou.

— Obrigada — agradeci, sendo sincera. — Obrigada por nos ajudar.

— Ei — chamou Yulia enquanto nos virávamos para ir embora.

— Sim?

— A imprensa omitiu uma informação — avisou ela. — Quando fui encontrada na rua, eu estava nua, exceto pelas runas escritas com sangue no meu corpo. O sangue era de Grey.

☾

Vivi, Tyler e eu pegamos um Uber e pedimos para ficar perto do sul de London Fields, então atravessamos a feira Broadway Market para chegar ao parque. Estava abarrotado de gente, como todos os sábados, com pessoas comprando pão *sourdough*, donuts artesanais, um monte de flores e jaquetas impermeáveis da Barbour. No caminho, compramos café e meia dúzia de croissants, que não chegou nem perto de saciar meu apetite descomunal.

— Vocês parecem duas ursas se preparando para o inverno — comentou Tyler enquanto nos observava comer, apenas tomando café puro, sem açúcar.

— Por que acha que sentimos fome o tempo todo? — perguntei a Vivi enquanto lambia os dedos após meu terceiro croissant.

— Fomos abençoadas com metabolismos acelerados — respondeu ela.

— Tão acelerados que algumas pessoas diriam que nem parecem humanos — falei.

— E sim de ursos, alguns podem até sugerir — observou Tyler.

Minha barriga roncou.

— Preciso de mais comida.

Paramos outra vez para comprar queijo de cabra, mel e duas baguetes *sourdough*, depois nos empanturramos até, finalmente, após consumir umas dez mil calorias antes do almoço, senti algo que se aproximava da saciedade.

— O que acham do que Yulia disse? — perguntei enquanto saíamos da feira e entrávamos no London Fields.

Era meu parque predileto no verão, quando a grama se enchia de flores silvestres vermelhas e amarelas, e centenas de londrinos se abrigavam na sombra das árvores para tomar Aperol Spritz no calor do verão. Agora, no fim do inverno, o sol do meio-dia parecia diluído, distante. As árvores esquálidas exibiam galhos nus, e o frio era cáustico demais para que alguém quisesse passar muito tempo ali.

— Toda essa situação está bem além da nossa compreensão — afirmou Vivi entre algumas mordidas no pão. — Mas as runas escritas com sangue... *Isso* sim já é outro nível.

— Os dois homens no apartamento de Grey tinham runas escritas com sangue no corpo — observei. — Não é coincidência.

— Então a gente está pensando a mesma coisa, né? — perguntou Tyler. — Com certeza é alguma seita satânica. Tipo uma seita sexual bizarra com sangue e sacrifício humano. É isso que estamos pensando no momento, não é?

Assim que chegamos à saída norte de London Fields, sentimos o rastro de Grey. Senti-o como um formigamento na ponta dos dedos e um gosto na língua, uma certeza inexplicável de que minha irmã havia estado ali. A área estava impregnada de sua energia, embora sua presença já parecesse velha e dissipada. Caminhamos em silêncio, até avistarmos uma fileira de casas próximas aos trilhos de trem. Vivi apontou para uma delas e disse:

— Aquela ali.

Sabia que ela tinha razão. A energia de Grey se aninhara ali dentro, densa e retorcida, e perdurara mesmo anos após ela se mudar.

— Como você pode saber isso? — perguntou Tyler.

Uma sensação sinistra se espalhou por mim.

— Não parece certo — falei.

— Não me diga. Você não tem *nenhuma prova* de que estamos no lugar certo — provocou Tyler.

— Mas *é, sim,* o lugar certo. Grey era triste ali — comentou Vivi. — O que ela deixou quando foi embora é... feio.

— Argh, vocês são tão terríveis quanto sua irmã — respondeu Tyler enquanto andava na nossa frente, dirigindo-se ao prédio. — Sempre esse papo de energia, demônios e tal. Que ridículo!

Os Vasylyks não tinham conseguido vender o apartamento. Cate também tentara, sem sucesso, vender a casa da nossa família após a morte do meu pai. Pensei que era devido ao suicídio, que as pessoas ouviam falar disso ou sentiam a energia inquietante gerada pelo ocorrido. Mas... talvez não. Talvez fosse a gente. Talvez nossa estranheza tivesse se infiltrado nas paredes, fazendo o lugar parecer assombrado.

Apertamos a campainha de quatro apartamentos do prédio, mas ninguém respondeu. Acabamos entrando atrás de um homem com uma sacola de compras, e seguindo o rastro de Grey até a porta no segundo andar. Vivi girou a maçaneta — trancada —, mas a madeira era velha e fina, e a porta começava a se envergar nas pontas como um livro molhado. Só foi preciso Vivi jogar o peso contra a porta uma vez para que se escancarasse com um estalo seco. E então lá estávamos nós, dentro de mais um dos apartamentos de Grey, com tantas perguntas que jamais teríamos respostas para todas elas.

Havia alguns móveis empilhados num canto da sala de estar, mas, além disso, o espaço estava vazio. O carpete rosado como um pêssego estava desfiado de tão velho, e o papel de parede havia desbotado com o sol. A cozinha era toda de madeira, um resquício da moda dos anos 1970. Cozinha, banheiro, sala de estar, um quarto. Era minúsculo, escuro, melancólico. Grey morara aqui com mais três meninas, todas empilhadas como ratos num ninho.

Não era acolhedor. Parecia perigoso e vigiado de uma maneira que eu não sabia especificar. As sombras se alongavam. Uma fileira de formigas subia pela parede do quarto, entrando num buraquinho perto do teto. Dava para sentir por que eles não tinham conseguido alugar nem vender. O espaço era assombrado pela nossa irmã, pela tristeza e preocupação que deixara nas paredes. Ela não era a supermodelo Grey Hollow quando morava aqui, era uma garota de 17 anos, assustada, sem dinheiro e sem ter para onde ir.

— Bem, que lugar deprimente — observou Tyler ao abrir a janela que dava para a parede de tijolos vizinha.

Seguimos o que já era nossa rotina de sempre. Passamos os dedos nos rodapés, procurando compartimentos escondidos. Abrimos todos os armários da cozinha e todas as gavetas. Procuramos debaixo da pia do banheiro, dentro da cisterna, no espaço sinistro debaixo da banheira. Desenroscamos os suportes de cortinas em busca de papeizinhos enrolados e estendemos as cortinas contra a luz para procurar algum bordado secreto. Viramos os poucos móveis e procuramos palavras riscadas na madeira.

Consegui ver cenas da vida dela aqui, naqueles primeiros meses de liberdade, longe do fardo do ensino médio e de duas irmãs mais novas. Imaginei-a voltando de bares, um pouco bêbada, alegre e sorrindo porque um gatinho pedira seu telefone. Imaginei-a na cozinha, de pijama, fazendo o mesmo café da manhã que fazia para nós todo domingo: waffles, ovos mexidos e suco de laranja preparado na hora. Imaginei como era seu quarto quando ela o dividia, com seu beliche coberto de enfeites e tesouros que levara de casa.

— Não sobrou nada dela aqui — constatou Vivi, após soprar todas as janelas para procurar mensagens escritas. Mas tinha sobrado algo dela, sim.

Havia uma energia inquietante. Algo perverso, subjacente. Voltei várias vezes para uma parede do quarto, a parede na qual Grey devia dormir encostada, pois era onde eu mais a sentia. Passei as mãos nela. Não havia nada que me saltasse aos olhos. Nenhuma saliência ou compartimento oculto. Nada anômalo, exceto a fila de formigas.

— Você também está sentindo — afirmou Vivi, parando ao meu lado.

Nós duas encaramos a parede. Uma teia emaranhada de maldade zumbia por trás dela.

— O papel de parede daqui é um pouco diferente — falei.

Era algo que estava me incomodando desde que chegamos, mas eu tinha acabado de passar o dedo sobre ele.

— É? — perguntou Vivi. Ela ficou olhando de uma parede para a outra, várias vezes. — Você tem razão.

— Este aqui é mais novo. — Passei a mão nele outra vez. Sim, estava mais macio e menos desbotado do que o papel de parede do restante do apartamento. — Eles cobriram esta parede, somente esta.

Tyler estava andando de um lado para o outro atrás da gente.

— Vocês deveriam estar me inocentando, não criticando péssimas escolhas de decoração.

— Bem, a gente já arrombou a porta da frente — disparou Vivi. — Então que mal vai fazer arrancar um papel de parede?

Vivi pegou uma cadeira na pilha de móveis da sala. Subi nela e comecei no canto superior direito, onde estavam as formigas, mexendo no papel até uma ponta se soltar o bastante para que eu pudesse puxá-la. Era barato e havia sido aplicado com pressa. Ele se descolou em camadas grossas, deixando marcas pegajosas na tinta.

— Eca! — exclamou Tyler, sentindo ânsia de vômito quando deixei uma camada cair no chão. — A parede está apodrecendo.

— Não é isso — afirmou Vivi. Nós duas nos aproximamos para olhar melhor. — É outra coisa.

Vivi encostou a mão na parede. Estava esponjosa, cheia de umidade. Com um pouco mais de pressão, sua palma afundou no gesso amolecido. O cheiro explodiu para fora da escuridão, um fedor nojento, verde.

— Ah, não, tem alguma coisa morta — grunhiu Tyler, segurando-se para não vomitar.

Vivi puxou um pedaço da parede, e então fragmentos maiores começaram a cair no chão como lama. O gesso estava gelatinoso, quase não era mais sólido.

— Não. Tem alguma coisa viva — corrigiu Vivi enquanto me mostrava um pedaço da parede.

Estava fedendo, mas um lado estava coberto de pequenas flores brancas.

A mesma flor que havia crescido dentro de Vivi. As mesmas flores que Grey costurava aos seus vestidos como uma renda.

— Flores-cadáveres — explicou Vivi, enquanto pegava uma delas e a girava na ponta dos dedos. — A coisa mais punk que aprendi na aula de ciências do colégio. Elas têm cheiro de carne podre para atrair moscas e outros insetos.

Tiramos mais pedaços da parede, fazendo um buraco grande o bastante para que pudéssemos olhar dentro dele. Havia cerca de trinta centímetros de uma substância mole, e cada um deles estava coberto de flores-cadáveres e das coisas que gostavam de viver nelas: formigas, besouros, insetos rastejantes.

— Já vi essas flores antes — continuou, enquanto colocava a cabeça dentro da parede, com a lanterna do celular revelando mais do espaço úmido. — Brotando naquele cara morto que caiu do teto.

— São as mesmas flores que encontraram nos nossos cabelos quando voltamos — falei. — A polícia tentou identificá-las, mas não conseguiu. Li isso num arquivo. Elas são híbridas, pirófitas.

— Piro o quê? — perguntou Tyler.

— Plantas que se adaptaram para resistir a incêndios. Algumas delas até precisam de fogo para se desenvolver.

Pensei na estrutura queimada da casa de Edimburgo — de tão quentes, as chamas deixaram apenas a moldura da porta da frente. Pensei no calor da pólvora da bala que atingiu de raspão o braço de Vivi. Pensei no fogo que engolira o apartamento de Grey. Calor e chamas. Sangue e fogo. Haveria alguma relação?

Vivi tirou a cabeça da parede e começou a mexer em sua mochila.

— Aqui — indicou ao segurar o diário de Grey, aquele que havíamos encontrado em seu apartamento secreto. Não tínhamos entregado essas coisas à polícia. Pareciam sagradas demais, pessoais demais. — A última foto e todos os desenhos.

Abri o diário no meio, na foto polaroide de uma porta numa parede de pedras em ruínas. Ela estava coberta por um carpete de flores brancas.

Vivi apontou para a foto.

— Uma porta que antes levava a algum lugar — explicou, virando as páginas do diário, mostrando páginas e mais páginas com desenhos, cada um de uma porta diferente —, mas que agora leva a outro.

As palavras pareciam poesia, algo que eu já soubera de cor e esquecera há muito tempo.

— Por que essa frase me é familiar? — perguntei. — De onde ela é?

— No conto de fadas de Grey, era assim que se chegava ao... local intermediário. Ao Ponto de Passagem. Ao limbo. À terra dos mortos.

Tanto faz. A pessoa passava por uma porta que antes dava para outro lugar. Uma porta quebrada.

Minha memória tentou alcançar alguma coisa. Sim, uma história que Grey nos contara quando éramos pequenas. O lugar do qual ela falava era esquisito, dividido. O tempo e o espaço ficavam presos dentro deles, emaranhados.

— Você não está achando que ela... foi parar... em outro lugar, está?

— E se as histórias que ela nos contava quando éramos pequenas fossem verdadeiras? — Ri e olhei para Vivi, mas ela estava séria. — Era um mundo limítrofe — explicou, com o rosto perto da foto de Bromley--by-Bow, estudando a ruína. — Um tipo de sarjeta acidental. Como... o vão atrás do sofá onde caem migalhas e moedas. — Vivi me encarou, de olhos pesados como chumbo. — E se ela estiver lá? E se ela tiver encontrado uma maneira de voltar?

— Vivi. Fala sério.

— Pois é, concordo com... — Tyler me olhou de esguelha. — A Hollow caçula... nessa questão.

— Meu Deus. — Semicerrei os olhos para ele. — Nem meu nome você sabe!

— Nunca fomos apresentados formalmente!

— É *Iris*. Seu *babaca*.

— É um prazer conhecê-la. Sua *chata*.

Vivi estava nos ignorando.

— Lembra o que Grey dizia sobre as pessoas desaparecidas? — perguntou ela. — Algumas pessoas desaparecem porque querem. Já outras, porque são raptadas. E ainda tem outro caso: as pessoas que desaparecem porque caem num buraco em algum lugar e não conseguem subir de volta.

— O Ponto de Passagem era uma *história* — respondi.

— Eu sei. Mas isso não quer dizer que ele não seja real. — Vivi guardou o diário na mochila, depois pegou a chave de latão do apartamento queimado de Grey. — Aconteceu alguma coisa com a gente na infância,

Iris, e ninguém foi capaz de explicar. Estou começando a pensar que a gente caiu.

— Caiu onde? — perguntei, mas ela já estava se dirigindo à porta do apartamento. — Vivi, caímos onde?

Minha irmã se virou e me segurou pelos ombros, com um sorriso meio insano no rosto.

— Numa fenda do mundo.

12

O CHEIRO DE QUEIMADO AINDA pairava no ar, impregnado aos prédios bem próximos um do outro em Shoreditch. Havia duas pilhas de móveis e destroços incendiados na calçada, revestidas com toldos azuis e placas de alerta. Apenas as janelas do andar de Grey estavam cobertas por tábuas, mas havia uma fita azul e branca na porta do prédio dizendo: ÁREA POLICIAL, NÃO ULTRAPASSE. O prédio inteiro havia sido danificado. Para nós era ótimo: o local era todo nosso.

Entramos pela mesma janela da qual havíamos pulado alguns dias antes. Encostamos uma mesa chamuscada, mas ainda intacta, na parede e escalamos o resto usando canos como apoios. Vivi deslocou a tábua que cobria a janela com um forte empurrão. Nós três deslizamos para dentro como peixes, com Tyler reclamando o tempo todo dos danos em suas roupas caras. O cheiro estava mais intenso do que eu esperava: agora o fedor de morte era mais fraco do que o odor dos produtos químicos, do que o gosto de cinzas e veneno.

As tábuas nas janelas deixavam o interior do apartamento em um completo breu. Usamos as lanternas dos celulares para nos deslocar pelo que sobrou ali. O quarto, onde o incêndio começara, havia sido todo queimado; a pele do quarto, corroída, deixava à mostra seus ossos de madeira, agora pretos, tortos e com bolhas. Não havia nada reconhecível. A cama, o colchão, a poltrona... tudo havia sido destruído pelo calor intenso e reduzido a fragmentos. Boa parte do estuque da parede e do teto tinha sido arrancado pelos bombeiros, à procura de algum resquício de fogo na escuridão. Os destroços cobriam o chão.

Mas não era por isso que estávamos ali.

— Puta... *merda*! — exclamou Vivi enquanto passava a lanterna pelo quarto.

Por toda parte, brotando em quase todas as superfícies, estavam as flores-cadáveres, irrompendo no meio das cinzas.

— Que porra está acontecendo? — sussurrou Tyler enquanto eu pegava uma flor que se enraizara numa viga apodrecida.

Eram mais abundantes na moldura envergada da porta do quarto de Grey, na porta do closet, na porta do banheiro.

— O fogo destrói, mas também revela — falei. — Elas gostam de ficar em portas.

O incêndio destruíra o corredor e chegara à cozinha, consumindo paredes e todo o resto no caminho. O piso de parquê branco estava manchado de fuligem e cinzas. Todos os tesouros de Grey haviam desaparecido. Não havia mais cristais nem terrários. Nem penas ou incensos. Nem flores secas, desenhos de monstros. Nem diários, joias ou animais empalhados.

Não conseguia mais sentir sua energia. Grey havia sido apagada do lugar, removida. O homem que tinha estado ali não apenas a levara, mas também destruíra as provas da existência dela.

A cozinha estava em condições melhores do que o quarto, mas não muito. A parede mais próxima ao quarto havia se desintegrado, e a maioria dos armários tinha queimado rapidamente, fazendo o que havia dentro deles se esparramar pelo chão, mas as estantes de livros na parede oposta eram feitas de um carvalho grosso e estavam praticamente ilesas. Os livros que ficavam nelas estavam espalhados pelo piso, com as páginas encurvadas pelo fogo e pela água, em meio ao resto dos destroços.

Remexemos no pouco que restava da vida da nossa irmã. Senti a perda dos objetos de seu apartamento quase com a mesma intensidade com que senti a perda da própria Grey. Ali tinha sido um museu dedicado a ela, um cofre transbordando de segredos. Agora ela e todos os seus mistérios tinham desaparecido. Talvez jamais descobríssemos o que tinha acontecido com Grey. Se havia alguma coisa escondida nas paredes, alguma pista costurada nas colchas ou enigmas gravados em madeira, eles tinham desaparecido também.

Peguei uma cópia chamuscada de *O Leão, A Feiticeira e O Guarda--Roupa*. Era meu livro predileto na infância. Grey o lia para mim repetidas vezes. Abri-o. Estava cheio de anotações com sua letra, frases grifadas, palavras circuladas, anotações nas margens. Ela certamente tinha feito algum trabalho sobre ele quando devia estar estudando outra coisa. Tinha uma foto de nós três na infância sendo usada para marcar a página. Entreguei-o a Tyler. Ele passou as pontas dos dedos no rosto de Grey.

E então... vi uma coisa. Passei a lanterna na estante outra vez e percebi um ramo de flores se contorcendo para fora dela, pelo chão, pelo teto.

— Está sentindo isso? — perguntei a Vivi.

Alguma coisa tinha começado a apertar meu coração. Uma sensação que parecia familiar e desconhecida ao mesmo tempo. Toda a energia de Grey nesse lugar havia sido queimada — exceto o zunido baixinho no canto da cozinha. Era uma batida suave, marcante.

— O quê? — perguntou Vivi quando fui para o outro lado da cozinha e encostei a mão na madeira.

Sim, mais uma vez senti o formigamento na ponta dos dedos.

— Venha aqui — chamei.

Vivi se aproximou e pôs a mão ao lado da minha, e em seguida a puxou para trás com rapidez.

— É ela.

— Como assim "é ela"? — perguntou Tyler enquanto encostava a mão na madeira várias vezes, sem sentir nada.

— É fraco, mas... é recente — afirmei. — É quase como se ela estivesse do outro lado desta parede.

— Ajude a tirar a estante — Vivi pediu a Tyler.

Eles a puxaram para a frente juntos, até ela despencar com um estrondo, e a madeira danificada se despedaçar no chão. A parede atrás da estante tinha sido protegida das chamas, e a tinta verde-mofo só fora atingida perto do teto. E ali, bem pressionada contra a parede, havia um caixilho de madeira escondido, cheio de flores-cadáveres, que não levava a lugar nenhum — mas talvez isso não importasse.

Talvez a única coisa que importasse fosse o fato de que, antes, ele levava a algum lugar.

— Cadê ela? — sussurrou Vivi.

— No vão atrás do sofá onde caem migalhas e moedas — falei enquanto passava as mãos na madeira antiga. — No Ponto de Passagem.

Grey tinha levado a gente até ali para que encontrássemos respostas. Mas, para mim, elas não bastavam. Eu queria minha irmã de volta.

— Grey, é a Iris — falei para a guarnição vazia, para a parede verde atrás dela. — Se estiver conseguindo me escutar, quero que acompanhe o som da minha voz. Estamos perto, mas preciso que venha até nós. Não conseguimos encontrar um caminho até você.

Passamos um minuto inteiro em silêncio, com a respiração superficial e os corações disparados. Até mesmo Tyler estava quieto, atento.

Finalmente, ele balançou a cabeça.

— Vocês perderam o juízo de vez — disparou ele, chutando a estante caída antes de voltar para o corredor. — O dia foi longo, foi uma merda. Preciso de um cochilo. E depois preciso cheirar cocaína uma última vez antes de ser preso.

Vivi bufou e depois foi atrás dele. Esperei um pouco mais, de testa encostada na guarnição, então senti uma secura na garganta devido ao gosto da fumaça e percebi que precisava ir embora. Talvez Tyler tivesse razão. Talvez a gente tivesse perdido um pouco do juízo mesmo.

Quando cheguei ao corredor, alguma coisa se moveu na minha visão periférica. Gritei e recuei. Tinha mais alguém ali. Um vulto saíra da guarnição envergada — da parede — e agora estava apoiado nela, arfando.

Uma garota, vestida de branco, com sangue pingando da ponta dos dedos.

— Meu Deus do céu — sussurrei. — Grey?

Minha irmã mais velha me olhou. Seus olhos estavam pretos e seus cabelos brancos, em tufos imundos, pendiam ao redor de seu rosto.

— Corra — avisou ela, depois tentou dar um passo na minha direção, mas caiu de joelhos pesadamente. — Ele está vindo.

13

MINHA CABEÇA PENDEU PARA A frente, eu querendo dormir, e se lançou para trás no último instante. O movimento arrancou um arquejo dos meus pulmões e me fez pestanejar rapidamente. Mudei de posição na cadeira e tentei endireitar a postura naquele frio estéril da sala de espera do hospital.

— Você pode *parar* de fazer isso? — pediu Tyler, com o próprio rosto amassado na palma da mão, equilibrando precariamente o cotovelo no braço de sua cadeira de plástico. — Parece que alguém te dá uma facada a cada trinta segundos, e é *muito* irritante.

— Foi mal — respondi.

E então começou o lento processo de quase adormecer. Pender, lançar para trás, arquejar, pestanejar. Tyler gemeu quando balancei a cabeça e endireitei a postura de novo. Vivi, que tinha o talento de conseguir dormir em qualquer canto, em qualquer posição, já dormia profundamente, com a cabeça para trás e a boca escancarada. Cate folheava uma revista e tomava chá, os dentes cerrados firmemente.

Avistei meu reflexo numa máquina de venda automática. Estava com olheiras escuras, uma mancha de sangue seco na bochecha. Lambi o polegar e limpei o vermelho.

Vindo lá de fora, de três andares embaixo da gente, ouvi o clique distante das câmeras, o burburinho da multidão que se formava para ver a supermodelo desaparecida, que — pela segunda vez na vida — tinha sido ejetada de um abismo. Fiquei parada me espreguiçando, depois fui para a janela e empurrei as persianas para ver o grupo cada vez maior de fãs e de pessoas que desejavam o bem de Grey. Eles me notaram de imediato e viraram os celulares e as câmeras para mim. Um campo inquieto de estrelas piscando ao anoitecer.

Tinha sido uma tarde confusa, assustadora. Levar Grey para o hospital mais próximo tinha sido... um desafio. Tiramos a fita da polícia da porta do apartamento e a carregamos pela escada até a rua. Vivi tentou chamar uma ambulância, mas Grey — sangrando, magérrima, mal conseguindo ficar de pé — tinha empurrado a gente, arremessado o celular de Vivi na rua e gritado conosco: "Escutem, *escutem*!" Quando chamamos um táxi para que nós mesmos a levássemos ao hospital, Grey se descontrolou. Eu ainda sentia uma ardência nas bochechas, no pescoço, nos braços, de quando ela me arranhou enquanto eu ajudava Vivi e Tyler a segurá-la no banco de trás do táxi. "A gente tem de correr, correr, correr", entoava ela, chutando e estapeando a gente enquanto tentávamos obrigá-la a entrar no pronto-socorro. Quando os médicos, os enfermeiros e os seguranças correram para ajudar a contê-la, nós três já estávamos cobertos de arranhões, mordidas e sangue.

A polícia chegou, chamada por alguém, e cada um de nós prestou um breve depoimento enquanto as enfermeiras limpavam nossas feridas e nos davam bolsas de gelo para os hematomas. *Sim*, realmente a encontramos no apartamento incendiado dela. *Não*, não sabemos como ela chegou nem há quanto tempo ela estava lá.

Então esperamos. Esperamos notícias sobre o que diabos havia acontecido com ela, esperamos para saber se estava bem. Esperamos, com o resto do mundo, para descobrir a resposta do mistério. Onde Grey estava? Pela primeira vez, entendi por que as pessoas eram obcecadas por nós três, por que os fóruns do Reddit tinham centenas de comentários tentando desvendar o enigma.

Deixei as persianas se fecharem e voltei para a máquina automática. Estava comendo o sexto pacote de batatas chips quando uma médica finalmente apareceu, uma jovem sul-asiática de óculos e camisa xadrez verde.

Levantei-me com rapidez.

— Ela está bem? — perguntei. — Podemos vê-la?

— Sra. Hollow — disse a médica para a minha mãe. — Meu nome é Dra. Silva. Podemos conversar a sós?

— Nem pensar, doutora — disparou Vivi. — Queremos saber o que está acontecendo.

Cate fez que sim.

— Pode falar.

A Dra. Silva pareceu hesitar, mas falou mesmo assim:

— Sua filha se estabilizou — informou. Não pude deixar de perceber a maneira como os lábios da minha mãe se crisparam à palavra *filha*. — Nós a sedamos para ajudá-la a descansar. O que quer que tenha acontecido com ela já passou. Ela está sã e salva.

Sã e salva. Grey estava sã e salva. Em algum lugar, num quarto escondido num corredor próximo, o coração da minha irmã estava batendo.

Os ossos saíram das minhas pernas, como se alguma corda dentro de mim tivesse sido cortada. Deixei-me cair na cadeira atrás de mim e olhei para minhas mãos, para o mindinho quebrado que Grey também tinha. Ele demorara meses para sarar, virando uma salsicha roxa e gorda onde antes havia um dedo. Até mesmo agora, quando passava o polegar por cima dele, eu sentia as articulações nodosas, deformadas.

Grey estava viva. Grey estava de volta.

Alívio inundou meu corpo com tanta força que arquejei e gargalhei ao mesmo tempo. Ele trouxe consigo uma enxurrada de lembranças. A noite em que meu porquinho-da-índia morreu, com Grey deitada ao meu lado na cama, me ensinando a meditar. Seu corpo junto ao meu, seus lábios em meu ouvido, a ponta dos seus dedos descendo pelo meu nariz enquanto ela me ensinava a inspirar contando até sete, segurar contando até sete, expirar contando até sete. O dia em que Vivi mordeu meu braço com tanta força que rasgou minha pele e Grey a mordeu em retaliação. A noite em que Grey me puxou para a pista de dança no baile da escola e me conduziu durante um tango exagerado; ela me girou com tanta rapidez que senti a gravidade tentando nos separar, mas estávamos nos segurando com tanta força que sabia que nada no universo seria capaz de nos afastar uma da outra.

— O que aconteceu com ela? — perguntei enquanto enxugava os olhos marejados.

A Dra. Silva olhou para minha mãe.

— Pelo que avaliamos, parece que sua irmã está tendo um surto psicótico bastante grave. Durante o surto, a mente tem muita dificuldade para separar o que é real do que não é. Alucinações e delírios são comuns. Isso explicaria por que ela sumiu por uma semana.

Vivi se agitou.

— E você logo acha que Grey é louca? — perguntou ela com rispidez. — Nós a encontramos encolhida, coberta de sangue. Ela podia ter sido raptada por alguém, podia ter...

— Grey acha que um animal de chifres a sequestrou e a arrastou por uma porta que dava para outro plano, onde ela foi mantida em cativeiro — prosseguiu a jovem médica com delicadeza. — Ela acha que conseguiu escapar, mas que essa criatura... Mais uma vez, só para enfatizar, *uma criatura de contos de fadas* vai vir atrás dela. Grey também acha que vocês duas, as irmãs dela, estão correndo risco de vida. Foi o que ela mesma nos disse.

— Quero vê-la — afirmou Vivi enquanto passava pela médica, mas ela a segurou pelo ombro.

— Não. Agora não. Tivemos de recorrer à contenção física. Você não vai querer vê-la daquele jeito, eu te garanto. Sua irmã está doente, com o corpo e a mente exauridos. Tem um policial na porta do quarto para protegê-la, e mais policiais lá embaixo para controlar a imprensa. Mesmo que alguém quisesse fazer mal a ela, seria impossível chegar até seu quarto. Deixem que descanse hoje. Conversem com ela amanhã.

— Obrigada — respondeu Cate enquanto puxava Vivi para trás. — Vamos deixá-la dormir então.

— Espera — falei. — De quem era o sangue no corpo dela?

A Dra. Silva se virou para me olhar.

— Dela mesma. Tem cortes em seus antebraços, alguns tão fundos que vão precisar de pontos. Automutilação.

— Vocês duas vão voltar comigo — avisou Cate enquanto vestia o casaco. — Não quero que passem a noite aqui.

— O quê? — perguntei, incrédula, enquanto ela puxava minha mão. — Sua filha está no hospital e você *vai embora*?

— Grey está aqui. Ela está em segurança. Não tem nada que vocês possam fazer por ela durante a madrugada.

— E se ela acordar e perceber que está sozinha? — perguntou Vivi.

— Ela está bastante sedada e vai continuar assim até de manhã. Você não vai perder nada se for para casa. — Cate parecia tão cansada. As rugas formavam sulcos em sua testa e se comprimiam logo acima do nariz. Ainda estava com a roupa hospitalar que tinha usado no último turno. Entrelaçou as mãos nas minhas e me puxou para perto. — Por favor. Por favor, volte comigo para casa. Não fique aqui.

Olhei seu pescoço descoberto e passei o polegar em sua clavícula. Lembrei-me do delicado colar formado pelo hematoma que Grey deixara em sua garganta quando saiu de casa. Lembrei que, na semana seguinte, o vizinho chegou com nossa correspondência que tinha sido entregue na casa dele por engano e, quando Cate abriu a porta, os olhos dele encararam por tempo demais a marca roxa, que mais parecia um chupão, na clavícula da minha mãe, como se ele estivesse julgando o tipo de mulher que ela era a partir daquele pequeno detalhe.

— Fique longe dele — advertiu Cate ao fechar a porta, de pele vermelha e arrepiada.

Foi a primeira vez que pensei na minha mãe como uma criatura sexual. Eu tinha 13 anos na época e estava começando a entender o quanto seios, quadris e pelos no corpo podiam ser poderosos e traiçoeiros. Os homens tinham passado a dizer gracinhas para mim quando eu voltava da escola à tarde — mas esse fardo era somente meu. Ver alguém fazer isso com minha mãe era diferente.

A maneira como ele a olhou me deixou com raiva. Encheu meu estômago de sangue e bile. O vizinho escorregou na banheira naquela noite, quebrou o crânio na bica e passou a semana seguinte se liquefazendo. Foi o cheiro do cadáver dele que eu havia sentido, antes do homem morto no apartamento de Grey. Por muito tempo após a morte do vizinho, eu me perguntei se meu ódio por ele não causara sua morte.

Parte de mim se horrorizava com esse pensamento. Parte de mim esperava que ele fosse verdadeiro.

— Não vou deixá-la — falei. — Não posso.

Cate balançou a cabeça e foi embora sem dizer mais nada, exausta demais para brigar.

— Mas que *palhaçada* isso, né? — comentou Vivi. — Tem alguma coisa esquisita acontecendo, mas Grey *não* está louca. Nós vimos aqueles caras no apartamento dela. Vimos o cadáver que caiu do teto dela. Vimos quando ela *atravessou uma parede, vindo de outro lugar* e veio parar na cozinha incendiada.

— Vimos mesmo, Hollow do meio? — perguntou Tyler. — Eu não vi nadinha. A meu ver, ela pode muito bem ter ficado escondida dentro de um armário durante aquele tempo todo.

— Ah, não fode! — explodiu Vivi. — Vou sair pra comprar cigarro.

— Acha que ela vai voltar? — perguntou Tyler, quando Vivi foi embora. — Ou será que ela vai fugir da cidade e arranjar uma família nova em outro lugar?

— Não achei que você fosse o tipo de pessoa que tem problemas com o pai.

Um sorriso rápido se abriu em seus lábios.

— Ninguém que se dá bem com os pais vira modelo. Mesmo que seja ridiculamente lindo como eu.

— Grey lhe contou alguma coisa sobre nossos pais?

— Ah, só uma coisa ou outra. O bastante para eu entender que ela tinha medo do seu pai e não se dava bem com sua mãe. *Que chocante.*

— Não é que elas não se dão bem. É que Cate a odeia.

☾

"Você não deve falar mais com ela", alertou minha mãe na manhã depois que ela expulsou Grey de casa. "Você não deve falar com ela nunca mais." Eu odiava Cate um pouquinho por causa disso. Parecia extremamente injusto. No dia anterior, nós éramos uma família — relativamente — normal e feliz, e bastou um sussurro embriagado de Grey para acabar com tudo. Então uma das minhas irmãs saiu de casa, e a outra — embora eu ainda não soubesse — planejava fazer o mesmo.

Vivi saiu no meio da noite duas semanas depois de Grey, sem avisar nada nem chamar atenção. Era assim com Vivi. Grey era dramática. Grey gostava que os outros soubessem quando ela chegava e saía. Vivi era o oposto. Saiu levando apenas uma mochila e seu baixo, e tudo que indicava sua partida era um bilhete na beira da minha cama. *Foi mal, garota*, dizia, *mas não é a mesma coisa se nós três não estamos juntas.* Ela pegou um Megabus à meia-noite com destino a Paris e passou os três anos seguintes indo para o Leste, passando pelos clubes de jazz da França, pelas boates sujas de Berlim, pelos bares de absinto de Praga e, por fim, pelos bares em ruínas de Budapeste, colecionando tatuagens e piercings, línguas e amantes pelo caminho. Sua vida não era nada fácil e despreocupada. Nós raramente falávamos sobre o assunto, mas eu sabia, porque Grey me contara, que Vivi tinha feito certas coisas para se sustentar. Bater carteiras. Vender drogas. Trabalhar um ou outro turno num clube de strip-tease. Aos 18 anos, quando ela se mudou para um depósito reformado com vista para o Danúbio com mais sete músicos e artistas, ela já tinha vivido e se magoado mais do que a maioria das pessoas vivem e se magoam numa vida inteira.

Os primeiros seis meses após Grey e Vivi saírem de casa foram os piores da minha vida. As duas quase não davam notícias. Estavam ocupadas se transformando nas mulheres que queriam ser. Só entravam em contato ocasionalmente. Uma mensagem aqui, um telefonema ali. Era como se uma parte de mim tivesse sido cortada, como se dois terços da minha alma tivessem sido eliminados.

Também foi durante esses meses que alguma coisa mudou na minha mãe. Foi quando ela começou a juntar artigos de jornal e arquivos policiais sobre o nosso caso, começou a contratar detetives particulares para que fossem atrás de pistas que a polícia não podia ou não queria investigar. Antes, o fato de nós termos voltado já bastava para ela. Não importava para onde a gente tinha ido nem o que nos acontecera, contanto que estivéssemos sãs e salvas em casa. Então, de repente, da noite para o dia, ela passou a sentir uma intensa vontade de *saber*. De saber *exatamente*. Às vezes eu acordava e a encontrava na porta do meu quarto, observando-me com olhos perplexos enquanto eu dormia, como se procurasse a resposta para a pergunta que não tinha coragem de fazer em voz alta.

Por favor, escrevi para Grey numa mensagem mais ou menos seis meses depois. **Preciso te ver.**

Grey chegou naquela mesma noite e, como Romeu, jogou pedrinhas na minha janela até eu abrir. Já passava da meia-noite. Ela me chamou para a escuridão. Vesti um casaco por cima do pijama e desci pela árvore que tinha perto da nossa casa. Foi a primeira e única vez que saí escondida. Fomos para um pub em Golders Green e comemos batatas chips de sal e vinagre envoltas pela nuvem da fumaça dos outros. Era como encontrar um amante às escondidas, mas eu tinha 13 anos e meu amor clandestino era minha irmã mais velha que andava distante.

Nos seis meses desde que eu a vira, Grey tinha feito um corte *long bob* em seus cabelos brancos, que roçavam os ombros. Estava com uma blusa preta de gola alta e delineado de gatinho nos olhos. Parecia uma assassina de um filme de espião. Conversamos sobre o que ela estava fazendo, onde estava morando, os rapazes com quem estava ficando. Ela me mostrou fotos dela mesma no celular, imagens lindas que logo seriam publicadas em revistas e apareceriam em outdoors. Grey estava prestes a alcançar uma fama intensa, imediata e internacional, mas nenhuma de nós sabia disso ainda.

— Venha morar comigo — disse ela num dado momento. — Você não precisa mais ficar lá. Você não deve nada a ela.

Era um convite tentador. Eu queria ir. E queria ficar. Estava dividida entre as duas metades do meu coração.

— Ela é minha mãe — acabei dizendo. Grey franziu a testa como se quisesse contestar a informação e não pudesse. — Não posso deixá-la sozinha. Ela só tem a mim.

Então fiquei em casa, sob a condição de que eu pudesse ver Grey e falar com ela sempre que quisesse. Cate permitiu, a contragosto.

A primeira e única vez que Grey entrou de novo na nossa casa depois de se mudar foi para empacotar suas coisas. Passamos a tarde seguinte derrubando todas as suas quinquilharias em caixas que ficariam armazenadas num depósito alugado até ela ter dinheiro para conseguir seu próprio apartamento. Eu queria admirar cada pequeno tesouro, esconder batons e restos de velas nos meus bolsos para apreciá-los depois, mas ela estava me observando com olhos de lince, e tudo foi levado para um local que eu preferia não visitar.

— Se Justine ou aquela Barbie traiçoeira dela aprontarem com você de novo, é só me avisar — disse Grey enquanto carregava a última caixa para fora de casa. — Eu me entendo com elas.

Antes de ir embora, Grey subiu para falar com Cate. Fui atrás dela discretamente e fiquei ouvindo na porta, torcendo por uma reconciliação, mas não foi o que ouvi.

— Se você encostar nela — alertou Grey baixinho para nossa mãe —, se tocar num único fio de cabelo dela, eu volto aqui e te mato.

Se Cate respondeu alguma coisa, não ouvi. Fui para o banheiro e vomitei. Pensei em Justine Khan e no fato de que eu jamais poderia mandar minha irmã atrás dela, por mais que ela fosse maldosa comigo, pois Justine era apenas uma garota e minha irmã era mais do que isso. Era algo mais cruel, era algo nas sombras. Grey foi embora sem se despedir. De algum modo, o que ela dissera para minha mãe na noite em que foi expulsa foi ainda pior do que a ameaça de morte.

Eu sei uma verdade terrível desde que me entendo por gente: sou a filha predileta da minha mãe. Sou organizada, meiga e quieta, e essas características facilitam que ela goste de mim e me entenda. Já minhas irmãs são garotas difíceis: sensuais demais, zangadas demais, complicadas demais. Elas querem muito, estão totalmente dispostas a estorvarem o mundo com seus corpos e suas vidas. Nos meses e anos após Grey e Vivi evaporarem do nosso cotidiano, a vida melhorou. Aprendi a viver sem minhas irmãs como minhas companheiras constantes. Eu me tornei quem eu sou. A estranheza que as assombrava diminuiu, transformando-se num fogo baixo quando elas não estavam por perto.

Cate e eu passamos a ter uma rotina tranquila. Assistíamos a *Doctor Who* e tomávamos chás, aconchegadas no sofá. Calçávamos nossas botas Wellington e íamos dar longas caminhadas pelos charcos de Londres, procurando sanguinária-do-Japão para fazer geleia e flor de sabugueiro e urtiga para fazer refresco. Levávamos flores para o túmulo do meu pai a cada quinze dias. Sem minhas irmãs causando encrenca, eu me acostumei ao restante da minha pequena família com facilidade.

☾

Tyler revirou os olhos.

— Pff, sua mãe não *odeia* a Grey, Iris. Mas que drama.

Encarei a porta por onde ela tinha saído.

— Não, ela odeia mesmo. — Eu tinha certeza. Sabia disso desde a noite em que Grey saiu de casa. Percebia nas noites em que me aconchegava em Cate no sofá, nas manhãs quando comíamos nossa geleia caseira. Assim como muitos filhos sabem que são amados, eu sabia que Cate detestava minha irmã. — Ela consegue disfarçar na maior parte do tempo, mas tem alguma coisa subjacente, alguma coisa vil. Às vezes consigo enxergá-la. Cate tem medo de Grey. Não sei por que.

— Assim fica parecendo que você deveria ir para a ala de psiquiatria com sua irmã.

— E eu achando que você ia para casa...

— Pois é. Mas estou um trapo. Não posso deixar os paparazzi me fotografarem assim. — Uma mentira para disfarçar a verdade: ele também estava preocupado com Grey. — Sempre soube que Grey era um pouco... diferente. Eu gostava. Sei lá, parecia perigoso de um jeito sexy. Mas nunca achei que ela fosse completamente louca.

— Não acho que ela seja louca.

— Ah, pelo amor de Deus. Você *ouviu* o que a médica disse.

— E também vi coisas na última semana que não sei explicar. Se é tudo invenção da cabeça de Grey, como Vivi e eu também estamos vendo essas coisas?

— Mini Hollow, é como o transtorno *folie à deux*, uma "loucura a dois". Ou, neste caso, *folie à trois*, uma "loucura a três". — Tyler encostou o dedo na minha têmpora. — Às vezes, a loucura é contagiosa.

Vivi voltou uma hora depois, quando a escuridão já cobrira a cidade, as juntas da mão direita em carne viva e sangrando por ter esmurrado um fotógrafo que tentou puxá-la para uma foto. Nós três descemos juntos para o refeitório do hospital e jantamos sanduíches pré-embalados e laranjas velhas, depois subimos de novo para esperar e esperar e esperar. Vivi dormiu outra vez, após uma enfermeira pôr uma atadura e gelo em sua mão. Tyler encarava o celular com os olhos opacos, rolando a tela com tuítes e posts do Instagram sobre o desaparecimento de Grey e seu subsequente retorno milagroso. A história estava estourando nas redes sociais. Já havia um meme se espalhando: era uma aquarela feita por um fã que retratava Grey como uma santa venerada, e atrás um cartaz dizia "Em Hollow Nós Confiamos". Dezenas de celebridades tinham repostado a imagem, alegrando-se com o regresso da nossa irmã. Fiquei olhando por cima do ombro de Tyler por um tempo, e depois, mesmo com a cadeira de plástico mordiscando meus ossos, acabei caindo num sono angustiado e irregular.

14

ACORDEI LOGO APÓS A MEIA-NOITE com a cabeça no ombro de Tyler. Meu pescoço estava virado para o lado, e minha bexiga, cheia demais. Espreguicei-me para afastar um pouco do sono e fui ao banheiro. O hospital estava mais escuro e quieto do que no início da noite. Nenhuma luz se acendeu no banheiro, então fiz xixi no escuro, e meus olhos se fecharam quando apoiei os cotovelos nos joelhos e o queixo nas mãos. A cicatriz da minha garganta estava incomodando de novo, implorando para ser coçada. Pressionei a ponta do dedo na saliência familiar — e senti algo *se mover* sob minha pele.

— Meu Deus, caralho! — exclamei, saindo do vaso sanitário, deixando gotas de urina escorrerem pelas minhas coxas e caírem no chão.

Foi só sua imaginação, foi só sua imaginação.

Sentei-me de novo, terminei de fazer xixi e me limpei, com o coração martelando com força no peito. Meu corpo inteiro vibrava.

Foi só sua imaginação, foi só sua imaginação. Não toque nela de novo.

Dei descarga e fui lavar as mãos com a cabeça abaixada, assustada demais para olhar no espelho. O que eu veria na base do meu pescoço? O botão clarinho de uma flor-cadáver, prestes a romper minha pele? Ou algo pior?

Olhei para cima. O banheiro estava escuro demais para que eu enxergasse qualquer coisa que não fosse a silhueta indistinta do meu corpo, então acendi a lanterna do celular e o apoiei na saboneteira, com o feixe de luz virado para mim. A luz não foi gentil com minhas feições. Ela roubava a cor da minha pele, retirava toda a delicadeza dos meus ossos. Eu era um demônio sob aquela luz. Um monstro. Não dava para me olhar nos olhos sem sentir uma pontada de medo.

Não olhe. Não olhe. Não olhe para ela.

Eu me aproximei. Olhei. Havia uma pequena protuberância, com a ponta dura, preta e brilhante, numa das extremidades da minha cicatriz. Enquanto eu a observava, a coisa se moveu de novo com rapidez, escura como um besouro, esticando-se sob minha pele.

Uma lágrima escorreu pela minha bochecha. O que diabos estava acontecendo comigo?

Pressionei a ponta da unha na protuberância, o que bastou para que a pele rompesse e a coisa saísse. Em seguida, esperei e fiquei olhando para ver o que era.

A coisa se desenrolou. Perninhas minúsculas. Um corpo preto.

Uma formiga.

Ela saiu da ferida e foi até minha clavícula, fazendo cócegas na minha pele. Uma segunda apareceu, surgindo do pequeno orifício na minha carne, e depois uma terceira, até a protuberância se esvaziar. Minha mente se encheu de pensamentos sobre o apartamento abandonado de Grey. A fila de formigas e algo morto e macabro atrás do papel de parede. Aproximei-me do espelho e da luz. Cerrei os dentes quando peguei a faca de Grey e usei a ponta para abrir ainda mais a ferida. A dor intensa fez mais lágrimas deslizarem pelas minhas bochechas. Uma gota de sangue escorreu entre meus seios. Enxuguei-a com um papel-toalha.

Tinha alguma coisa ali, debaixo da minha pele. Algo macio e claro.

— Que *porra* é essa? — sussurrei.

Era *pele*, percebi quando me inclinei para conseguir ver melhor. *Mais* pele. Uma segunda camada de pele sob a minha própria, assim como havia uma segunda camada de papel de parede sob aquela que removemos.

Meu celular escorregou da saboneteira e caiu ruidosamente no chão, criando um efeito estroboscópico no banheiro. Ele parou perto dos meus pés com um estalido e lançou um feixe de luz na minha cara, vindo de baixo. Por um segundo, não fui eu que vi no meu reflexo. Foi outra pessoa. Outra coisa.

Peguei o aparelho e voltei para a sala de espera, batendo nas formigas para tirá-las do corpo. Pensei que fosse vomitar. Queria encontrar um dos enfermeiros, pedir para ele limpar minha ferida com álcool e me dizer que eu estava imaginando coisas, mas não havia ninguém por perto. Vivi estava esparramada no chão, a cabeça apoiada na jaqueta dobrada, a mochila debaixo do braço. Tyler dormia sentado. Tirando isso, estávamos sozinhos.

Fui correndo para o posto de enfermagem, mas os médicos que haviam cuidado de nós durante a tarde e à noite não estavam em lugar nenhum.

— Oi? — falei.

Havia um sanduíche fora da embalagem e comido pela metade em cima de uma pilha de papéis. Uma lata de Coca tinha sido derrubada e formava uma poça no chão.

Fui da sala de espera ao corredor onde ficava o quarto de Grey. As luzes em cima de mim piscavam. Um coágulo de escuridão se dilatou no fim do corredor onde as lâmpadas do teto já tinham se apagado. À minha direta, uma médica e uma enfermeira estavam agachadas num canto, pressionando os corpos um no outro como se fossem duas frutas vermelhas. Ambas respirando baixinho, superficialmente. Estavam de mãos dadas, tremendo, de olhos arregalados e marejados. Olhei na direção do quarto da minha irmã, depois olhei para elas outra vez. A enfermeira balançou a cabeça. *Não vá.*

Eu fui. Avancei na escuridão instável, seguindo pelo longo corredor. O quarto de Grey era fácil de identificar — era aquele que tinha uma cadeira na frente. Mas a cadeira estava virada, e o policial que devia proteger minha irmã estava esparramado de bruços no chão. Havia sangue. Não numa poça, mas em cortes.

A porta de Grey estava trancada. Chacoalhei a maçaneta, depois pressionei o rosto no vidro para ver o interior. Estava impregnado de sombras. A cortina estava puxada ao redor da cama. Não havia nenhum movimento.

Quando estava prestes a bater na porta para tentar acordar minha irmã, uma mão ensanguentada cobriu minha boca e me puxou fortemente para trás. Tentei gritar, tentei me debater contra meu captor enquanto era arrastada para o quarto na frente do de Grey, mas ele era mais forte do que eu.

— Pare — ordenou uma voz baixa enquanto eu era empurrada bruscamente contra uma parede. — Pare. Sou eu.

Grey afastou a mão dos meus lábios e pressionou um dedo ensanguentado nos seus.

Minha irmã parecia a caricatura de uma mulher insana com sua camisola hospitalar manchada de sangue. Seus olhos estavam frenéticos e os cabelos, desgrenhados. Seu queixo tremia. Em suas mãos ensanguentadas havia um bisturi. O que restava de suas faixas de contenção estava pendurado e rasgado em seus pulsos. De repente um *déjà-vu*: Grey com uma lâmina na mão, e então ele sumiu. A imagem familiar se dissipou da minha mente como os pontinhos brancos após um flash.

— O que está acontecendo? — sussurrei, horrorizada.

— Ele está vindo pra cá — respondeu. — Para me levar.

— Grey — sussurrei. Cuspi na minha manga e limpei o sangue dos meus lábios, depois segurei o rosto da minha irmã entre as mãos e tentei fazê-la olhar para mim. Agora ela estava mais magra do que da última vez que nos vimos, suas clavículas pressionavam a pele, e seu cabelo tinha sido cortado acima dos ombros. — Grey, olhe para mim.

Ela me olhou, depois de um tempo. Estava mais calma do que de tarde, sem aquela fúria. A alegria por ela estar viva me invadiu. Abracei sua cintura minúscula e a apertei forte, com a cabeça em seu ombro. Grey ficou rígida por um instante, depois relaxou no abraço.

— Me desculpe por ter machucado você — disse ela enquanto se afastava e passava a ponta dos dedos num hematoma no meu queixo. — Eu estava com medo.

— Tudo bem. Tudo bem. Não importa. Estou feliz que você está bem, só isso. Onde estava? O que aconteceu?

Os olhos de Grey se encheram de lágrimas, e ela pressionou os lábios um no outro.

— Ele me levou. Aquele canalha. Achei que nunca mais veria vocês de novo.

— Quem... quem você acha que vai vir pegá-la?

— Espere — pediu. — Observe.

Olhei para o chão, onde caía o sangue arterial que pingava da ponta do bisturi, da ponta dos dedos de Grey. Outro *déjà-vu* repentino. Por que esta cena me parecia familiar?

— Você... você machucou o policial, Grey?

Os olhos de Grey se voltaram para o corpo dele e depois para a porta do quarto.

— Ele não era o que parecia.

Engoli o horror e segurei a mão livre e ensanguentada de Grey. O que isso significaria para ela? Prisão perpétua pelo assassinato? Ou será que eles seriam menos severos devido ao seu estado mental? Inocente após alegar insanidade mental, e internada até os trinta anos numa instituição psiquiátrica? As duas opções eram deprimentes e destruiriam sua vida, mas ela tinha feito algo terrível com um homem inocente cujo único crime tinha sido tentar protegê-la.

Nós esperamos juntas. Observamos juntas.

Nos minutos que se passaram, minha irmã ficou parada perto do painel de vidro, sem piscar os olhos, que estavam cravados na porta do seu quarto do outro lado do corredor. Pensei no que a médica dissera no início da noite, que Grey estava tendo um surto psicótico. Nossa família tinha essa predisposição para a insanidade. Afinal, isso tinha acontecido com meu pai.

No dia em que se matou, Gabe Hollow acordou nas primeiras horas da manhã e nos colocou no carro da família. Cate ainda dormia. Entramos em silêncio, sem reclamar. Conseguimos sentir o perigo que havia nele — ele foi rude conosco, bateu as portas do carro, saiu de casa cantando pneus —, mas o que podíamos fazer? Como o enfrentaríamos? Éramos apenas menininhas.

Gabe dirigiu descontroladamente. Falava sozinho, chorava, gritava que ia jogar o carro de um penhasco e matar todas nós caso não lhe contássemos a verdade.

Onde estavam suas filhas?

O que tínhamos feito a elas?

Quem a gente era?

O que a gente era?

Vivi e eu choramos muito no banco de trás, e foi Grey, sentada no banco do passageiro, que o acalmou.

— Por favor, papai — sussurrou ela.

— Não me chame assim! — disse ele com um soluço de choro, com as juntas dos dedos brancas no volante.

Grey pôs a mãozinha no braço dele.

— Leva a gente pra casa.

O hálito matinal dela estava com um cheiro esquisito, doce e azedo ao mesmo tempo. Foi somente um ano depois, quando a vi beijar a mulher que invadiu nossa casa, que comecei a suspeitar que Grey tinha obrigado meu pai a voltar — e provavelmente salvado as nossas vidas ao fazer isso.

Gabe nos levou para casa e se matou mais tarde naquele mesmo dia, enquanto estávamos no colégio. Nós o encontramos na volta, pendurado no corrimão da entrada da casa. Vivi e eu gritamos, mas Grey não. Ela arrastou uma cadeira até o corpo, apalpou-o, pegou o bilhete que ele deixara no bolso, leu-o e depois o rasgou em pedacinhos e os jogou pela janela. Passei a tarde no jardim, guardando no bolso os papéis minúsculos espalhados, enquanto Cate ligava para nossos parentes e fazia os preparativos do enterro. Era fim de primavera, um dia atipicamente quente em Londres, com a temperatura vespertina passando dos trinta graus. Sentei-me no meu quarto e colei todos os pedaços do bilhete com as mãos suadas.

Eu não queria isso, dizia. Quatro palavras para resumir uma vida inteira.

Será que a mesma coisa estava acontecendo com Grey agora? Por alguns breves momentos, eu me perguntei se Tyler não estaria certo, se a histeria de Grey não seria contagiosa. Quanto do que a gente tinha visto era real? Será que tinha mesmo um cadáver no teto de Grey? Aconteceu tão rápido, e eu não tinha nenhuma prova física da estranheza, apenas o cheiro, o sangue, a lembrança. Somente Vivi e eu tínhamos visto aquilo. Não estávamos dormindo muito bem, e funcionávamos à base de cafeína e adrenalina. Os limites da nossa realidade tinham começado a se distorcer e a zunir, roçando em alguma outra coisa.

Grey prendeu a respiração. Ela fechou os dedos em torno da maçaneta, ainda segurando o bisturi, ainda encarando seu quarto do outro lado do corredor.

— Tire os sapatos — pediu.

— Hã? — Olhei para os pés descalços de Grey. Suas unhas estavam escuras, e seus tornozelos, em carne viva devido às faixas de contenção. — Por quê?

— Só tire. Ele chegou — repetiu.

As lâmpadas tremeluzentes tinham se apagado, e a escuridão caiu sobre o corredor como uma pedra. Tirei os sapatos rapidamente e os segurei numa mão.

E então ele chegou, exatamente como ela dissera. Reconheci sua silhueta, mesmo que não desse para ver seu rosto: o homem do apartamento incendiado de Grey. Alto e magro, o crânio de um touro morto por cima do rosto. Seu fedor alcançou o meu, fazendo farpas de podridão e umidade e fumaça entrarem no meu nariz. O vislumbre de algumas lembranças incompletas atravessou a superfície dos meus pensamentos: uma floresta em decomposição, uma mão com uma faca, três crianças se aquecendo perto de uma lareira. Três menininhas de cabelos escuros e olhos azuis. De quem era a casa onde estávamos?

Eu estava chorando, mas não sabia o motivo. Não estávamos em segurança. Quem quer que ele fosse, tinha nos encontrado — de novo.

Tinha encontrado Grey. Tinha vindo levá-la para longe de mim. Queria correr, queria que meus pés se movessem com a mesma rapidez das batidas do meu coração, mas minha irmã estava segurando minha mão com mais força. *Ainda não.*

O homem se ajoelhou perto do corpo do policial e o virou, mas ele não estava de farda. Um matagal de flores brancas irrompia dos olhos do homem morto, de suas narinas e boca, com as pétalas cerosas à luz tênue. Alguma coisa estava acontecendo com ele, e era algo que já tinha visto antes. Videiras finas como fios de cabelo se espalhavam a partir das raízes das flores em sua boca, contorcendo-se por toda a pele do rosto dele. O cheiro era de sangue, sim, mas também de algo verde e azedo. Cobri a boca para não vomitar.

Ele não era o que parecia, dissera Grey. Não era o policial encarregado de vigiar a porta dela. Era outra pessoa.

O homem tentou abrir a porta do quarto de Grey. Ao ver que estava trancada, ele usou o cotovelo para quebrar o vidro, pôs o braço pela abertura e a destrancou por dentro. Depois, entrou no quarto e fechou a porta.

— A gente tem que sair daqui agora — sussurrou Grey. — Vem comigo.

Ela abriu a porta e andou silenciosamente pelo corredor, de pés descalços, com minúsculas gotas de sangue pingando de sua mão enquanto se movia. Meu sangue parecia uma corredeira estrondosa, mas meus passos estavam quietos enquanto eu a seguia, também descalça, abaixando-me ao passar pelo quarto dela e tomando cuidado para não pisar em nenhum caco de vidro na frente da janela quebrada.

— Você precisa se esconder — sussurrou Grey para a médica quando passamos por ela.

A enfermeira já desaparecera, mas agora a médica era apenas uma carcaça imóvel — não estava mais prestando atenção a nada. Houve um estrondo no quarto da Grey, um rugido animalesco: ele encontrara a cama vazia. A médica olhou para lá e engoliu em seco, mas não se moveu. Grey se ajoelhou ao seu lado, pôs uma mecha do cabelo dela atrás da orelha e depois se inclinou para encostar os lábios nos seus. Fazia muito tempo que não a via fazer aquilo, e por um instante me perguntei se ainda daria certo, mas então a poção doce que carregávamos em nosso hálito, em nossos lábios, em todos os centímetros de nossa pele, entrou na corrente sanguínea da médica e eu a vi derreter sob o toque da minha irmã. Quando Grey se afastou, as pupilas da mulher estavam dilatadíssimas, e ela olhou para Grey como uma noiva entrando na igreja no dia do seu casamento. Fascinada. Atônita. Mais apaixonada do que nunca.

— Vá se esconder agora — ordenou Grey.

A médica sorriu, inebriada e confusa, e entrou discretamente no quarto atrás dela.

Minha pulsação estava frenética.

— Vamos — sussurrei com urgência.

Então corremos bastante, mas em silêncio, rumo ao local onde Vivi e Tyler estavam dormindo. Viramos num corredor quando a porta da Grey se escancarou, fazendo mais cacos de vidro se espalharem pelo chão. O barulho fez Tyler acordar no susto. Grey cobriu a boca com a mão e balançou a cabeça. Tyler engoliu em seco. Acordei Vivi com um dedo em seus lábios. Suas pálpebras se abriram devagar, mas ela não disse nada quando a puxei para que se levantasse e gesticulei para que tirasse os sapatos e os carregasse na mão. Grey tirou a mão do rosto de Tyler e se ajoelhou para ajudá-lo a tirar os sapatos.

Estava o maior silêncio. Então ouvimos botas pesadas esmagando vidro. Os passos estavam vindo na nossa direção, seguindo as gotas de sangue que Grey deixara no chão. Vivi pôs a mochila nas costas. Grey puxou Tyler da cadeira, limpou as mãos em sua camisola e então nós quatro fomos silenciosa e rapidamente para o próximo corredor, entrando nele um momento após o homem chegar à sala de espera, e a sombra ocultou nosso esconderijo. Vi seu reflexo diluído num painel de vidro. Havia três novas runas escritas a sangue em seu peito. Ele se agachou e encostou a palma da mão onde eu estivera sentada. Pegou a jaqueta dobrada de Vivi no chão e a pressionou nos ossos descarnados de sua máscara, inspirando profundamente. Empurrou os sapatos de Tyler com o dedão do pé.

Da parte de trás do cós, ele tirou seu revólver e começou a vir na nossa direção. Nós nos desgrudamos da parede onde estávamos encostados e avançamos silenciosamente pelo corredor, o mais rápido possível.

Quando viramos no corredor seguinte, Grey esbarrou num corpo. Uma aura verde e fétida explodiu na minha cabeça.

— Socor... — começou aquela que, à meia-luz, pude ver que era uma mulher, mas Grey inseriu o bisturi virado para cima sob seu queixo, e interrompeu seu grito quando ele ainda não passava de um sopro.

Grey puxou o bisturi da cabeça dela e segurou a mulher com firmeza contra seu próprio corpo enquanto a abaixava, com o sangue jorrando, até o chão. O sangue estava cheio de coágulos e tinha cheiro de putrefação.

Seguimos em disparada na escuridão, virando em corredores, recuando quando apareciam vultos a distância ou quando uma parede de fumaça e podridão nos atingia. Grey estava encharcada de sangue — mas era mesmo sangue? À meia-luz, a mancha na frente dela parecia se contorcer como uma sombra.

— Precisamos sair deste andar — sussurrou Grey. — E deste hospital.

— Ali — falei, apontando para uma porta no fim do corredor.

APENAS SAÍDA DE EMERGÊNCIA, dizia. ALARME SONORO EM CASO DE ABERTURA.

— Vamos — chamou Grey. — Corram, e não parem de correr.

Nós corremos. Vivi foi a primeira a chegar à porta e se jogou contra ela no mesmo momento em que o alarme me fez ranger os dentes. Eu a segui, com Grey atrás de mim. Tyler foi o último a se lançar pela porta. Quando olhei para trás, o homem estava vindo em nossa direção, com os ossos de sua máscara capturando alguns feixes de luz enquanto ele avançava

— Vai, vai, vai, porra! — gritou Grey enquanto Tyler fechava a porta, que o homem alcançou em três segundos, arrancando-a como se fosse um palito de picolé.

Descemos a escada desembestados, pulando três degraus de uma vez, nossos pés estalando no concreto, nossos pulmões inspirando fortemente. O homem era veloz e ágil. Enquanto disparávamos escada abaixo, agarrando os corrimões para fazer as curvas com mais velocidade, seu barulho se aproximava. Depois seu cheiro foi nos alcançando. E então *sentimos* quando ele de fato nos alcançou com seu hálito morno e molhado, as gotas de suor dos seus braços e peito atingindo minha nuca. Tyler gritou. Eu me virei. O homem o agarrara pela gola e o pressionara contra a parede. Grey já estava lá. Ela enfiou o bisturi no peito da criatura e caiu para trás. O revólver escorregou e foi despencando ruidosamente pela escada, perdendo-se em algum lugar lá embaixo. O instrumento cirúrgico parecia comicamente pequeno preso à sua carne, como um palito de dente inserido numa melancia. Ele soltou Tyler, que cambaleou até nós, engasgando. Nos afastamos e fomos descendo enquanto ele extraía o bisturi do peito como se fosse uma farpa e dava um peteleco nele, fazendo-o produzir um agradável tinido ao tocar o chão.

— Corram — disse Grey.

Nós nos viramos, disparamos outra vez, saímos pela porta no fim da escada e encontramos a noite fria.

Após o alarme estridente da escada e o intenso fedor do homem de chifres, a noite parecia quieta e refrescante. Tínhamos sido expelidos pelos fundos do hospital.

O homem saiu bruscamente da escada atrás de nós, batendo os chifres da máscara na porta.

Grey foi quem correu mais rápido ao ar livre: atravessou a área entre os prédios do hospital, chegou a uma rua e se jogou na frente de um carro que passava. Ele freou ruidosamente, e a fumaça da borracha dos pneus subiu no asfalto. O motorista abaixou a janela e começou a gritar obscenidades. Grey se lançou para dentro do carro e deu um beijo desesperado em seus lábios. O homem ficou quieto enquanto ela dizia algo em seu ouvido, com rapidez, com urgência, enquanto todos nós nos amontoávamos no carro. Então Grey veio para o banco de trás, e o homem engatou a primeira marcha e saiu cantando pneu antes mesmo de fecharmos as portas. Bem na hora.

O homem de chifres esmurrou o para-choque, fazendo o carro derrapar enquanto íamos embora. Então ele correu ao nosso lado, quase conseguindo acompanhar por um ou dois segundos, antes de finalmente ganharmos velocidade e o deixarmos no meio da rua, sob a luz vermelha das nossas lanternas traseiras.

15

— CHEGOU A HORA DAS *respostas*, porra — exigiu Tyler enquanto eu me calçava. Eu não tinha como discordar. — Meu amor — continuou ele, segurando o rosto da minha irmã, agora inconsciente —, você precisa acordar. Tem de explicar algumas coisinhas.

— Deixe-a descansar — pediu Vivi.

— Não! Acabei de ver minha namorada *assassinar uma mulher* com um *bisturi*. E aquele homem, aquela *coisa*, estava com a pele toda perebenta e apodrecendo. Não aceito mais nenhuma desculpa.

— Não acho que estar inconsciente seja uma *desculpa*, sua anta.

— Nem eu! Então acorde!

Eu me virei no banco da frente.

— Vamos tentar nos acalmar e nos reorganizar aqui um instante.

— Ah, é? Você quer se reorganizar? Quer se reorganizar? Um touro assassino acaba de espremer meu esôfago, Mini Hollow. Não estou bem, e ainda acho que talvez isso tudo não passe de um estratagema elaborado para arruinar minha vida — bradou Tyler para uma Grey ainda inconsciente. — Está me ouvindo, querida? Sei o que você está aprontando.

Suspirei e me virei para a frente.

— Para onde está nos levando? — perguntei ao motorista enquanto ele pegava a estrada, indo na direção norte.

Ele encarava, vidrado, o para-brisas, mas tinha sido enfeitiçado por Grey, não por mim, então eu não era de seu interesse. Dentro do carro havia um cheiro de hidromel prestes a se avinagrar. O ar estava denso, impregnado de sangue e de alguma magia invisível. Abri a janela para deixar um pouco de ar fresco entrar e para arejar meus pensamentos turbulentos.

Quanto tempo demoraria antes que alguém percebesse que nosso motorista havia desaparecido? O aplicativo do Uber estava aberto no seu celular. No porta-luvas, havia uma variedade de coisas que ele certamente deixara ali antes de começar o turno de trabalho: três lápis de cor, óculos escuros femininos, um cabo para carregador e dois elásticos de cabelo, um roxo e um rosa, com alguns fios de cabelos loiros e finos.

— E se alguém tiver que fazer xixi? — perguntou Vivi. — Ele vai simplesmente... continuar dirigindo?

— Talvez não seja o momento ideal para mencionar que os sanduíches da lanchonete do hospital não me fizeram muito bem — ponderou Tyler.

Pensei em mandar uma mensagem para minha mãe, mas o que eu diria a ela?

Estamos indo para o norte, mas não sei para onde.

Não sei quando vamos voltar.

Tem um homem mascarado tentando matar nós três.

Não se estresse.

No fim das contas, a bateria do meu celular descarregou antes que eu pudesse mandar alguma coisa. Talvez fosse melhor assim. Cate devia estar dormindo em seu quarto solitário em Londres, sonhando com a época antes de suas filhas desaparecerem.

A questão do xixi não se mostrou um problema. O combustível acabou menos de duas horas após nossa fuga, um pouco depois de Northampton. O carro foi desacelerando até parar numa rua calma perto de um campo com uma cerca baixa. Estava amanhecendo. Não havia ninguém por perto. O motorista, ainda sob o feitiço de Grey, saiu do carro, deixou os faróis acesos e aporta aberta, e começou a andar pelo acostamento.

— Ei! — gritei enquanto corria atrás dele. — Ei, aonde está indo? Vai simplesmente deixar a gente aqui?

Mesmo quando agarrei seu braço e tentei pará-lo, o homem seguiu no mesmo ritmo, um pouco boquiaberto e com os olhos embaçados. Soltei-o e o deixei mergulhar na escuridão que o aguardava.

— Dá licença que vou cagar na moitinha como um animal — avisou Tyler enquanto pulava sobre a cerca em direção ao campo.

— Que encantador — observou Vivi. — Agora entendo por que Grey namorou com ele.

— Eu ouvi, hein! — exclamou Tyler.

— Era para ouvir mesmo! — gritou Vivi.

Nós esperamos. Um minuto virou cinco e depois dez. Fiquei andando perto do carro, esperando algum outro veículo passar. Vivi erguia o celular bem alto, como as pessoas fazem nos filmes de terror quando estão procurando sinal. Como se isso desse certo.

Fiquei pensando se o motorista realmente iria a pé até o destino que Grey lhe passara, que distância seria até lá e se ele faria alguma parada no meio do caminho. Será que continuaria andando até seus pés sangrarem, até sua barriga roncar e suas articulações doerem? Será que ele pararia para comer e beber água ou andaria até morrer? E éramos mesmo capazes de fazer algo tão terrível assim com os outros?

— Iris, vem aqui — chamou Vivi enquanto eu andava de um lado para o outro.

Fui até a área que ela estava iluminando com a lanterna do celular, perto da porta aberta do carro. Vivi deu um passo para o lado, deixando à mostra o rosto pálido de Grey, com os olhos revirados, a pele firme e escorregadia com o suor da febre.

— Meu Deus! Ela está péssima. — Eu me agachei e toquei sua testa.

— E com muita febre. O que fazemos?

— Levá-la para o hospital de novo?

— É, porque deu tão certo da primeira vez, não é mesmo?

— Ah, merda, sei lá. E se ela estiver morrendo? Não podemos ficar paradas.

— Podemos ligar para Cate — sugeri, pensando se nossa mãe estaria disposta a tratar urgentemente a filha que expulsara de casa.

— Mesmo que eu tivesse algum sinal, tenho certeza de que Cate *adoraria* ajudar.

Encontramos uma garrafa de água pela metade e uma toalha de rosto no porta-malas. Nós a molhamos e a colocamos na testa de Grey, tentando baixar sua febre. Tyler voltou, com a mão na barriga.

— Agora que isso já foi resolvido... O que está rolando aqui? — perguntou.

— Não percebeu que ela estava pegando fogo, seu tapado incompetente?

Então um barulho, vindo da escuridão: passos andando pelo cascalho e pela lama.

— Quem está aí? — perguntei, mas era apenas o motorista enfeitiçado, agora carregando um imenso galão vermelho de combustível. — Ai, graças a Deus!

— Vejam só quem chegou — anunciou Tyler. Quando o homem passou, Tyler estendeu o pé na frente de suas pernas para derrubá-lo. O homem tropeçou, depois continuou andando como se nada tivesse acontecido. — O que há de errado com ele?

— Deixe-o em paz — falei quando o motorista passou por mim, absorto em seu mundinho particular. — O pobre homem não está sendo ele mesmo.

— E o que *diabos* significa isso? — perguntou Tyler.

Vivi segurou o rosto de Tyler entre as mãos, encarou-o por um instante e depois se aproximou para beijá-lo. Foi um beijo intenso, cheio do tal elixir que residia em seus lábios. Nos meus lábios. Até eu senti sua força e, subjacente a ele, havia alguma outra coisa. Uma pitada de inveja.

Vivi recuou e observou Tyler com atenção.

— Bem, estou me sentindo assediado — afirmou ele enquanto enxugava a boca molhada. — Eca. Não estou interessado, só para você saber. Já passei por isso. E vocês todas são igualmente estranhas.

— Interessante — disse Vivi para mim. — Ele não foi nem um pouquinho afetado. Talvez seja porque não tem cérebro.

— Quantos anos você tem, hein? — retrucou Tyler.

Vivi podia provocá-lo o quanto quisesse, mas eu sabia por que Grey namorara com Tyler.

A segunda vez que alguém me beijou foi nos bastidores do primeiríssimo desfile da House of Hollow na Semana de Moda de Paris. Tinha sido um sucesso, mas eu não estava a fim de comemorar. Estava com o estômago embrulhado porque fazia dois dias que tinha um homem me observando. Nunca descobri seu nome. Só sabia que ele era um fotógrafo em ascensão, que usava uma jaqueta de couro marrom e o cabelo claro preso num coque. Era alto, jovem e bonito, e falava com um sotaque arrastado. As mulheres deviam se jogar em cima dele, mas ele passava tempo demais com as modelos e gostava muito de me olhar. Deve ter imaginado que uma adolescente ficaria exultante por receber atenção de um homem adulto. Deve ter imaginado que eu gostava da maneira como ele roçava os dedos na parte de trás da minha calça jeans quando pedia uma selfie comigo.

Deve ter imaginado um monte de coisas erradas.

Já eu imaginei o seguinte: era extremamente importante que eu jamais ficasse sozinha por aí com ele. Por dois dias eu me certifiquei de que ele não tivesse essa oportunidade, não por ter certeza de que algo ruim aconteceria, mas porque não tinha como garantir que algo ruim *não* aconteceria. O desfile tinha acabado e eu podia relaxar. Meu voo de volta para Londres seria na manhã seguinte, Grey iria chamar um Uber para me levar ao meu hotel e o cara sinistro não estaria lá.

Eu só precisava passar nos bastidores para pegar meu casaco.

Os bastidores estavam um caos nas horas antes de o desfile começar, com modelos magérrimas e maquiadores e produtores andando de um lado para o outro, gritando nos fones de ouvido, mas agora estava tudo quieto. Ainda era possível sentir o cheiro químico de laquê e também o odor de cabelo queimado de quando os cachos tinham ficado tempo demais no babyliss. As lâmpadas dos espelhos no camarim estavam apagadas, e os vestidos que as modelos tinham usado na passarela haviam sido guardados em capas e pendurados em araras num dos lados do cômodo. Não pude deixar de sorrir ao passar por eles à meia-luz, aqueles pequenos milagres feitos de linha e tecido que tinham nascido do cérebro rebelde da minha irmã. Tinha visto esboços de suas criações nos meses antes da semana de moda, mas nada me preparara para vê-los na vida real, com tudo que eles tinham de bonito e grotesco.

Encontrei meu casaco no encosto de uma cadeira dobrável e o vesti.

— Oi, Iris — disse uma voz masculina.

Eu me virei. Era o fotógrafo.

Ali, comigo. No escuro. Sozinho.

— Ah, oi. Não sabia que ainda tinha gente aqui.

— Não tem. Todos foram para a festa pós-desfile.

— Cadê a Grey?

— Acabei de vê-la entrar num Uber. — Aquilo me pareceu esquisito. Grey deveria me levar até o hotel antes de ir para a festa. Cate a fez prometer. — Posso te dar uma carona, se você quiser.

Tentei passar por ele, para ver se ele estava dizendo a verdade, mas ele segurou meu pulso, fazendo meu coração dar piruetas de pânico.

— Você é linda, sabia? — disse ele com a boca, mas, com seus dedos agarrando meu braço com tanta força que deixaram hematomas, ele disse outra coisa.

E foi então que aconteceu. Ele se inclinou para me beijar. Chegou perto demais. Inspirou o meu poder indomado, que efervescia de suor e medo, e isso o fez perder a cabeça, assim como acontecera com Justine Khan. Seus olhos se arregalaram, e quando vi, eu estava no chão, debaixo dele, sob seu peso e sua rigidez enquanto seus dedos tentavam puxar o cós da minha calça e entrar à força no meu jeans. Gritei e lutei contra ele. Eu me debati e arranhei seu rosto com as unhas, mas o cheiro repentino de seu próprio sangue só o deixou ainda mais agitado. O fedor quente de seu hálito no meu rosto. O rastro morno de saliva que ele foi deixando na minha pele enquanto me beijava, me mordia, lambia as feridas que fazia em mim.

Não sei se Grey ouviu meu grito ou se sentiu instintivamente meu estresse, mas de repente lá estava ela — que não tinha ido embora, como o fotógrafo dissera —, de pé ao nosso lado, com o rosto de uma deusa vingativa. Ela agarrou o homem pelo pescoço e o arrancou de cima de mim com uma das mãos. Depois o jogou contra um espelho, quebrando o vidro e as lâmpadas atrás dele. Seus dedos finos seguravam o pescoço com tanta força que ele mal conseguia respirar, mas, embora seu rosto estivesse vermelho e sua garganta fizesse barulhos parecidos com cacarejos quando ele tentava respirar, o fotógrafo não parecia se incomodar. Ele já estava violentamente inebriado com minha irmã, zonzo, caidinho por ela.

Por que o poder se mostrava útil e fácil para Grey, mas me fazia de vítima?

Grey estava ofegante, cuspindo veneno toda vez que expirava. Ela apertou o homem ainda mais, até eu conseguir ver os capilares estourando sob sua mão.

— Você vai para casa — ordenou Grey —, e, quando chegar lá, vai se matar. Vai ser uma morte lenta. Dolorosa. Entendeu?

O homem mordeu o lábio e sorriu, depois fez que sim, acanhado, como se estivesse dando em cima dela.

— Grey — falei entre soluços de choro. — Não. Não o obrigue a fazer isso. Não foi... Não foi totalmente culpa dele. Foi mais... um acidente. Cheguei muito perto e ele foi longe demais. Não sei como... Por favor. Por favor, desfaça o que fez. Deixe-o ir embora, só isso.

Grey soltou o pescoço do homem e deu um belo tapa na cara dele. Uma chuva cintilante de cacos de vidro caiu de seus cabelos.

— Sorte sua que minha irmã é mais clemente que eu. Nunca, *nunca* mais toque em outra pessoa sem o consentimento dela. Agora suma da minha frente. Vá embora de Paris e não volte.

Depois que ele saiu, Grey se virou para mim.

— E você. Você precisa ser mais...

— Mais o quê? — respondi com rispidez enquanto me levantava. — Cuidadosa?

Estava tremendo, sangrando. Queria que Grey me cobrisse como uma colcha e fizesse a mágoa desaparecer, mas não foi o que fez. Ela ficou parada me olhando enquanto eu abotoava a calça e pressionava discos de algodão nas mordidas ensanguentadas no pescoço e no ombro.

— Você precisar ser mais *forte*, Iris.

— Está falando *sério*? Até parece que eu quis isso! Foi ele que me seguiu até aqui. Por que está zangada *comigo*?

— Porque você é fraca. Porque deixa pessoas inferiores abusarem de você. Porque tem medo do quanto é poderosa e foge do próprio poder. Porque nem sempre vou poder protegê-la, e eu sei, *eu sei*, que você é capaz de se proteger, pois é mais parecida comigo do que imagina.

— Quem é você, *porra*? — perguntei, porque aquela pessoa não era minha irmã.

Suas palavras eram tão vis, tão erradas... Como podiam ter sido ditas por Grey? Como aquela pessoa que dizia me amar mais do que tudo podia me magoar tão intensamente depois de ver o que tinha acontecido comigo? Então pensei no mindinho quebrado na mão esquerda da minha irmã. Na minha mão esquerda.

— Está doendo? — perguntei a ela quando aconteceu.

— Está — sussurrou, aninhando os ossos inchados no peito. — Está doendo muito.

— O que posso fazer para ajudá-la?

Grey me encarou com os olhos pretos, inspirando superficialmente.

— Vá quebrar seu dedo também.

Enquanto eu saía, Grey agarrou meus pulsos machucados com as duas mãos. Eu me encolhi ao sentir a dor em camadas, mágoa em cima de mágoa.

— Use os dons que lhe foram dados — disse ela. — O certo é ninguém poder encostar em você. Você pode fazer as pessoas caírem de joelhos se quiser. Pode obrigá-las a pagar pelo que fizeram.

— Não é isso que eu quero — falei enquanto me contorcia para me soltar, como Vivi me ensinara a fazer depois de uma de suas aulas de Krav Maga. — Nunca quis isso. Por que não consegue entender? O que eu quero é ser *normal*.

Mais tarde na mesma noite, no meu quarto de hotel, passei duas horas no banho tentando tirar o cheiro dele de mim, e então, depois que consegui, tentei tirar o que quer que houvesse de podre morando debaixo da minha pele, me deixando tão fraca. Esfreguei tanto minha cicatriz que ela ficou em carne viva e sangrou por dias.

Então, sim. Eu achava que sabia por que Grey namorara com Tyler. Porque estar perto de uma pessoa que não era uma presa de seu poder inebriante, beijar alguém que jamais surtaria com seu cheiro — alguém que você não conseguiria *obrigar* a desejá-la, alguém que você não conseguiria *obrigar* a amá-la, alguém que gostava de você espontaneamente — era algo com que eu já tinha sonhado, mas que achava impossível para mim.

Observamos o motorista usar um funil para reabastecer o carro, voltar para o banco da frente e ligar o motor.

— Ei, ei, ei! — gritei enquanto ele engatava a primeira marcha e começava a ir embora sem a gente, com todas as portas ainda abertas.

Todos nós pulamos para dentro do veículo — desta vez, Vivi foi na frente, e eu e Tyler, atrás — e batemos as portas.

— Preciso dizer que não sou *nada* fã deste Uber — reclamou Tyler. — Vou avaliar com uma estrela. Duas, no máximo.

A cabeça pegajosa de Grey estava no meu colo, e suas pernas nuas, em cima dos joelhos de Tyler. Seus cabelos tinham se encharcado de suor, e de sua pele saía um cheiro forte e estranho de carne e vinagre com notas doces e florais, lembrando gardênia. Afastei os cabelos de sua testa. Mesmo assim, até doente, pálida e trêmula, Grey era linda.

Eu nunca a vira passando mal antes. Grey sempre cuidava de mim e de Vivi quando éramos pequenas, não o contrário. Grey sempre estava no comando. Era sempre a mais forte.

— Vou protegê-la — sussurrei para ela, assim como ela sussurrava para mim todas as noites ao me colocar para dormir. — Para sempre. Prometo.

☾

Paramos para abastecer de novo pouco tempo depois, em um posto de gasolina 24 horas na estrada de iluminação branca. Entrei rapidamente enquanto o motorista enchia o tanque. Comprei um analgésico infantil e água para tentar baixar a febre de Grey. Voltei para o carro com os braços cheios de remédios e lanches da loja de conveniência antes mesmo de o cara terminar de abastecer. Tyler estava dando uma volta pelo posto. Vivi girava nos dedos um cigarro de cravo apagado, sem tirar os olhos do caixa do posto que nos encarava.

— Grey — falei ao voltar para o carro e apoiar a cabeça dela no meu colo. O homem encaixou o bocal na bomba de combustível. — Grey, você precisa tomar isso. — Achei que o homem fosse entrar no posto para pagar, mas ele abriu a porta e ligou o motor. — Merda! Tyler! — chamei enquanto o carro dava um solavanco para a frente. — Entre!

Tyler correu atrás da gente e conseguiu entrar enquanto o motorista saía do posto e o caixa já estava do lado de fora, gritando atrás de nós.

— Aquele cara vai mandar prender a gente — alertou Vivi.

— Me ajuda aqui — pedi para Tyler depois que chegamos à estrada.

Puxei Grey pelos ombros moles mais para cima dos meus joelhos e ergui sua cabeça para que Tyler abrisse sua boca e derramasse um pouco do analgésico nela.

Tyler se inclinou e fez carinho em seu rosto. Um momento meigo. Ele passou o dedão no lábio inferior de Grey, depois abriu sua boca.

— Tem alguma coisa... aqui dentro — disse ele.

— Dentro da boca?

Eu me aproximei para olhar. Tinha algo verde e fedorento no fundo da garganta de Grey. Enfiei os dedos atrás de seus dentes e tentei remover aquilo: era um aglomerado de folhas podres cobertas com um mofo cheio de pelos. Aquele fedor metálico me fez lacrimejar. Tyler e Vivi sentiram ânsia de vômito quando o cheiro se espalhou pelo ar denso do carro. Acendi a luz no teto, olhei para dentro da boca de Grey e me arrependi na mesma hora. Também quis vomitar. Um ninho de folhas podres e flores-cadáveres e formigas, tudo se reproduzindo dentro dela. Nutrindo-se de seu sangue. Irrompendo da carne de sua garganta.

— O que é? — perguntou Tyler.

— Uma infecção — menti. — Vá mais rápido — instruí o motorista, apesar de saber que ele provavelmente não me daria ouvidos —, senão talvez ela não aguente chegar até o nosso destino, onde quer que seja.

Passamos mais umas quatro ou cinco horas andando de carro — de pernas cruzadas, pressionando bastante as bexigas — até a aurora começar a sugar a escuridão do horizonte. A febre de Grey ia e voltava, mas sua pele continuava ensebada de suor, seus lábios ainda estavam sem cor, seu hálito fedia a uma podridão verde.

Eu dormia e acordava. Queria poder dizer a Cate que estava bem. Logo ela acordaria e veria a notícia de que tínhamos desaparecido do hospital durante a noite, de que tínhamos sumido sem deixar rastros. O que isso causaria a ela?

À luz tênue do alvorecer, vi formigas saírem do canto da boca de Grey e seguirem enfileiradas por sua bochecha, indo em direção ao seu olho.

Vivi bocejou e se espreguiçou.

— Onde estamos? — perguntou ela quando passamos pelos arredores de uma cidade.

— Edimburgo — respondi.

Assim que cruzamos a fronteira da Escócia, suspeitei que aquele fosse nosso destino. Onde tudo começara, uma vida atrás, numa ruazinha quieta do centro histórico, num instante fugaz entre um ano e outro.

Quando pensava naquela noite, quando tentava me lembrar dela, nada me ocorria. Só tinha alguma noção do que acontecera a partir de relatos alheios.

Segundo Cate, não havia nenhuma magia no ar, nenhum pressentimento ruim, nenhum desconhecido alto de roupas escuras seguindo a gente sem ser percebido. Era uma noite normal numa rua normal. Éramos uma família normal e então, de repente, não éramos mais. Algo terrível e impensável nos acontecera ali, e eu não conseguia lembrar o que tinha sido — mas talvez Grey lembrasse. Grey, com seus segredos e lábios perfumados e beleza anormal que faziam o mundo inteiro cair aos seus pés.

Grey, que dizia se lembrar de tudo. *Tudo.* Todas as respostas escondidas atrás de uma febre. Tudo o que precisávamos fazer era baixá-la.

Alguns minutos depois, o carro parou numa rua estreita, pavimentada. A cidade ainda estava toda escura. A iluminação era antiga, vinda de outro século. Até mesmo os postes modernos pareciam incapazes de aplacar totalmente o peso da noite escocesa.

Tyler se espreguiçou e foi abrir a porta.

— Pare — alertou Vivi, vendo, pelo para-brisas, alguma coisa fora do meu alcance. — Tem uma menina apontando uma arma para nós da janela.

— Uma menina? — perguntei.

— Isso, uma menininha de aparência esquisita com uma espingarda — informou Vivi.

O motorista saiu devagar do carro e ficou parado, encarando-a com as mãos para o alto. Ouvi a arma sendo engatilhada.

— Você deve isso a ela — disse o homem, e em seguida se virou e, sem fechar a porta do carro, começou a andar na direção por onde tínhamos chegado.

O quanto sua vida seria arruinada por ter levado três garotas desconhecidas e um supermodelo para outro país numa noite qualquer?

— O que ela está fazendo? — perguntei a Vivi, que estava sentada no banco da frente sem se mexer.

— Deve estar pensando em dar um tiro bem na minha cara — minha irmã respondeu. — Acho que as chances não estão a meu favor.

Então abri a porta, devagar, assim como o homem fizera, e saí de baixo de Grey com as mãos na cabeça. O cano da espingarda apontou para mim. Vivi tinha razão: a pessoa que a segurava era apenas uma criança, uma menininha que não devia ter mais de 10 ou 11 anos.

Não falei nada. Não foi necessário.

A menina mudou de posição e olhou por cima da arma para me ver melhor: meus cabelos loiros quase brancos, os olhos pretos. Se conhecesse Grey, ela a reconheceria em mim. A menina pôs a arma para dentro de casa e fechou a janela.

— Acho que estamos seguras — falei.

Tyler e Vivi abriram as portas do carro e saíram. Por um instante pensei que era o fim, que a menina fecharia as janelas e trancaria as portas, mas não. A porta da casa se abriu e a menina saiu para a varanda com a arma pendurada no ombro. Era esquálida, tinha cabelos emaranhados, mãos e pés cobertos de fuligem. Usava uma camisola de algodão que talvez já tivesse sido branca, mas agora estava manchada de terra e lama. Mais parecia que ela tinha sido enterrada viva vestindo aquilo e conseguido cavar até sair de sua própria cova.

Seus olhos se voltaram para Vivi, para mim, para o pescoço tatuado de Vivi, depois para o meu pescoço, para a cicatriz reluzente em forma de gancho que brilhava ao sol do alvorecer. Seus olhos eram grandes, e seus pulmões inspiraram rápida e superficialmente, como uma lebre de olho num lobo do outro lado do campo, como se decidindo se deveria sair correndo ou continuar parada.

Tyler olhou para a casa por cima do ombro.

— Seus pais estão em casa, querida?

— Cale a boca, Tyler — censurou Vivi.

Com as mãos para o alto, dei um passo na direção da menina.

— Precisamos que você a ajude — falei. — Grey mandou a gente aqui porque confiava que você saberia o que fazer.

A menina me olhou sem entender. Apontei a cabeça para o banco de trás, onde minha irmã estava deitada, tremendo.

A menina andou descalça pelos paralelepípedos frios e foi ver Grey.

— Tragam... — disse ela, a voz seca e abafada. Com que frequência ela falava com outras pessoas? — Tragam ela pra dentro da casa — continuou, com a voz rouca, e nós obedecemos.

Vivi, a mais forte de nós três, segurou Grey por baixo dos braços enquanto Tyler carregava seus pés. Eles a deixaram num tapete coberto de pó e migalhas na sala de estar, perto do corredor. Saí de novo para fechar as portas do carro e da casa. Havia uma pilha de uns vinte envelopes mais ou menos, no corredor, todos fechados e endereçados a Adelaide Fairlight. O nome da nossa avó. Também era o nome que Grey usava nos hotéis para ocultar sua identidade. Então ali era mais um esconderijo da nossa irmã. Quão vasta era sua teia de mistérios?

Ajoelhei-me ao lado de Grey com os outros e olhei ao redor, procurando outros sinais de nossa irmã. Coisas verdes tinham começado a brotar nas janelas e tábuas do assoalho. As gavinhas de videiras entravam sorrateiramente pelas frestas da janela. Um líquen amarelo irrompia das paredes. A lenha encostada na lareira estava encasulada num mofo coberto de pelos. O tapete sob as costas de Grey estava esponjoso com alguma espécie de fungo formando pólipos parecidos com coral, que balançavam levemente ao sopro do ar.

Parecia um lugar ao qual Grey pertencia, mas os móveis eram poucos e não havia nenhum dos cacarecos com os quais ela adorava atulhar seus esconderijos: incensos, cristais, velas. Imaginei então que o apartamento deveria ser alguma espécie de abrigo — ou que Grey o alugara, ou o comprara no nome da nossa avó *para* a menininha. Por um instante me perguntei se a menininha não seria uma filha secreta de Grey, nascida após ela sair de casa. Procurei semelhanças em suas feições, mas não havia nenhuma. A criança tinha cabelos castanhos e olhos verdes. Além disso, devia ter uns 10 ou 11 anos, e Grey tinha se mudado apenas quatro anos atrás.

A menina nos deixou e foi para a cozinha contígua. Ouvimos pancadas, o barulho de garrafas de vidro batendo umas nas outras, uma colher mexendo. Quando voltou, alguns minutos depois, ela estava segurando uma tigela. Senti o aroma de vinagre e sal misturado a anis e artemísia, com seu cheiro pungente, amargo e medicinal. Uma poção de bruxa.

A menininha gesticulou para que eu abrisse a boca de Grey e tapasse seu nariz. Quando o fiz, ela derramou um pouco do líquido na garganta de Grey, que se engasgou e engoliu, depois vomitou imediatamente. Uma placenta de podridão e raízes e folhas deslizou para fora dela e caiu no tapete.

— Meu Deus, isso já é demais para mim — anunciou Tyler ao se levantar e sair.

Ouvi-o vomitar um momento depois, e os poucos lanches que comemos no carro foram se esparramando pela calçada enquanto ele se afastava.

A menina gesticulou para que eu tapasse o nariz de Grey de novo enquanto ela derramava mais da poção em sua boca. De novo, Grey se engasgou, engoliu e vomitou, desta vez expelindo filetes pegajosos de bile com direito a flores e pequenas minhocas.

A menina percebeu as ataduras nos braços de Grey e pôs suas mãos escuras por cima delas. Foi para a cozinha e voltou de novo com uma tesoura trinchante, inseriu-a sob os algodões e cortou as ataduras. Vi três cortes na pele dos braços de Grey, dois dos quais tinham sido suturados com o que parecia ser barbante. Havia flores-cadáveres brancas brotando de cada ferida, um tapete delas, com raízes de um tom azul-venoso por terem tomado muito sangue de Grey.

— Meu Deus! — exclamou Vivi. — O que está acontecendo com ela?

A menina pegou a tesoura que usara para cortar as ataduras de Grey e passou uma das lâminas na própria mão. Estremeci ao pensar na dor, mas quando ela abriu a mão não havia nenhum sangue, apenas um filete de líquido marrom, com cheiro de ferro e seiva ao mesmo tempo.

— Isso... — disse a menina, rouca, mas sua garganta se fechou. Ela engoliu em seco, tentou de novo. — Isso entra na pessoa.

Ela usou dois dedos da mão oposta para deixar a ferida aberta. Dentro dela não havia capilares, tendões, carne vermelha, mas sim o que se esperaria encontrar numa árvore em decomposição no chão de uma floresta: um charco de podridão, bolor e musgo.

Uma lágrima escorreu pela bochecha de Vivi.

— O que você é? — perguntou ela.

— Isso está dentro de mim — respondeu a menina, pondo a mão no coração. — Nela. — Pôs a mão na cicatriz na garganta de Grey. Por fim, ela apontou para Vivi. — Em você.

Vivi balançou a cabeça, devagar, a princípio, mas depois com mais raiva. Ela enxugou as lágrimas dos olhos e se levantou.

— Que se *foda* — praguejou.

Ela chutou a tigela com a poção, que saiu zunindo pela sala, e fez o que sempre faz: foi embora furiosa, provavelmente para encontrar algum lugar onde pudesse comprar bebida antes das dez da manhã.

A menina rasgou uma faixa da parte de baixo da sua camisola e a umedeceu na poça do que restava da mistura.

— Pra você — ofereceu, enquanto me entregava o tecido.

Fiquei confusa, mas a menina encostou na delicada bacia de carne entre suas clavículas, e instintivamente meus dedos foram até a minha, depois até minha cicatriz, onde o nó sob minha pele assumira uma nova forma. Pressionei o tecido molhado na pele. Alguma coisa sob a superfície se contorceu em protesto.

A menina embebeu as ataduras cortadas de Grey no que restava do remédio, e em seguida os colocou sobre as feridas.

— Por que... — começou a menina, depois engoliu em seco. — Por que ela fez isso? — perguntou enquanto passava os dedos nas faixas molhadas de algodão.

Segurei a mão da minha irmã.

— Não acho que foi ela. Grey passou uma semana desaparecida. Nós a encontramos assim. Acho que alguém fez isso com ela. Um homem. Um homem que usa um crânio de touro para esconder o rosto.

— Ele... a cortou? — disse a menina com a voz rouca.

— Não sei. Não sei por que uma pessoa faria isso.

A menina se levantou, pegou a espingarda e a apontou para o meu rosto.

— Você não pode ficar aqui — rosnou ela.

— Ei, ei, ei, calma aí...

— Não — interrompeu ela, encostando o cano da arma no meu ombro e me derrubando. — *Saia daqui.*

— Por favor, conte o que está acontecendo!

— Ele tem o sangue dela — explicou a menina, como um animal selvagem que tivesse aprendido a linguagem humana. — Ele sempre vai conseguir encontrá-la. Se ela está aqui, ele vai vir. Ele já está a caminho.

— Você deve isso a ela — disparei, repetindo o que o motorista dissera antes de ir embora. Não sabia exatamente o que uma menina podia dever a Grey, mas sabia que, ao ser lembrada disso, ela nos deixara entrar, então talvez assim ela nos permitisse ficar mais um pouco. Grey estava fraca e desidratada. Tinha medo de que deslocá-la outra vez piorasse seu estado. Além disso, a menina parecia saber tratá-la de uma maneira que o hospital não tinha conseguido. Tínhamos que ficar ali. Não tínhamos para onde ir. — Precisamos da sua ajuda, e você deve isso a ela. Por favor. Por favor.

A menina estava ofegante.

— Quando ela acordar, vocês vão embora — ordenou ela, e depois largou a arma e foi atrás de Vivi e Tyler lá fora.

16

VIVI VOLTOU NÃO MUITO TEMPO depois, para minha grande surpresa não com uma garrafa de tequila, mas com pão fresco, frutas e café. Comemos juntas na varanda da frente, sob o sol frio da manhã. Contei a ela o que a menina tinha dito — que o homem caçando Grey nos encontraria aqui, assim como tinha nos encontrado no hospital, e que nosso tempo aqui estava contado.

Vivi tragou um cigarro de cravo e soltou uma pluma de fumaça, reflexiva.

— O que foi? — perguntei.

— É igual... Bem, talvez seja igual ao jeito como nós três conseguimos nos achar — ponderou. — Ele tem o sangue de Grey, e então agora ele consegue encontrá-la também.

— Que sentido tem isso?

— Cacete, Iris. Sei lá. Sei lá que sentido tem isso. Não tenho nenhuma resposta para você. Só estou jogando umas ideias, tentando fazer uma pequena sessão de *brainstorming*.

— Tudo bem. Nossa. E o que a gente faz agora?

— Continua mudando de lugar, imagino.

— Para sempre?

— Até conseguirmos entender isso.

— E o que tem para entender?

— Como matar um Minotauro, que tal? Somos seres humanos, né? Deve haver algum motivo para sermos a espécie dominante. A gente mete medo. A gente tem armas. Deve ser fácil matar uma vaca de pé.

— Vivi bateu a guimba do cigarro. — Não estou mais com nenhuma paciência para isso — reclamou ela ao se levantar e entrar. Ouvi-a murmurando consigo mesma ao se ajoelhar ao lado de Grey e pôr um travesseiro debaixo da cabeça da nossa irmã. — Quero voltar para Budapeste. Quero voltar a beber cerveja de sabugo e a beijar lindas mulheres húngaras todas as noites. Está me ouvindo? Se liga. Dá um jeito na bagunça que você fez. Eu gosto da minha vida.

Inspirei profundamente e notei Tyler no fim da rua, andando na minha direção com tênis novos nos pés e uma caixa de sapatos da Nike debaixo do braço. Com sua camisa florida e seu casaco de estampa de oncinha, ele era um anacronismo em contraste com a rua de paralelepípedos e de casas de pedra.

— Belos tênis — falei, enquanto ele entrava na varanda e parava ao meu lado.

Ofereci uma banana e o que tinha sobrado do meu café.

— Pois é — concordou ele depois de dar um gole. — Não fazem muito meu estilo, mas os mocassins de couro de lagarto da Gucci tinham acabado, então o que eu podia fazer?

— Achei que a gente não ia se ver mais.

— Fui até a estação de trem e comprei uma passagem. Entrei no trem e encontrei meu assento.

— Então por que voltou?

— Ah, algum alarme de incêndio disparou e eles mandaram todos os passageiros saírem. Óbvio que eu não ia ficar esperando na plataforma, no frio.

— E cá estava eu achando que você tinha subitamente se sentido culpado.

— Meu Deus, não! — Tyler esticou as longas pernas e bateu um tênis no outro.

— Li sobre sua irmã.

Tyler não disse nada.

— Se não quiser falar disso, eu...

— Tudo bem, eu só... — Ele coçou a ponte do nariz. — Faz tanto tempo. Sou o caçula de quatro irmãos. O único menino. Estávamos numa praia no verão. Eu tinha cinco anos, a Rosie tinha sete. A gente nadava bem. Estávamos querendo ver quem conseguia nadar até mais longe. — Ele contava aquilo como se fosse um verbete da Wikipédia. Era como eu falava do meu sequestro quando precisava falar a respeito. Retirar a emoção e declarar os meros fatos facilitava. — Ficamos presos numa corrente. Fomos puxados para baixo. Quando me tiraram, meu coração ficou três minutos parado. Acabaram me ressuscitando. Não conseguiram ressuscitar minha irmã.

— Sei que não basta dizer que sinto muito, mas eu sinto muito mesmo.

Tyler só tinha 3% de bateria no celular, mas destravou a tela e foi até sua pasta de Favoritos nas fotos e me mostrou a irmã. Rosie. A garotinha que eu tinha visto na notícia, com longos cabelos escuros e uma franja pesada. Havia fotos dela visitando a família em Seul. Fotos de seu sorriso desdentado no primeiro dia da escola. Fotos dela brincando com os irmãos: as duas irmãs adolescentes e Tyler.

— Rosie era a mais corajosa e a mais endiabrada dos quatro. Estava sempre arrumando confusão.

— Parece a Vivi.

— Vivi realmente me lembra dela. Ambas respondonas e às vezes *incrivelmente* chatas, mas por algum motivo a gente as adora. — Tyler guardou o celular. — Grey acha que eu estive lá, sabia?

— Lá onde?

— No Ponto de Passagem. Durante os poucos minutos em que meu coração parou. Ela acha que é aonde fui.

— Hum.

— "Hum" o quê? Pareceu uma revelação esse *hum*.

— É só que... Grey uma vez me disse que achava que você era especial. Será que é por isso que não conseguimos obrigá-lo a fazer o que a gente quer? — Tyler tinha morrido. Tyler tinha voltado. Tyler era imune às nossas ordens. — Pensei que você achasse que isso tudo era só coisa da minha cabeça.

— Bem, pela maneira como Grey falava, eu, sendo uma pessoa *normal*, imaginava que era um conto de fadas. Não me lembro muito daquele dia depois que entrei na água, mas me lembro do cheiro de fumaça quando cheguei à praia. Minha mãe me falou que, quando tossi a água dos pulmões enquanto me ressuscitavam, ela teve a impressão de me ver tossindo flores. Eu só nunca... É real, não é? O que está acontecendo é real.

— Pois é. Acho que sim.

— Comprei um presente pra você — revelou. Dentro da caixa de tênis da Nike havia três novos carregadores de iPhone. Tyler me deu um. — Um pra você, um pra mim e um pra sua irmã tatuada e agressiva.

— Obrigada. Foi bizarramente gentil da sua parte.

— As pessoas *ficam bem chocadas* quando não sou o maior babaca.

— Para dizer a verdade, você parece fazer questão de *agir* como o maior babaca.

— Tudo parte da minha imagem, Mini Hollow. Jeito de bad boy. Na verdade, sou *muito* profundo.

— Sabia que devia ter algum motivo para Grey estar namorando você.

— Quer dizer, além da minha beleza estonteante? Eu na verdade não fui até a estação de trem, sabe. — Tyler deu outro gole no meu café e em seguida virou para olhar através da porta, para onde Grey dormia no tapete esquálido. — Quero que ela fique bem. *Preciso* que ela fique bem.

— Eu também — confessei, dando-lhe um tapinha nas costas. Era muito estranho e muito bom estar perto de alguém sem precisar ter medo de que ele fosse afundar os dentes na minha pele para sentir meu gosto. — Eu também.

☾

Respirei fundo três vezes para me preparar antes de pôr o celular para carregar.

Pela primeira vez na vida, editei meu aplicativo Buscar Meus Amigos para remover minha mãe da lista de pessoas que podiam ver minha localização. Se ela soubesse onde eu estava, pegaria o primeiro avião para me levar para casa. Não podia deixar isso acontecer. Não era seguro para ela.

Selecionei o nome de Cate na lista de Favoritos e liguei.

— Iris, Iris, Iris — minha mãe soluçou meio segundo depois. — Ah, meu Deus, converse comigo, filha.

— Está tudo bem — falei. A dor em sua voz era corrosiva. Dava para senti-la no meu sangue. Meu Deus, como pude fazer isso com ela? — Está tudo bem.

— Onde você está? Sabia que não podia ter deixado você ficar com aquela *coisa*. Estou indo te buscar.

Aquela coisa?

— Não posso falar. Estou em segurança, mas não posso voltar para casa ainda. Não sei quanto tempo vou passar fora.

Não sei se algum dia vou poder voltar.

Naquele instante pensei no colégio e na fantasia cuidadosamente construída de um futuro com o qual me permiti sonhar por anos. Aquele em que eu usava um suéter azul-marinho da Universidade de Oxford enquanto carregava livros didáticos pelos gramados da Magdalen College. Aquele em que tinha colegas que não me conheciam como uma pessoa desaparecida famosa nem como a irmã mais nova de uma supermodelo, mas como Iris Hollow, estudante de medicina. Aquele em que eu tinha uma namorada ou um namorado, e em que beijá-la ou beijá-lo não parecia assustador. Aquele em que eu passeava de barco no rio Cherwell e bebia sidra nos piqueniques de verão com meus amigos e passava longas horas estudando em bibliotecas construídas no interior de naves sagradas em antigas igrejas.

Um futuro que, naquele momento, parecia estar escapulindo. Mas eu tinha minha irmã de volta, e isso era mais importante do que tudo.

— Aquela coisa tirou tudo de mim — declarou Cate. — Não vou deixá-la tirar você também. *Diga* onde você está. Você é minha, não dela. Está me ouvindo? Você é *minha*.

— Você está falando de... Grey?

— Fique longe dela, Iris. Por favor. Onde quer que você esteja, simplesmente fique longe dela. Você não está segura, você está...

— Cate. Chega. Eu *não* vou sair de perto dela. Não vou abandonar minhas irmãs.

— Não confie nela. Fuja. Escute bem. Por favor. Você tem que fugir. Fugir. *Fugir.* Ela não...

Desliguei e apertei a mão contra a boca para me impedir de chorar. Meu telefone vibrou com uma chamada. Uma foto da minha mãe comigo preencheu a tela, meu cabelo leitoso e minha testa pálida pressionadas contra sua bochecha corada, sua cabeleira de caracóis escuros. Nós duas sorríamos. Nossos traços chamavam a atenção pela falta de semelhança. A ligação terminou, e em seguida minha mãe ligou de novo, e de novo, e de novo. Bloqueei seu número.

Minha mãe tinha chamado minha irmã de *coisa*. Minha mãe tinha me mandado fugir dela.

Não sabia o que fazer além de engolir minha repulsa e me apoiar contra a parede. A casa estava silenciosa. Nós três estávamos juntas. Grey estava viva. Isso bastava.

Saboreei a calma por alguns minutos — e em seguida digitei *minotauro* no Google e cliquei em *Pesquisar*. A busca retornou imagens de um pesado touro-demônio com um machado, caricato em seu tamanho e em sua maldade. Muitas vezes ele aparecia com barriga tanquinho, cascos abertos em dois e olhos vermelhos reluzentes. Nada parecido com o homem que estava nos seguindo.

O artigo da Wikipédia contava o mito grego de um monstro comedor de carne preso no centro de um labirinto pelo artesão-mestre Dédalo. Rolei para baixo. O Minotauro aparecia no *Inferno* de Dante, o que me interessou — era um dos livros prediletos de Grey —, mas a menção era breve, e Dante e Virgílio passaram rapidamente por ele. Picasso incluía a criatura em vários de seus desenhos. Havia Minotauros em *Dungeons & Dragons* e em *Assassin's Creed*. Era inútil.

Na seção *Ver mais*, havia uma lista de entidades comparáveis. Cliquei em *Cabeça de Boi*, "guardião do Submundo na mitologia chinesa", e li a respeito dele e de Cara de Cavalo, dois guardiões do reino dos mortos que capturavam almas humanas e as levavam para o inferno. Voltei na navegação e cliquei em outro nome que reconheci vagamente: *Moloch*. "Deus cananeu associado ao sacrifício de crianças." Apertei os lábios e dei uma olhada no verbete: indícios arqueológicos de crianças sacrificadas em Cartago, Cronos comendo os filhos.

Parei na pintura de Peter Paul Rubens que acompanhava o texto: *Saturno devorando o filho*. Nela, um deus masculino nu com cabelo e barba grisalhos curvava-se sobre a criancinha que segurava, os dentes rasgando a carne do peito do bebê.

— *Meu Deus* — sussurrei.

Larguei o celular e passei as mãos no cabelo. Precisava de um banho. Precisava dormir.

Subi. Havia dois quartos, embora um estivesse sem mobília e a cama de casal do outro estivesse sem lençóis, o colchão gasto manchado e afundado. A menina devia dormir, eu imaginava, no canto do quarto no ninho de cobertores fétidos entremeados por folhas e pedaços de papel. Ajoelhei e desdobrei um quadrado de jornal, um recorte que tinha ficado quebradiço com o tempo. *Criança desaparecida*, dizia a manchete, seguida de uma fotografia em preto e branco de uma garotinha. Abaixo, a legenda dizia: *Agnes Young, 11 anos, filha única de Phillip e Samantha Young, está desaparecida há cinco dias*. Passei a ponta dos dedos no rosto da menina, no vestido de algodão branco familiar que ela estava usando. Outro recorte era o obituário do ano passado de Samantha Young, morta aos 96 anos. *Enfim ela encontra Agnes, sua filha amada*, dizia. Dobrei os dois e os pus onde os encontrei, meus pensamentos presos nas datas.

Fiquei sentada no chuveiro por um bom tempo depois disso, de joelhos contra o queixo, braços em volta das canelas até ficar tão encurvada quanto uma pedra de rio debaixo de uma queda-d'água.

Chorei. Não muito, não com facilidade, mas alguns soluços fortes tomaram minhas costelas e me sacudiram. Chorei pelos dias que Grey passou desaparecida, chorei de alívio por ela estar aqui, chorei por mim, pela vida pela qual eu tinha trabalhado e pela vida que eu queria, pela vida que agora parecia tão frágil. Chorei porque minha mãe achava que minha irmã era perigosa, e chorei porque parte de mim sabia que isso era verdade.

Depois me senti melhor. Vesti de novo minha camiseta e minha calça jeans suadas, a pele protestando contra o sal e a sujeira presas ao tecido.

Tyler pegou o primeiro turno da vigia enquanto Vivi e eu dormíamos no chão da sala de estar ao lado de Grey. O dia estava atipicamente claro para o inverno de Edimburgo. A sala estava quente por causa do aquecedor, e o ar parecia denso e fedia a floresta podre, mas nenhum de nós tinha efetivamente dormido na noite anterior, e as noites antes daquela tinham sido repletas de estresse e espera, então nós duas caímos num sono pesado e sem sonhos. Dormi mais profundamente do que dormia em semanas, a ponta dos dedos tocando o pulso de Vivi de um lado e o pescoço de Grey de outro. O ritmo da pulsação delas era como um metrônomo.

Acordei brevemente em algum momento da tarde quando a menina, Agnes, voltou. Fiquei olhando por um tempo enquanto ela se sentava numa cadeira perto da janela da frente, a espingarda atravessada sobre o colo. Quando acordei de novo, já era noite. A casa estava escura, mas havia uma luz acesa na cozinha, e as vozes sussurradas de Vivi e Tyler — com contornos macios e animados, graças, imaginei, a generosas doses de álcool — vagavam. Toquei a bochecha de Grey. Sua febre tinha cessado em algum momento da tarde, e sua pele não parecia mais encharcada. Quando puxei as ataduras de seus braços, as flores tinham definhado, as cicatrizes que cresciam delas estavam quase curadas.

— Ei, menina — sussurrou uma voz de cascalho.

Ergui o rosto. Os olhos de Grey mal estavam abertos, mas ela quase sorria.

— Você acordou!

— Shh — disse Grey, com uma risada fraquinha. — Só quero mais alguns minutos de paz antes de ter que me levantar.

— Achei que tivesse morrido — suspirei, enquanto enterrava meu rosto no pescoço dela. — Achei que tivesse morrido.

— Ei, ei. Nada disso. Estou aqui, estou aqui.

— Tinha um cadáver no seu apartamento. Tem gente seguindo você. Um homem que usa um crânio de touro na cabeça. A menininha, Agnes, diz que ele vai conseguir encontrar você aqui.

— Quanto tempo dormi? A gente provavelmente deveria pegar a estrada de novo antes que ele nos encontre.

— Quem é ele? E o que quer com você? Ele nos sequestrou quando éramos crianças?

Grey passou os dedos pelos meus cabelos e pôs uma mecha atrás da minha orelha.

— Não, ele não nos raptou quando éramos crianças.

— Você disse na *Vogue* que lembrava. Que lembrava de tudo o que tinha acontecido com a gente. Então, o que diabos aconteceu?

Veio um ruído da cozinha, uma gargalhada de Vivi.

— Quem mais está aqui? — perguntou Grey.

— Vivi e Tyler.

— Tyler veio?

— Não conseguimos nos livrar dele.

Grey sorriu.

— Posso vê-lo?

— O que vamos fazer, Grey? — Para onde iríamos agora? Como fugir de um inimigo que sempre conseguiria nos encontrar? Grey tentou falar, mas algo se prendeu em sua garganta e ela tossiu. — Espera. Vou pegar água para você.

Eu me levantei, me espreguicei e fui para a cozinha, onde Vivi já estava só de top e jeans, os pés descalços sobre a mesa, um cigarro de cravo na boca e outro preso na orelha. Ela e Tyler estavam jogando cartas e bebendo uísque. A tatuagem de glicínia de Vivi tinha aumentado desde a última vez em que eu vira. Agora ela se enroscava por baixo do sutiã e em volta das costelas, atravessando a barriga e dando a volta em seu retrato de Lady Hamilton antes de mergulhar abaixo da cintura do jeans. Flores roxas de aquarela desabrochavam em videiras. Algumas das folhas tinham começado a enrolar e a escurecer de podridão. Perguntei-me se ela tinha aumentado a tatuagem de propósito ou se a tinta tinha se rebelado na sua pele e não podia ser contida.

— Quer jogar? — ofereceu Tyler.

Ele também estava sem camisa na cozinha quente. Tentei não deixar meu olhar se fixar nele por muito tempo.

— Vocês dois estão jogando pôquer e bebendo todas quando têm de ficar de vigia? — perguntei enquanto enchia um copo com água da pia.

— Nós dois temos uma tolerância ao álcool extremamente alta — explicou Vivi.

— Com isso, ela quer dizer que somos dois bêbados altamente funcionais que precisam de pelo menos algumas doses de álcool diárias para continuar fazendo as coisas. A verdade é que beber era a coisa mais responsável a fazer — acrescentou Tyler. — Como está Grey?

— Acordada — falei, e em seguida fiz que sim para Tyler. — Ela quer te ver. — Tyler levantou tão rápido que derrubou a cadeira. Entreguei a ele o copo de água. — Leve isso para ela.

— Como ela está? — perguntou Vivi.

— Fraca. Estou mais acostumada a vê-la forte. O fato de estar assim parece errado.

— Bem, graças a Deus que agora ela está acordada para nos dizer o que fazer. Se eu tivesse que tomar *mais uma* decisão...

Vivi fez mímica de cabeça explodindo.

— Cadê a Agnes?

Vivi ficou perplexa.

— Quem?

— A menininha.

— Ah. Ela subiu no telhado com a arma. Falou que, se ele vai aparecer, isso deve acontecer à noite. Ela se acha o Clint Eastwood ou algo assim.

— Vou levar um chá para ela. — Não havia chaleira, então pus uma panela com água no fogão e esperei a água ferver. — Grey já está sem febre — falei, enquanto procurava xícaras nos armários. — A gente devia dar o fora assim que ela tiver forças. De preferência, *sóbrios*.

— Pois é, pois é — concedeu Vivi enquanto se inclinava sobre a mesa para espiar as cartas de Tyler.

Encontrei duas canecas na pia, já encardidas. Elas pareciam familiares: barro cru do lado de fora, esmalte verde do lado de dentro, alças imperfeitas. *GH* estampado no fundo, a marca do criador: Gabe Hollow. Grey devia tê-las trazido de Londres para cá. Coloquei as mãos em volta de uma delas, mimetizando sua forma, segurando-a como ele devia tê--las segurado ao girá-las sob seus dedos na roda. Minhas mãos, exatamente onde as mãos do meu pai tinham estado um dia.

Misturei folhas escuras entre elas.

Tyler e Grey estavam juntos no sofá quando voltei para a sala de estar, a cabeça dela contra o ombro dele, seus dedos no cabelo dela. Fiquei na escada ouvindo-os falar baixinho entre si, suspiros aliviados de *que saudade* e de *eu te amo* e de *me desculpe* vagando até onde eu estava. Continuei subindo para encontrar Agnes. Ela estava no quarto, sentada no telhado do lado de fora da janela, os pés escuros descalços até no frio cáustico que tinha se firmado depois que o sol se pôs. Entreguei a ela uma das xícaras de chá fumegantes. Por um instante ela hesitou, mas em seguida aceitou.

Passei pela janela, sentei-me ao lado dela e olhei a vista da cidade. A luz fraca do céu de inverno deixara o mundo em preto e branco. Por um tempo, tomamos o chá em silêncio.

— Você esteve lá — falei, enfim. Era um chute. — Passou por lá. Pelo mesmo lugar onde minhas irmãs e eu fomos parar quando éramos crianças. Só que você não voltou para casa como nós. Você ficou presa. — Agnes tomava o chá e não discordava de mim, portanto continuei. — Então Grey a encontrou e a trouxe de volta de alguma forma, mas, onde quer que você estivera, já tinha passado tempo demais lá. Aquele lugar entrou em você. Mudou você.

— O Ponto de Passagem nunca sai da gente — revelou. — Não de verdade. — O chá tinha molhado sua garganta, amaciado a aspereza. Pela primeira vez, ela soava quase como uma criança, e não como algo selvagem. — Era para ser uma passagem só de ida. Se alguma coisa vai parar lá, não deveria voltar.

— O que é isso? O Ponto de Passagem? Minha irmã parece pensar que é algo entre a vida e a morte.

— Sua irmã tem razão. É um limite na fronteira entre os vivos e os mortos, embora eu achasse que fosse mais um tipo de inferno. Tudo que morre passa por ali. Gente, bichos, plantas. A maior parte das coisas passa rápido, o que seria o certo, mas algumas ficam presas. Normalmente, humanos. Os que não conseguem abandonar a vida ou que são pranteados muito profundamente por aqueles que deixam. Existe uma canção folclórica antiga, "A tumba inquieta". Conhece?

Soprei minha xícara. Meu sopro subiu da superfície do chá e enviou uma nuvem quente e úmida que ficou pairando no meu rosto. Eu conhecia a canção. Nela, uma mulher morria e seu namorado entrava num luto tão profundo, chorando em sua tumba por um ano, que ela não conseguia encontrar paz, não conseguia seguir em frente. Será que Agnes estava dizendo que o pesar dos vivos podia perturbar os mortos, prendê-los em um vão entre a vida e a morte?

— Como você foi parar lá se não morreu?

— Quando eu era criança, estava brincando no parque Holyrood ao anoitecer. Havia as velhas ruínas de uma capela. As pessoas diziam que eram mal-assombradas. Meus pais tinham me proibido de brincar lá, mas eu estava curiosa. Ouvi uma voz do outro lado de uma porta nas ruínas e a segui. Fui parar em algum outro lugar e não consegui encontrar o caminho de volta. Às vezes o véu entre os vivos e os mortos se afina. Às vezes os mortos falam com os vivos e os atraem.

— Foi isso que aconteceu com a gente também? — sussurrei.

Agnes deu um gole no chá.

— Vocês desapareceram na noite do Réveillon?

— Assim que deu meia-noite.

— Entre um ano e outro. Faz sentido. O véu se afina nesses momentos de transição. Pôr do sol, nascer do sol, meia-noite. — Agnes parecia criança, mas não falava como uma. Ela estava desaparecida havia décadas. Fiquei pensando qual seria sua idade mental. — Se vocês estavam perto de uma porta em ruínas, talvez tenham ouvido os mortos chamando. Talvez tenham ido atrás.

— Estávamos no centro histórico, numa rua onde uma casa tinha pegado fogo algumas semanas antes. Estava tudo destruído, menos o batente da porta da frente. Ele ainda estava lá, de pé, sozinho.

Agnes fez que sim.

— Uma porta que antes levava a algum lugar, mas que agora leva a outro.

— Você voltou. Você é como nós.

— Não sou como vocês. A esta altura vocês já devem ter entendido que são diferentes. Por que acha que são tão bonitas? Por que têm tanta fome? Por que conseguem, com tanta facilidade, que os outros façam o que vocês querem? Vocês são como as flores-cadáveres que crescem sem parar em seu rastro: lindas de olhar, até inebriantes, mas basta chegar bem perto para logo descobrir que existe alguma coisa podre embaixo. É isso que, muitas vezes, a beleza é na natureza. Um alerta. Um disfarce. Está entendendo?

— Não.

Mas eu entendia, num nível básico. As pétalas roxas e etéreas do acônito escondiam um veneno capaz de causar morte instantânea. Uma rã--flecha era bonita como uma joia, mas um grama da toxina que revestia sua pele podia matar milhares de humanos. A beleza extrema significava perigo. A beleza extrema significava morte.

— Tem algo no seu sangue que a permite passar do lugar dos vivos para o dos mortos, e também voltar quando quiser.

— Bom, então como você voltou?

— Runas escritas na minha pele com o sangue da sua irmã. A runa da morte. — Agnes segurou minha mão e desenhou uma figura na palma com o dedo: uma linha com três ramificações embaixo, na forma de flecha invertida. — A runa da passagem. — Ela desenhou a figura de um M maiúsculo. — A runa da vida. — Dessa vez, ela desenhou o inverso da primeira runa: uma linha com três ramificações em cima. — Grey entendeu. Não sei como. Um encantamento com sangue e linguagem que permite que os mortos passem para o mundo dos vivos.

— Mas você não está morta.

— Não. Mas o homem caçando vocês está. Posso ficar aqui porque aqui é meu lugar. Eu nunca morri. Ele, porém, pode passar apenas um certo tempo aqui, usando o sangue de Grey e as runas.

— Por que somos diferentes? Por que conseguimos voltar? Por que nosso sangue permite que a gente vá e volte quando quiser?

— Sua irmã é astuta. Uma *trapaceira*. Uma loba em pele de cordeiro. — Agnes estendeu a mão e arrastou a ponta gangrenosa do seu dedo na cicatriz do meu pescoço. — Acha que existe alguma coisa terrível que ela não faria para te salvar? Algum limite que não ultrapassaria? Algum sacrifício que não estaria disposta a fazer?

— Diga. Me diga a verdade — pedi à menina.

— Sua vida seria mais feliz se você não soubesse — respondeu ela.

— Conhecimento é poder — insisti.

— E ignorância é uma bênção — Agnes ponderou.

Um ganido abafado veio lá de baixo naquele momento, seguido por uma pancada. Agnes tirou rapidamente a mão do meu pescoço. Olhamos uma para a outra por um instante, nos perguntando: *você também ouviu isso?* Fez silêncio por apenas um instante. Então o grito de Vivi foi o gatilho que nos fez agir. Corri para entrar, mas escorreguei pelas telhas velhas. Agnes foi mais rápida do que eu, sendo menor e mais ágil. Já estava na escada quando me icei pela janela, as pernas e os braços a toda, e a adrenalina batendo. Ouvi o barulho de vidro quebrando, um arquejo de dor, Tyler gritando. Desci de três em três degraus, e parei no último, atrás de Agnes, que estava de pé com a espingarda apontada para o outro lado da sala.

O homem nos encontrara. Com uma das mãos, ele segurava Grey pelos cabelos, o queixo dela sacolejando no peito, a camisola hospitalar uma pintura de Jackson Pollock feita de sangue e vômito. Vivi, ainda de top e jeans, estava em cima do ombro dele, mordendo, arranhando e chutando, tentando se soltar. Tyler brandia uma garrafa de vinho quebrada e tentava fincá-la no peito do homem, mas estava lento demais, seus reflexos retardados pela bebida. Então um dos punhos do homem de chifres o acertou bem na cara e ele desabou no chão como se não tivesse ossos.

Agnes gritou. O homem olhou na nossa direção. Ela apontou a espingarda e, sem hesitar, puxou o gatilho. A arma disparou, estilhaçando o ombro do homem, mas ele não sangrou. Apenas rosnou, deixou Vivi cair, soltou Grey e partiu direto para cima de nós. Agnes disparou outra vez, mas agora o homem estava furioso, e nem mesmo um segundo disparo, que arrancou um naco de carne morta de seu pescoço e fez com que partículas estilhaçadas de sua máscara de osso saíssem voando como grãos de arroz, conseguiu detê-lo. Ele nos jogou contra a parede, e a madeira e o gesso rasgaram como papel com o nosso peso. De repente ficou escuro e eu não conseguia respirar, o peso de dois corpos em cima de mim, uma pilha de escombros forçando meu pescoço e as partes frágeis das minhas costas. Então o peso dele sumiu e inspirei. O mundo se embaçou e ondulou em função da dor. Tossi um bolo de sangue e o cuspi ao lado.

Tínhamos arrebentado a parede e estávamos estateladas no chão da cozinha. Tirei Agnes de cima de mim e me levantei, tentando ignorar a sensação de fraqueza do seu corpo, o ângulo feio do seu pescoço. Nenhum dos meus membros estava quebrado, mas sempre que inspirava, uma inegável pontada de dor nas costelas me fazia arquejar. Cambaleei de volta pelo buraco na parede, que, vagamente, notei estar cheio de coisas rastejantes e de mofo preto. Tyler estava largado no chão, com um lado do rosto ensanguentado e afundado. A sala estava destruída, e a porta da frente, aberta.

Minhas duas irmãs — e o homem — tinham sumido.

Não parei para ver se Tyler estava vivo. Peguei a faca de Grey no bolso do casaco e me arrastei pelos degraus da frente, chegando à rua. Senti uma intensa fisgada na clavícula que me trouxe lágrimas aos olhos. Em algum lugar, não muito longe, Vivi ainda se debatia, dificultando a vida do homem. Podia ouvir seus ganidos estrangulados, o bater de seus punhos contra a pele dele, logo ali virando a esquina.

— Vivi! — tentei gritar, mas o impacto esmagara alguma coisa nos meus pulmões, na minha garganta, e só consegui ofegar.

Queria correr, mas cambaleava para o lado quando tentava acelerar o passo. Talvez estivesse com uma concussão.

De repente os gritos de Vivi cessaram abruptamente, sibilando como metal quente mergulhado em água. Virei a esquina — uma parte de mim temendo ver o homem de pé sobre seu corpo sem vida —, mas a rua estava vazia. Senti o cheiro de fumaça e podridão. Um punhado de folhas secas se enroscavam pelos paralelepípedos na minha direção.

Não havia mais nada.

Elas tinham sumido.

Tinham sido levadas.

— Não — arfei, mancando pela rua. — Não, não, não, não, não.

Elas não podiam ter sumido.

Eu não permitiria que elas sumissem.

Não as duas.

Não de novo.

Bati em portas e janelas, gemendo como um animal ferido.

— Vivi! Grey! Vivi! Grey!

Girei maçanetas e toquei campainhas. As luzes se acendiam nas janelas. Moradores sonolentos vinham às portas e me xingavam. *Não sabe que horas são, porra?!*

Em algum lugar, não muito longe de onde eu estava, minhas irmãs tinham sido arrastadas através de uma fenda no mundo. Não sabia como segui-las. A única pessoa que sabia — uma menininha com pernas e braços podres — já estava, segundo minhas suspeitas, morta. Talvez Tyler estivesse morto também.

Alguma coisa apertou dentro do meu peito, esburacando meus pulmões. Não conseguia mais ficar de pé. Caí de joelhos no meio da rua, lutando para inspirar através das costelas quebradas, e chorei com a testa encostada nos paralelepípedos até ouvir sirenes.

17

CAMBALEEI ATORDOADA DE VOLTA à casa de Agnes antes que a polícia chegasse para me prender. O que poderia dizer para me explicar? *Bem, veja só, senhor policial, minhas irmãs foram raptadas e levadas para um misterioso limbo por motivos que desconheço. Suspeito que não tenha sido a primeira vez que isso acontece.*

Tranquei a porta da frente ao passar, fechei as cortinas e desliguei todas as luzes, menos uma.

Tyler estava vivo. Agnes, não.

Ele estava sentado no chão da cozinha ao lado do pequeno e debilitado corpo de Agnes, chorando baixinho. As órbitas dos olhos dela estavam repletas de flores, da boca nasciam videiras, o rosto e o pescoço estavam colonizados por líquens. Sentei-me do outro lado dela e pus a mão no ombro nu de Tyler. Ficamos desse jeito por algum tempo, nós dois com lágrimas escorrendo dos olhos. Então cruzei os braços de Agnes por cima de seu peito. A pele dela já parecia ressecada, as juntas rangendo, secas. Flores-cadáveres cresciam debaixo das unhas, rachando-as e descascando-as para abrir espaço para seus brotos. Formigas e besouros já tinham se alojado nos orifícios macios de seu rosto. Seu odor ruim e pungente dava ao ar da cozinha quente uma fragrância verde e selvagem.

Tyler me encarou. Um de seus olhos estava todo vermelho — um vaso sanguíneo estourado. A maçã do rosto abaixo se projetava de uma forma desajeitada, quebrada e pressionada dolorosamente contra a pele. Sua expressão era de quem procura. De quem pergunta.

Sacudi a cabeça.

— Ele as levou — falei baixinho. — Não consegui ir atrás. Eu... Eu as perdi... Perdi as duas.

Tyler não disse nada.

Queimamos o corpo de Agnes na lareira. Parecia errado deixá-la abandonada no chão de uma casa vazia, sua morte sem notícia e sem luto. Quando a levantei, ela estava leve e esvaziada, como uma árvore caída há muito tempo. Nós a queimamos envolta em seus cobertores, e usamos os recortes de jornal com os quais ela dormia para atiçar o fogo. Não demorou muito. A pira tinha cheiro não de carne e de cabelo, mas de verde fumegante e de incêndio florestal.

Esperava que, para onde quer que ela fosse agora, estivesse em paz.

— Imagino que você tenha um plano — arriscou Tyler enquanto abotoava a camisa florida. — As irmãs Hollow sempre parecem ter um plano.

Balancei a cabeça.

— Grey é cheia de planos. Não eu. Eu apenas os sigo. Nem sequer lutei. Simplesmente... fiquei parada enquanto Agnes dava um tiro nele. Deixei uma *criança* me defender.

— Bem, não lutar acabou sendo boa ideia — observou ele levando a ponta dos dedos à maçã do rosto. — Veja, você é irmã da Grey. É tão forte e inteligente quanto ela, e, francamente, igualmente assustadora. Como vamos atrás deles?

— Não sei.

— Sabe sim, porque você já esteve lá. *Como vamos atrás deles?*

Suspirei, frustrada.

— Como se chega à terra dos mortos? — questionei.

Tinha certeza de que era para lá que estávamos tentando ir: um estranho vão entre aqui e o nada.

— Suponho que morrendo, embora essa solução me pareça muito permanente.

Tyler e eu nos encaramos.

— Não foi para você.

— Bem, pois é. Eu preferia não passar por *aquilo* de novo.

— Tudo bem — falei, já indo até a escada. — Posso ir sozinha. Vou encher a banheira, você me mantém submersa até eu morrer, e depois espera mais ou menos um minuto para fazer a reanimação. Vou encontrá-las.

Não tinha visto isso num filme ou lido a respeito em algum livro? Tinha funcionado lá, então por que não funcionaria aqui? Queria que Tyler concordasse antes que minha adrenalina esvanecesse e eu, com medo, desistisse. Meu coração batia tão rápido que parecia que eu ia vomitá-lo. Já imaginava o momento terrível em que meus pulmões em chamas sugariam uma torrente de água enquanto ele me segurava, me sacudindo, debaixo da água.

— Iris — disse Tyler, me trazendo de volta. — Não vou afogá-la. Não me peça para fazer isso.

Arranquei minha mão da dele.

— Quer salvá-la ou não? — bradei, pois sentia que minha coragem estava falhando.

Não era eu que sempre acreditei estar disposta a morrer por minhas irmãs? Aqui estava a oportunidade. Será que era fraca demais para aproveitá-la?

— Precisamos ir os dois — afirmou Tyler. — Juntos.

Suspirei e me acalmei.

— Seu olho está horrível.

— Bem, levei um gancho de direita de um demônio, bem na órbita. Francamente, é um milagre eu não estar morto. Meus delicados ossos não foram feitos para o combate físico.

Peguei um pacote velho de ervilhas congeladas no freezer e joguei para ele. Nós dois deveríamos ir para o hospital, mas ainda havia um resquício de alguma coisa sobrenatural no ar. Pensei: se não formos atrás delas esta noite, talvez nunca consigamos segui-las. Nós esqueceríamos que coisas impossíveis eram possíveis. Era agora ou nunca. Tinha de ser.

Abri um pouquinho a cortina e mirei o breu da noite de Edimburgo. Em algum lugar lá fora havia uma porta para outro lugar, uma fenda no mundo por onde meninas e meninos passavam e nunca mais eram vistos.

Bem, quase nunca.

De algum modo, nós três tínhamos voltado. Tínhamos encontrado um jeito.

— Grey alguma vez conversou com você a respeito do que aconteceu com a gente quando éramos pequenas? — perguntei a Tyler, que pressionava as ervilhas no rosto.

As chamas do corpo de Agnes tinham virado fumaça e osso.

— Óbvio que não. Eu teria vendido a história ao *Daily Telegraph* imediatamente se ela tivesse me contado a verdade. — Quando fitei Tyler furiosa, ele revirou os olhos. — Estou brincando. Era o tipo de coisa que eu nem perguntaria.

— Mas você se perguntava sobre o assunto?

— Ah, claro, né? Cresci lendo as discussões no Reddit e vendo os especiais de crimes não solucionados, assim como todo mundo. *É óbvio* que eu queria saber a resposta. Às vezes, quando estava bêbada, ela falava vagamente sobre isso, como se fosse algo que tivesse acontecido com outra pessoa. Era quase como... como um conto de fadas sombrio a respeito de três irmãs que passaram por uma fenda no mundo e se depararam com um monstro que fez alguma coisa terrível com elas.

— O que o monstro fez com elas?

Tyler me olhou, ainda com as ervilhas na cara.

— Não sei direito, Mini Hollow. Mas posso imaginar. Você não?

Fui pegar a espingarda onde Agnes a soltara. Nunca tinha segurado uma arma antes, e ela era mais pesada e parecia mais letal do que eu imaginava.

— Então aonde é que nós vamos? — perguntou Tyler.

— Vamos voltar para onde tudo começou.

— Pare de falar em enigmas, pelo amor de Deus. O que você *quer dizer?*

— Olha só, o que quer que tenha acontecido conosco foi em Edimburgo. Aconteceu no centro histórico, não muito longe daqui. Tem uma porta lá. Ou pelo menos tinha. Uma porta que antes levava a algum lugar, mas que agora leva a outro. Vamos voltar lá. Vamos achar um jeito de ir atrás delas.

Vi um vídeo no YouTube sobre como carregar uma espingarda enquanto Tyler enchia a mochila de Vivi com alguns míseros suprimentos catados na cozinha de Agnes. Vestimos nossos casacos — o dele era ridículo e o meu, funcional. Pus a faca de Grey no bolso e partimos.

Do lado de fora, Edimburgo estava mergulhada na escuridão que antecede a aurora. Fomos na direção da Catedral de Santo Egídio, na direção da rua estreita onde eu havia desaparecido. Andamos, tremendo, pelo labirinto de vielas do centro histórico, refazendo meus passos daquela noite, embora eu não os conhecesse de memória, direcionada por trechos de relatórios policiais e pelos testemunhos dos meus pais.

A energia de Grey estava ali, embora não passasse de um sussurro. Ela tinha estado ali, mas não recentemente. Anos atrás. Senti a energia de Vivi também, e a minha própria. Sim, nós tínhamos passado ali.

E então chegamos. *Na tal* rua. As paredes de pedra das casas estreitavam a rua dos dois lados, e eu conseguia enxergar até o fim dela. Entendia por que a polícia achava impossível que três crianças desaparecessem bem debaixo do nariz dos pais: porque *era* impossível.

— Conheço este lugar — falei baixinho. — Estávamos visitando meus avós no Natal. Estávamos andando por esta rua bem no momento em que os fogos de artifício estouraram. Meus pais estavam logo atrás da gente. — Passei as mãos pelos tijolos. Estar ali não parecia certo, como se estivéssemos perturbando os mortos. — Esta aqui — sussurrei, olhando uma casa de pedra. Era mais nova do que as outras. Os tijolos eram leite e ossos, ainda não cobertos por séculos de fuligem. — É esta aqui.

Havia uma placa de bronze nos paralelepípedos, ao lado da porta da frente. *Aqui, neste lugar em janeiro de 2011, as irmãs Grey, Vivi, e Iris Hollow foram encontradas vivas e com saúde após passarem 31 dias desaparecidas.* Nossos nomes estavam num dourado polido, provavelmente graças a todos os turistas que tinham ido ali e esfregado o bronze para dar sorte.

As lembranças que eu tinha eram escorregadias e deslizavam pela minha mente um pouco diferentes a cada vez. Já não tinha certeza de quais eram minhas e de quais tinham sido costuradas de outros lugares para montar uma imagem mais completa. Será que eu me lembrava de andar por esta rua naquela noite? Ou será que eu só me lembrava de voltar?

— A casa tinha pegado fogo algumas semanas antes da noite em que a gente desapareceu — falei. — Era só uma carcaça naquela época.

Tyler fez que sim com a cabeça.

— Pois é, todo mundo viu as fotos.

— Tem fotos?

Tyler me encarou.

— Você *nunca* pesquisou a si mesma na internet?

— Na verdade, tento evitar ler a respeito do desastre catastrófico que destruiu minha família.

Tyler suspirou, sacou o celular e procurou no Google *irmãs hollow desaparecimento*.

A imagem que ele me mostrou tinha sido postada em r/Unsolved-Mysteries no Reddit, e aparecia com o título *Eu estava em Edimburgo no dia em que as irmãs Hollow sumiram e tenho um monte de fotos da rua em que elas estavam quando isso (supostamente) aconteceu. O que vocês acham?* O autor da postagem dizia que não havia nenhum jeito, em sua humilde opinião, de a história dos nossos pais ser verdadeira. Sua teoria, encantadora, era que nossa mãe tinha nos vendido para traficantes sexuais e então, em pânico, nos comprou de volta um mês depois, quando já não aguentava mais a insistência da mídia. Se a hipótese era bobagem, as fotos da rua naquele dia pareciam bem reais. Fui passando por cada uma delas e rolei para baixo para ler alguns comentários.

Desculpe, mas não tem como — NÃO TEM COMO — três meninas desaparecerem nessa rua se os pais estão realmente de olho. Não sei o que eles teriam a ganhar, nem como esconderam as filhas da polícia por um mês, mas Cate a Gabe com certeza estão por trás disso.

> Aposto que você não tem filhos. Você pode perfeitamente estar de olho nos seus filhos e aí, de repente, eles somem. Os danados dão um jeito. Por exemplo: tenho um filho de três anos. Ontem, eu estava andando atrás dele na mercearia. (Ele gosta de apontar para as coisas nas prateleiras de baixo e tentar adivinhar o que é. — Isso é macarrão? Isso é macarrão? E isso, é macarrão? — Escute só, garoto, se você não estiver no corredor do macarrão, normalmente não é macarrão. E assim se passam horas de diversão.) Bem, ele vira no corredor seguinte, e eu vou atrás. Só que, quando chego, ele não está ali, nem no corredor seguinte, nem no próximo. Encontrei o moleque dez minutos depois num banco no estacionamento, esperando com uma senhora. O desaparecimento dele imediatamente me fez pensar nas irmãs Hollow, e, francamente, me fez mudar de opinião a respeito do caso. Minha teoria: as garotas estavam andando na frente dos pais, viraram errado, se perderam e foram encontradas por um predador oportunista que se arrependeu um mês depois.

> Pois é, mas essa rua nem esquina tem. Elas nem podiam sair correndo e virar numa esquina e não estarem lá. Cate Hollow repetiu que elas desapareceram dessa rua enquanto ela mesma ainda estava lá. Foram dois segundos, disse. Dois segundos em que virou a cabeça para dar um beijo no marido, e, naquele momento, as três filhas sumiram sem dar nem um pio? Vou repetir: NÃO TEM COMO.

— Não preciso ler teorias da conspiração a respeito dos meus pais — falei, devolvendo o telefone de Tyler. — Posso garantir: eles não tiveram nada a ver com o que aconteceu.

— Pode continuar lendo? — insistiu Tyler.

Rolei para os comentários seguintes.

OK, a porta solta é muito assustadora. Como foi que não vi isso antes?

> Estou me lembrando do cara que trabalha com resgates que postou falando das escadas aleatórias no meio do mato. Cate Hollow disse que as três meninas estavam brincando perto da casa incendiada da última vez que elas as viu. Será que isso tem alguma coisa a ver?

> Não consigo me lembrar de onde vem exatamente esse mito, mas já ouvi histórias de pessoas (a maioria crianças) que desaparecem depois de andar por essas portas soltas que encontram na floresta. Havia ruínas perto da casa dos meus avós quando eu era pequena onde a gente não podia ir porque três crianças tinham desaparecido dali ao longo dos anos. Como criança é enxerida mesmo, a gente foi lá investigar e encontrou apenas uma porta exatamente igual àquela de Edimburgo. O susto foi tão grande que a gente correu o caminho inteiro de volta pra casa e nunca mais foi lá.

> Vamos lembrar que aqui a gente discute teorias reais, não contos de fadas. Espero que a discussão não resvale (de novo) em abduções alienígenas.

> Pois é, pois é. Dito isso... Alguém tem coragem de atravessar aquela porta?

> Infelizmente, a porta não está mais lá. Foi demolida algumas semanas depois de as garotas voltarem, e depois foi reconstruída. Mas, sim, obviamente muitas pessoas atravessaram aquela porta no mês em que as irmãs Hollow estiveram desaparecidas: policiais, voluntários, peritos etc. Repetindo: não é uma porta para Nárnia.

> Droga! Meus sonhos de fazer um amorzinho gostoso com o sr. Tumnus foram outra vez frustrados!

Rolei de volta até a imagem que o autor da postagem tinha incluído. Era uma foto de baixa qualidade, tirada uma década atrás num celular com câmera ruim, granulada e estranhamente cortada. Mostrava os resquícios escurecidos de uma casa de pedra, isolados com faixas, alguns tijolos atravancando a calçada. A porta solta *era* assustadora — emanava tudo o que há de errado. Também já tinha ouvido histórias a respeito de escadas abandonadas no mato e de como as pessoas foram advertidas a não chegar perto delas de jeito nenhum. Tinha até visto fotos de algumas delas — pareciam fora do lugar, de outro mundo. A porta incendiada causava a mesma impressão.

Não conseguia me lembrar direito da noite em que a gente desapareceu, mas me lembrava da noite em que voltamos. Lembrava-me de estar exatamente ali, nua e tremendo entre minhas irmãs. Lembrava que Grey sussurrou algo para mim e para Vivi, pondo uma mecha de cabelo atrás das nossas orelhas. Lembrava que o frio deixou minha pele rígida e dormente, como se pertencesse a outra pessoa. Lembrava que ficamos paradas feito pedras, sem falar, enquanto aguardávamos. Lembrava que uma moça virou na rua, aos gritos, e deixou cair a garrafa de vinho que segurava quando nos viu no escuro. Lembrava que ela correu na nossa direção, pondo seu pesado casaco nos meus ombros, gritando para os vizinhos chamarem a polícia enquanto tirava o suéter e o entregava para Vivi. Lembrava-me das luzes vermelhas e azuis que piscavam refletindo nos paralelepípedos escorregadios. Lembrava que fomos de ambulância para o hospital, nós três sentadas coladas numa maca, com mantas térmicas e luz fria. Lembrava que Grey não deixou os enfermeiros tirarem seu sangue e que, quando tentaram convencê-la, ela e descontrolou e eles recuaram, sussurrando coisas como "Elas já não sofreram o bastante?". Lembrava que Gabe segurou o rostinho de Vivi nas mãos depois de levantá-la, com a expressão em seu rosto passando de euforia para dúvida e então perplexidade, como se ele já acreditasse, naquele momento, que não éramos exatamente as mesmas.

Lembrava que Cate carregou Grey ao sair do hospital no dia seguinte, as perninhas dela bem apertadas ao redor da nossa mãe.

Lembrava que Grey olhou para mim por cima do ombro da nossa mãe enquanto nos dirigíamos para a claridade, segura no conforto de seus braços.

Lembrava que minha irmã me encarou por um instante, com um sorrisinho no canto dos lábios.

Lembrava que ela piscou.

Eu conseguia me lembrar de tanta coisa, mas não de onde tínhamos estado minutos antes de a mulher nos encontrar na rua.

Essa parte tinha sumido. Tudo antes dela era um abismo sombrio.

— A porta — murmurei. Dei zoom na foto. Apesar de ela estar ligeiramente fora de foco, eu conseguia distinguir as flores brancas crescendo na base da pedra. — É o mesmo lugar, apesar de ter mudado — falei para Tyler. — Ainda consigo senti-la. Consigo sentir todas nós. — Pus a mão na porta preta reluzente da casa reconstruída. — Foi por aqui que passamos. Nós viemos por aqui.

Podia sentir. Sentia o pulso de Grey na floresta, fraco como o coração de um pássaro.

Respirei fundo e engoli a repulsa. Tinha passado boa parte dos últimos dez anos tentando esquecer aquele lugar. Tinha despejado meus estudos como cimento sobre a coisa radioativa que me acontecera ali na infância e que continuava a me envenenar. Tinha desejado tanto ser mais velha! Queria ter acabado a faculdade, ter uma carreira, estar preocupada com os pequenos estresses da vida cotidiana dos quais os adultos estão sempre reclamando. Contas. Impostos. Plano de saúde. Ir ao dentista. Queria que os meus anos se enchessem, se esticassem e se empilhassem, queria pôr o máximo de tempo possível entre mim e aquele lugar.

E agora lá estava eu, de volta, tentando seguir minhas irmãs aonde quer que elas tivessem ido, até o lugar ao qual eu não queria retornar nunca.

— Tem de dar certo — sussurrei para mim mesma, mirando a porta. — Tem de funcionar. Tem de dar certo, tem de dar certo.

Girei a maçaneta. Estava destrancada. Abri a porta e entrei.

— *Hollow* — censurou Tyler. — Você não pode simplesmente sair entrando na casa dos outros! Volte já aqui!

— Não — retruquei. Já tinha adentrado demais o corredor para ele me tirar dali. — Não vou sair antes de encontrá-las.

Minha mandíbula estava tremendo. Apertei os lábios.

— É *óbvio* que elas não estão aqui — ressaltou Tyler. — Isso é só uma casa!

Minha garganta estava seca. Sabia que ele tinha razão porque podia sentir. Grey e Vivi não estavam aqui nem estiveram havia muito tempo. A energia que elas tinham deixado era de dez anos atrás e já tinha praticamente se esvaído. O que me ligava a elas parecia fino e fraco, mas era tudo que eu tinha. Segui pelo corredor escuro.

— *Vou deixar você aqui* — sussurrou Tyler, embora seus pés estivessem indo em frente para me seguir.

O corredor tinha um cheiro azedo, de leite com notas subjacentes de urina. Conhecia aquele cheiro das vezes em que tinha trabalhado como babá. Em algum lugar havia um aquecedor ligado. Ele congelava o cheiro de bebê em algo oleoso e sólido. O ar quente me encasulava, parecia pesado demais depois do frio de fevereiro. O suor pinicava debaixo dos meus braços, na palma das minhas mãos. Minhas bochechas estavam quentes.

— Há resquícios nossos aqui dentro — falei, enquanto entrava pelo corredor, arrastando os dedos na parede. — Nos alicerces. Estivemos aqui. Este lugar se lembra de nós.

O corredor ia dar num espaço com cozinha e sala de estar fracamente iluminado. Uma mulher ruiva estava sentada num sofá, de olhos fechados, amamentando um bebê.

Ainda estava com a mão na parede, sentindo o pulso da pedra. Tyler puxava a parte de trás do meu casaco, tentando me fazer sair. A mulher abriu os olhos. Nos viu. Apertou mais o bebê, e em seguida se levantou e começou a gritar.

Em três passadas atravessei a sala e enganchei um dedo na boca da mulher. O efeito foi instantâneo: era como se eu tivesse injetado heroína em suas veias. Os músculos da mulher relaxaram e ela se dobrou sobre mim como se estivesse doente de amor, a cabeça alojada no meu ombro, o bebê apertado entre nós.

Eu estava ofegando. Não fazia isso há muito tempo. A última vez foi com o fotógrafo. Nunca fizera isso intencionalmente. Sempre tinha sido um poder maldito, fora do meu controle. Uma coisa que me enfraquecia, como dizia Grey.

Não tinha certeza do que havia mudado, só sabia que estava furiosa, a raiva como um arame farpado se enroscando em minhas vísceras. O sangue pulsava na minha barriga e minha boca parecia cheia de veneno. Das duas outras vezes em que tinha compelido pessoas, eu estava vulnerável e relutante, e meus agressores se aproveitaram disso.

Desta vez, eu iria me aproveitar.

— Qual seu nome? — perguntei à mulher.

— Claire — respondeu ela.

— Me diga onde estão minhas irmãs, Claire.

— Digo o que você quiser — sussurrou Claire. Amorosamente. Ela beijou minha clavícula, mas havia lágrimas escorrendo pelo seu rosto. Havia medo em seus olhos, mas seus lábios a traíam. — Dou o que você quiser.

— Quero saber de Vivi. Quero saber de Grey.

— Grei — disse a mulher. — Grei... é uma palavra antiquada, um sinônimo de rebanho.

— Quero saber onde está Grey!

— Porra, Iris! — explodiu Tyler. — Ela não sabe!

Tyler me afastou da mulher, que estendeu o braço para tocar meu rosto, apesar de seu lábio estar tremendo. Empurrei Tyler.

— Três menininhas desapareceram bem aqui do lado de fora da sua casa dez anos atrás. Sabia disso?

— Sim — confirmou Claire. — Sabia. Todo mundo sabe.

— Você sabe aonde elas foram?

— Não.

— Porra!

O bebê de Claire começou a berrar.

— Quando isso aconteceu — continuou ela, pondo o mamilo na boca do bebê —, minha avó me fez ficar perto dela por semanas. Uma garotinha tinha desaparecido quando ela era criança, e minha avó achava que a mesma coisa havia acontecido com aquelas irmãs. "Fique longe da Capela de Santo Antônio", ela dizia. "Fique longe da porta, senão vai terminar igual a Agnes Young. Vai terminar igual às irmãs Hollow." Eu fiz o que ela falou. Fiquei longe.

Um calafrio me percorreu.

— Não se lembre disso — ordenei. — Esqueça que estivemos aqui.

— Claro — concordou Claire enquanto acariciava meu rosto, o bebê fungando ao sugar o seio dela. — Claro.

Tyler puxou meu casaco de novo, e desta vez deixei que me levasse de volta para o corredor.

Na rua, vimos Claire nos observando da janela da frente, o bebê chorando outra vez enquanto ela o balançava no ombro, tentando acalmá-lo. O encanto acabara assim que ela deixou de sentir meu cheiro, e agora ela me olhava na escuridão com uma expressão confusa, como se estivesse vivenciando um intenso *déjà-vu*. Sabia qual sensação estava por trás daquela expressão — era algo que também me acometia com frequência. Era a expressão de quem sabia que tinha lembranças de algo, mas não conseguia acessá-las.

Vasculhei a mochila de Vivi e virei as páginas do diário de Grey com os dedos trêmulos, procurando algo que tinha certeza de já ter visto antes. E de repente lá estava: um desenho detalhado de uma parede solta de pedra, na qual havia três janelas e uma porta. Debaixo dela, as palavras *Capela de Santo Antônio, Edimburgo, Julho de 2019*. A mesma porta pela qual Agnes tinha passado.

Digitei *capela de santo antônio* no Google Maps e parti pela escuridão, Tyler me xingando de imprudente, de burra, de igualzinha a Grey. Mesmo assim ele me seguiu, exatamente como tinha seguido Grey. Senti o poder que havia nisso. Passamos rápido pelo centro histórico, por Cowgate e por Holyrood Road em direção ao Assento de Arthur. A aurora estava gélida como um caixão, as ruas sabiamente trocadas por camas quentes e momentos de sono.

Minhas mãos estavam dormentes e minha respiração, ofegante quando chegamos. As ruínas da capela ficavam num morrinho achatado que dava para um pequeno lago no parque Holyrood. Do outro lado, as luzes da cidade pontilhavam a terra na direção do mar. As ruínas tinham dois andares, mas agora só restava a capela, as paredes feitas em pedra bruta em algum século muito distante.

A Capela de Santo Antônio era agora constituída de uma única parede, o lado norte de uma igreja em ruínas. Havia janelas, mas, mais importante: havia uma porta. Antes ela levava a algum lugar, mas agora talvez nos levasse a outro.

Tyler e eu ficamos ali ofegando, olhando através da porta, os dois sabendo o quanto aquilo era insano. Já éramos velhos demais para acreditar em contos de fadas, e mesmo assim aqui estávamos.

Tínhamos chegado ali. Por mais louco que fosse, tínhamos que saber. Tínhamos que tentar.

Olhei o aplicativo do clima no celular para ver a hora exata do nascer do sol: 7h21 da manhã. O véu entre o reino dos vivos e o reino dos mortos afinava na aurora e no crepúsculo, quando o mundo estava à beira do dia e da noite.

Esperamos no frio do inverno até o céu começar a ficar mais claro no horizonte e então demos as mãos, os dois sabendo que, se não desse certo, não teríamos nada. Não havia mais pistas a seguir.

O ar ao nosso redor estava gelado o bastante para nos fazer tremer, mas, nos minutos anteriores ao amanhecer, ele exalou um estranho cheiro de queimado. Às 7h20 da manhã, nos aproximamos da porta.

— Espere — falei para Tyler. — Tem certeza? Não sei como isso funciona. Nada garante que vamos conseguir voltar. E, mesmo que a gente consiga, depois que essa coisa entra em você, não dá para se livrar dela. Ela muda você.

— Eu vou — afirmou ele. — Tenho certeza.

O céu estava clareando rápido naquela hora. O primeiro raio de sol cairia em nós em menos de um minuto, e então seria tarde demais.

— Por favor, dê certo — rezei.

Apertei a mão de Tyler, respirei fundo e cruzei a entrada com ele.

18

EU TINHA 7 ANOS NA primeira vez que passei da terra dos vivos para a terra dos mortos.

Da segunda vez, 17 anos.

Passei por uma porta quebrada que antes levava a algum lugar, mas que depois passou a levar a outro.

A primeira mudança que notei foi o cheiro. Em algum ponto entre uma inspiração e a seguinte, o ar ficou maculado. A fragrância limpa de Edimburgo — grama, mar e pedra — foi usurpada por fumaça, animal selvagem e podridão.

Passamos da aurora para o crepúsculo.

Do frio para a umidade.

De ruínas na Escócia para ruínas... por toda parte.

Pisquei algumas vezes e tentei focar minha visão. Meu estômago revirou, um saco solto no meu corpo. Senti gosto de gordura e metal. Minha pele parecia efervescente, pinicando com os resquícios da energia violenta que nos levara até ali contra as regras da natureza, coisas vivas transportadas para um lugar morto. Tyler já estava encurvado, os cotovelos nos joelhos, o conteúdo do estômago vazando pela boca e pelo nariz numa cachoeira azeda.

Estávamos numa floresta moribunda. Uma luz brumosa se infiltrava entre os galhos emaranhados até o chão, que era coberto de grama alta, folhas podres e pétalas brancas. Tyler gemeu, caiu de quatro e em seguida vomitou um pouco mais, flocos desse vômito molhando seus dedos. Cambaleei para longe para evitar que eu mesma vomitasse, sentindo-me trêmula e de ressaca. Fiquei de cócoras e pus a mão em forma de concha na boca, tentando respirar fundo para diminuir a náusea, mas a dor no peito aumentava a cada inspiração.

— Meu Deus! — exclamou Tyler, rastejando para longe do vômito e caindo de costas na grama. — Dorothy, Alice e as crianças da família Pevensie não sofreram assim.

Não consegui me conter.

— Não achei que soubesse ler — falei por entre os dedos.

Meu estômago se contorceu e minha visão ficou instável como se eu estivesse bêbada, mas a queimação enjoada quase valia a pena.

— Por que chutar um moribundo? — reclamou Tyler, quase sussurrando.

Tirei os dedos do rosto e em seguida me forcei a inspirar profundamente o ar fétido.

— Por que estou me sentindo tão mal assim? — Ele parecia que ia vomitar de novo. — E por que aqui fede tanto?

Fedia mesmo. Fedia a podridão e fumaça, e o ar amarelado grudava na minha língua a cada respiração. Fedia as minhas piores lembranças e aos meus piores pesadelos ganhando vida. Eu conhecia aquele cheiro, porque já tinha estado ali antes.

O Ponto de Passagem.

— É pútrido — falei. — É um câncer apodrecendo lentamente em algum lugar entre os reinos da vida e da morte.

Um dente deteriorado, alojado bem no fundo da boca. Um membro gangrenado, inchado e preto por falta de sangue. Uma coisa moribunda, mole, intumescida e sangrando, mas ainda presa por finos fios ao nosso mundo vivo.

A floresta ao redor era espessa, mas decomposta e disforme, presa num perpétuo estado de decomposição. A árvore mais próxima de mim estava se desfazendo em podridão; suas raízes, artríticas; seu tronco, escancarado e gotejando algo que realmente parecia pus. Um punhado de folhas puídas ainda brotava dos galhos caídos, mas cresciam acinzentadas, mofadas, e, quando caíam, pousavam em turfas ferruginosas no chão da floresta.

Acima, o céu estava carregado de luz cinza-escura. Vivi contava que, nas histórias de Grey, o sol nunca se punha neste lugar, e também não nascia. O céu aqui estava travado no meio do caminho, sempre à beira do crepúsculo. As sombras eram sempre esticadas e encovadas, repletas de coisas decadentes.

A floresta estava doente. A floresta tinha raiva. Ela não parecia muito acolhedora.

Havia um gemido baixo de lamento distante no ar, algo que soava quase humano, mas não exatamente. Por um instante, achei que fossem as árvores, sussurrando umas para as outras. As ruínas da Capela de Santo Antônio pareciam quase iguais ao que eram no parque Holyrood: ainda a parede solta de uma igreja, feita de pedra bruta desbastada, só que ali estavam numa floresta e cobertas de bocados de mofo e de flores-cadáveres. Através da porta, eu só via mais mato brumoso.

Tínhamos passado por uma fenda no mundo.

Aqui era o lugar a que tínhamos vindo quando crianças e vagado por um mês. Um lugar dos mortos. O que nos acontecera aqui? Por que tínhamos ficado tanto tempo?

— Como um *lugar* pode estar morrendo? — perguntou Tyler, mas eu não estava olhando para ele. Estava olhando seu vômito. Flores começavam a brotar dele. Quanto tempo levaria até que este lugar o adentrasse e começasse a se aninhar?

— Ah, merda — praguejou Tyler, seu olhar fixo em algo atrás de mim.

Ele ergueu o tronco e pegou a espingarda de Agnes quando me virei. Havia um homem pálido entre as árvores, não muito longe. De olhos mortos, sem visão, uma faixa de brilho preto onde deveriam estar suas íris. Arroios de líquido vazavam de seus orifícios: boca, nariz, olhos, ouvidos. Estava nu, e sua pele era espessa com uma camada de líquen verde e branco.

Havia aglomerados de outros atrás dele. Primeiro achei que fossem estátuas, efígies nas figuras de homens e de mulheres, sentadas nas árvores, de pé na grama alta. Elas me lembravam dos moldes mortuários das vítimas de Pompeia, todas capturadas durante movimentos que tinham, muito repentinamente, cessado. O Ponto de Passagem tinha crescido neles, por eles, tinha-os dilacerado de dentro para fora. Alguns eram tão recentes que tinham tecido apodrecendo nos corpos, e alguns ainda tinham cheiro de gente: de suor, de óleo, o distinto odor de urina. Outros eram muito mais velhos e tão disformes que seria difícil dizer que um dia tinham sido humanos se não fosse pelos dentes, unhas e mechas de cabelo que irrompiam de nós de madeira.

— O que eles estão fazendo? — perguntou Tyler.

— Acho que estão sendo atraídos pela porta. — Todos estavam olhando para ela; alguns até estendiam os braços em sua direção. — Agnes disse que o véu fica mais fino no nascer e no pôr do sol, e que às vezes os mortos sussurram para os vivos. Talvez os vivos também sussurrem para os mortos. Talvez eles possam ouvir a vida e cheirá-la, mas não podem atravessar, então esperam aqui, para sempre.

— Eles estão todos mortos? — sussurrou Tyler.

Me aproximei do homem mais perto e passei a mão na frente do seu rosto. Algo foi registrado atrás do escuro verniz de suas pupilas e suas íris pretas se voltaram na minha direção. Embora seu corpo tivesse se ossificado e sua pele tivesse a textura de pedra bruta, ainda havia algo trancado fundo dentro dele.

— Eles são o que resta depois que alguém morre.

Olhei em volta do mato outra vez, entendendo: Agnes dissera que tudo o que morre passava por aqui.

Essas pessoas eram fantasmas, assim como as árvores. Tudo que estava ali já tinha vivido no nosso mundo, e agora estava preso no Ponto de Passagem depois de morrer.

Parti para dentro da floresta, serpenteando por um mar de espíritos congelados.

— Tente não os despertar — falei para Tyler.

— Você acha que todos os mortos estão aqui? — perguntou ele baixinho, enquanto vinha atrás de mim. — Você acha que Rosie está aqui?

— Tudo o que morre passa por aqui... Mas só os que não conseguem se desapegar ficam presos.

— Parte de mim espera que ela esteja aqui. Assim eu posso... vê-la. Pedir perdão. Se eu pudesse vê-la só mais uma vez...

Queria dizer: "Não deseje esse destino a ela." Mas não falei nada. Se Grey ou Vivi morressem, eu também iria querer revê-las.

— Está ouvindo isso? — perguntou Tyler. — Água corrente.

Seguimos o som, atravessando uma pequena elevação, e encontramos um rio verde e leitoso cercado por arbustos e salgueiros-chorões mortos, caídos como cabelos embaraçados na água. A água corria rápido e estava inchada de corpos que vagavam junto com a corrente. Homens. Mulheres. Crianças. Todos nus. Todos com olhos pretos arregalados.

Um rio de mortos.

— Meu Deus! — exclamou Tyler, engasgando.

— Temos que andar rápido — falei, mirando a água corrente. — Não devemos ficar aqui. Vamos entrar, pegar minhas irmãs e sair. Consigo senti-las.

Pude senti-las desde o momento em que entramos. A presença de Grey e de Vivi era mais forte ali. Uma presença não exatamente próxima, mas ao menos tangível, como uma corda forte em volta do meu coração. Minhas irmãs tinham estado aqui antes, e eu também. Não nessa parte exata da vida após a morte, mas aqui. Tudo o que eu tinha de fazer era deixar meus pés me levarem até elas.

— Essa ideia parecia tão boa e nobre dez minutos atrás — ponderou Tyler. — Esqueci que não sou *nem* bom, *nem* nobre.

Meu enjoo estava começando a passar, sendo pouco a pouco substituído pela empolgação de nosso plano ter *dado certo*. Estávamos *ali*.

Tínhamos *conseguido*. E bem ali, assentada embaixo da empolgação, havia outra coisa: a sensação de familiaridade.

As respostas para perguntas feitas há muito tempo de repente pareceram possíveis.

— Vamos — chamei.

Quando comecei a andar, sabia que estava indo na direção certa.

Na direção das minhas irmãs. Na direção de algumas respostas.

☾

Andamos pelo que pareceu uma hora através do mato. Ou será que foram duas horas? O tempo passava de um jeito estranho ali. O crepúsculo continuava caindo mas a noite nunca chegava. Tyler reclamou do cheiro, da umidade, da dor latente em seu rosto e da destruição de suas roupas caras até que pedi, pelo amor de Deus, que ele calasse a boca e que parasse de falar. A dor na lateral do meu peito me perturbava, uma alfinetada nos pulmões toda vez que eu respirava mais fundo. O resto do meu corpo estava coberto de dores mais fracas que se alojavam furtivamente em todas as minhas partes machucadas, criando um lar ali, latejando em sincronia com meu coração.

Durante algum tempo, vimos outras portas, todas soltas e parcialmente destruídas, sem nada que as sustentasse. Arcos de pedra e madeira queimada, portas para partes desoladas do nosso mundo. Em volta de cada uma delas encontrávamos espíritos transformados em madeira e em pedra, coisas que outrora foram humanas e agora eram apenas lembranças. Fiquei me perguntando quem eles tinham sido antes de suas almas ficarem presas ali, a caminho da morte. A que estavam tão apegados que os impedia de partir? Amor? Poder? Dinheiro? A oportunidade de pedir perdão?

Foi perto de uma dessas portas que notei o primeiro pedaço de tecido: uma faixa rasgada de tartã preto e vermelho amarrada num galho baixo. Fui aos tropeços na direção dele. Apesar de alguns pontos de mofo, aquilo parecia deslocado na floresta: vermelho e artificial onde tudo o mais era verde e cinza.

— Conheço essa estampa — falei, enquanto a passava entre os dedos. Pensei na foto que tinha encontrado na gaveta da mesa de cabeceira de Cate no que agora parecia outra vida, mas que na verdade tinha sido apenas semana passada. — Estava usando esse casaco quando desapareci.

— Percebo que seu péssimo gosto para roupas não muda há mais de uma década — foi a contribuição de Tyler para a descoberta. — O que está fazendo? — perguntou, enquanto eu andava pelas árvores e pelas estátuas dos mortos, fazendo um círculo cada vez mais amplo, procurando outra nesga de vermelho.

— Testando uma teoria — respondi.

— Bem, vou me sentar — avisou Tyler.

Alguns minutos depois, achei aquilo que procurava e abri um sorriso. Voltei para Tyler, que, de fato, estava sentado de pernas cruzadas no chão, e apontei por entre as árvores.

— Ali — exclamei. — Está vendo?

— Mais floresta em decomposição? Sim, óbvio.

Dei um tapinha delicado na nuca dele.

— Olhe direito.

— Outro? — perguntou Tyler. Pouco visível à distância, em meio às árvores, havia outra faixa de pano vermelho pendurada. — E daí?

— Um caminho foi marcado ali — falei, arfando, eufórica com a empolgação de ter encontrado uma pista. Fui na direção da faixa de pano seguinte tão rápido quanto minhas costelas quebradas permitiam. — Não entende? Passamos por aqui quando crianças e deixamos essas marcas para encontrar nosso caminho...

Meu passo seguinte não encontrou o chão, mas o ar, e de repente me vi rolando por lama e floresta declive abaixo, até que parei de cara para cima em uma poça de água fétida.

— Está viva? — perguntou Tyler de algum lugar acima.

Tudo o que consegui foi soltar um gemido baixo. A dor descia em cascatas pela lateral do meu corpo e envolvia com força meus pulmões. Ouvi-o suspirar e começar a descer o declive.

— Posso deixá-la aí se você morrer ou você espera que eu banque o herói e leve seu cadáver para casa? — perguntou Tyler.

Ele precisou de alguns minutos para me alcançar, o que não foi problema nenhum para mim porque eu não tinha a menor vontade de me mexer. Fiquei deitada na água, com a respiração entrecortada enquanto esperava a dor ir embora. Finalmente a pontada nos meus ossos arrefeceu o bastante para eu conseguir me apoiar num cotovelo e ver onde estava.

— Ah — sussurrei.

A água em que eu tinha caído era preta e polida como vidro. Corpos distendidos flutuavam na superfície a perder de vista. Eles não deram a menor atenção a mim. Quando Tyler escorregou pelo declive, eles piscaram os olhos pretos e o observaram, mas não saíram rastejando da água para nos atacar.

— Bem, obviamente nós *não* vamos entrar aí — constatou Tyler ao chegar a mim e ao me ajudar a me levantar.

Em seguida, ele virou para correr declive acima. Árvores cresciam para fora da água, pálidas como ossos e totalmente desfolhadas. Era alguma espécie de pântano, um lugar morto dentro de um lugar morto.

— Espere — pedi.

Apontei para o que eu queria que Tyler visse: outro pano vermelho e preto nos chamava mais fundo no charco.

— Não — recusou enquanto eu dava um passo na água. — *Não*.

☾

É óbvio que ele acabou vindo atrás de mim. Só havia uma coisa mais assustadora do que patinar num pântano de mortos: ficar sozinho naquele lugar. Nossos pés afundavam na água e no lodo que iam até o tornozelo enquanto avançávamos penosamente por aquele fundo esponjoso. Ali, os galhos das árvores despencavam nos bancos de areia, dificultando a travessia. A floresta parecia mais escura ali e as árvores, mais selvagens. Seguíamos mais lentamente. Coisas se moviam à nossa volta, sem serem vistas. Corpos flutuavam, olhos se abriam, acesos como lâmpadas, quando passávamos. Abandonamos nossos casacos no pântano: eram pesados demais para carregar. Guardei a faca de Grey no sutiã e dobrei a calça jeans para não a molhar.

Passamos por mais ruínas afundadas no pântano. Agora não eram portas, mas paredes baixas de pedra reduzidas à altura da cintura pela ação do tempo. Os tijolos que as compunham estavam desabando no pântano, vorazmente devorados por raízes famintas. Logo começamos a ver outras estruturas: casas de pedra aos pedaços infectadas por líquens, suas janelas quebradas e árvores rebentando pelos telhados. Muitas estavam cercadas por muros de pedra em ruínas. Já tinha visto um documentário sobre cidades-fantasmas, sobre como a natureza lentamente retoma os sinais da habitação humana e deixa apenas resquícios fantasmagóricos. Estradas comidas pela vegetação. Prédios sem manutenção abalados pelo sol e pelo vento. Concreto dissolvido pela chuva, telhados vermelhos de terracota recobertos de sujeira. Nada se comparava à desolação total das casas fantasmas. A floresta ia crescendo dentro e ao redor delas, rasgando-as, mas elas também apodreciam por dentro, despencando na água, com as paredes, massas disformes putrefatas, desabando. E, em cada uma delas, os espíritos dos mortos vagavam entre os cômodos, entre as janelas, sem conseguir se desapegar ou ir para outro lugar.

As horas se fundiam. Não havia aurora, nem crepúsculo, nem tempo. Andamos até nossas pernas começarem a doer e começarmos a adormecer de pé. Eu não comia desde que Vivi tinha me levado o café da manhã no dia anterior, e minha fome era um abismo dentro de mim. Evitamos as carcaças vazias das casas, receosos quanto ao que poderíamos encontrar lá. Seguimos os marcadores de lã no fundo do pântano, onde a água batia na cintura e era tão escura que eu não conseguiria ver meus dedos se os mergulhasse. A névoa se enroscava sobre a superfície, reduzindo nossa visibilidade a não mais do que dois metros.

Corpos vagavam por toda parte. Os esqueletos retorcidos de coisas mortas passavam flutuando. Levantei o crânio de um touro da água e olhei nos buracos onde ficariam seus olhos.

E então, recuando em ondas como uma cortina, a névoa a revelou.

Nua, uma criança estava sentada de pernas cruzadas numa ilha baixa de lodo, seu cabelo escuro preso às costas em cachos molhados. Tyler e eu paramos quando a vimos através da névoa, com medo de chamar sua atenção, mas ela parecia ter nos ouvido e já tinha virado parcialmente a cabeça em nossa direção. Tinha um rosto meigo e era bem nova, uns 6 ou 7 anos talvez. Podia ver as veias entrelaçadas abaixo da carne encharcada. Seus olhos pretos lembravam olhos de aranha. Havia lama e juncos emaranhados em seus cabelos e lama vazando dos ouvidos, como se ela tivesse saído da água havia pouco.

— Rosie? — chamou Tyler baixinho.

— Ah, meu Deus — suspirei enquanto Tyler se debatia na água rasa e afundava pesadamente no lodo na frente da menina.

Na frente da irmã.

19

— NÃO — MURMUROU TYLER, pondo as mãos em concha no rosto pequeno de Rosie. Da última vez que a vira, ele era mais novo do que ela, menor do que ela. Agora Tyler era um homem crescido e ela ainda era uma criança. O rosto dela cabia em suas mãos como uma fruta. — Não, não, não, não, não. Por que está aqui? Por que está aqui, Rose?

Rosie imitou o gesto de Tyler. Estendeu a mão para acariciar a bochecha dele, deixando uma faixa de lama abaixo de seu olho inchado. Pareceu haver um lampejo de reconhecimento atrás de seus olhos mortos, um momento de tristeza e de saudade que vincou sua jovem sobrancelha. Só isso já bastou. Tyler a tirou do lodo e a segurou como um bebê contra o peito.

— O que está fazendo? — sussurrei enquanto ele voltava a patinar na água, na direção do novo marcador do caminho.

— Vou levá-la comigo.

— Você não pode levá-la para casa.

— Por que não? — disparou. — *Você* voltou. *Você* recuperou suas irmãs. Por que não posso recuperar a minha?

— Porque... porque ela morreu, Tyler — falei, delicadamente. — Rosie está morta. Ela não pode voltar.

— Você disse que ela não estaria aqui! — berrou ele. — Você disse que não havia motivo para ela estar presa aqui! Por que ela está aqui, Iris? Por que mentiu para mim?

— Imaginei que ela não estivesse... porque ela é muito nova. Que assuntos pendentes uma criança poderia ter?

— Eu a deixei uma vez. Não vou deixá-la de novo — sussurrou Tyler, e logo estava dando passos adiante através da água e da névoa, a irmã morta presa nele como um inseto. — Estou vendo algo! — continuou, alguns instantes depois.

Outra casa apareceu adiante, no meio do vapor. Era uma estrutura de pedra sem teto, construída numa ilhota. A água molhava o muro de pedra construído em volta dela. Como tudo mais no Ponto de Passagem, estava abandonada e em ruínas, atropelada por um frenesi de flores. Janelas quebradas, pedaços delas deslizando na água. Uma lápide rudimentar tinha sido erigida de um lado do pátio.

E ali, esvoaçando no metal retorcido que fazia as vezes de portão dianteiro, havia uma faixa de tartã vermelho do meu casaco.

Ainda era crepúsculo e a névoa passando pelo pântano matizava a cor do fim de tarde. Não fosse pelo fedor e pelos milhares de corpos flutuando no pântano, o lugar talvez fosse bonito. Ficamos ali por um bom tempo, observando e aguardando na quietude, e então contornamos o lugar em silêncio, espiando pelas janelas em busca de sinais de habitação. Forma nenhuma se mexia à meia-luz. A casa parecia vazia.

Enquanto estávamos na água, saquei o diário e os desenhos que Vivi e eu tínhamos recuperado do apartamento de Grey, na época em que eu entendia pouco da nossa história. Comecei a virar as páginas. A quinta era a que procurava: o esboço de uma casa em ruínas, com paredes de pedra abaladas e uma faixa de tartã esvoaçando no portão da frente.

Ergui o desenho ao lado da casa diante de nós. Os dois combinavam.

Já tínhamos estado ali. Grey tinha estado ali mais de uma vez e tinha voltado para desenhar o lugar.

O que quer que tivesse nos acontecido quando éramos crianças, tinha acontecido ali.

— Vou entrar — anunciei — para ter certeza de que é seguro.

— Você quer que eu... — começou Tyler, mas interrompi:

— Não. Quero fazer isso sozinha.

Andamos juntos até a casa, saindo do charco para o chão mais seco. Tyler pôs Rosie num leito de flores-cadáveres, onde ela outra vez adotou a posição de pernas cruzadas e olhos sem vida em que a encontramos.

— Me chame se precisar de ajuda — ofereceu ele, sentando-se ao lado da irmã.

Tentei controlar a respiração. Meu estômago se retorcia como quando você vê uma pessoa espreitando outra em um filme de terror.

A casa não era grande coisa, se é que dava para chamá-la de casa: era um único cômodo, grande, com panelas enferrujadas, louça de pedra rachada em volta da lareira e móveis quebrados de madeira espalhados no local. Fiquei esperando uma torrente de lembranças e de compreensão. Ali, naquela pilha de cobertores fétidos... Foi aqui que nos enroscamos, perna com perna, braço com braço, procurando abrigo longe de casa? Foi ali, naquela lareira, que aquecemos as mãos, sonhando com um jeito de voltar para nossos pais?

Havia passado muitos anos tentando não pensar no que tinha ou não acontecido comigo e com minhas irmãs naquele cômodo. Alguma coisa nos mudara. Alguma coisa nos mandara para casa com olhos pretos e cicatrizes no pescoço.

Ajoelhei perto da lareira e estendi as mãos, como que para aquecê-las. Três crianças de cabelos pretos perto do fogo, cada uma usando um casaco de cor diferente. Sim, parecia que tinha sido assim. Afastei cinzas e detritos da pedra clara da lareira. Havia sangue seco ali. Grandes poças de sangue seco, como se um animal tivesse sangrado até a morte e sua força vital tivesse sido despejada no chão.

Tirei a faca de Grey do sutiã e a abri. Grey, de faca na mão, nenhuma digital no cabo além das dela. Sim, também parecia que tinha sido assim. *Acha que existe alguma coisa terrível que ela não faria para te salvar?*, dissera Agnes. Algum limite que não ultrapassaria? Algum sacrifício que não estaria disposta a fazer?

Segui o sangue pelo chão — já estava desbotado, não passando de uma sombra — e vi algo fora do lugar. Um tufo de pele cor de vinho presa num prego nas tábuas do assoalho. Ele se soltou quando o puxei. Enrolei-o com as pontas dos dedos. Parecia sintético. Parecia possível que fosse do casaco de pele falsa que Grey usava na noite em que desaparecemos.

O prego em torno do qual ele estava preso balançava como um dente de leite. Puxei-o do chão com a ponta dos dedos e usei a faca de Grey para levantar a tábua. O buraco embaixo era fundo, escuro. Pus meu braço nele até o cotovelo e só senti ar frio. Imagens de dentes afiados como agulhas afundando na minha pele me fizeram puxar a mão depressa. Com cuidado, tentei de novo, dessa vez indo até o ombro, até que a ponta dos meus dedos roçaram algo *peludo*. Dei um grito e saí correndo dali. Nada gemeu. Nada veio rastejando atrás de mim.

— Tudo bem? — perguntou Tyler do lado de fora.

— Tudo bem — respondi. — Acho que encontrei algo.

Pus a mão lá dentro de novo, dobrei os dedos em torno das fibras e puxei. Tirei uma de cada vez: uma bolsa infantil de tweed verde. Um pequeno casaco bordô feito de pele falsa. O que restava de um casaquinho de tartã vermelho com botões dourados. Todas as peças enrijecidas por sangue seco. Uma quantidade horripilante de sangue seco, o que deveriam ter sido copos e mais copos a encharcá-las, escurecido e embolorado com o tempo.

A polícia nunca encontrou essas roupas, apesar de tê-las buscado por toda parte.

Sentei-me sobre os calcanhares e segurei as roupas duras nos braços como crianças, procurando, buscando, *vasculhando* na memória o que elas significavam.

Alguma coisa terrível tinha acontecido com a gente aqui e alguém tinha se dado ao trabalho de tentar esconder.

Grey, com uma faca na mão, a lâmina afiada com sangue pingando.

Grey, a testa enrugada enquanto se concentrava para costurar a ferida no meu pescoço.

Grey, segurando minha mão enquanto me levava pela floresta até uma porta.

Grey, pondo uma mecha de cabelo atrás da minha orelha numa noite congelante em Edimburgo e se inclinando para sussurrar: "Esqueça isso."

Esqueça isso.

Esquecer o quê?

Esquecer o quê, esquecer o quê, esquecer *o quê?*

Minha mente mergulhava de novo e de novo nas profundezas escuras das minhas memórias perdidas, voltando de mãos vazias toda vez.

Fiquei com as roupas ainda nas mãos e voltei para a porta da frente, o sangue quente e vibrando nas veias. Rosie estava onde a tínhamos deixado, mas Tyler estava ajoelhado perto da lápide, com uma expressão esquisita no rosto.

— Acho que precisa ver isto aqui — avisou.

Fui até ele na frente da lápide coberta de mato, ao lado da casa. Usei a faca de Grey para cortar o líquen, as trepadeiras e as flores que cresciam furiosamente sobre os nomes, já suspeitando do que encontraria ali.

O primeiro tinha sido raspado grosseiramente na pedra.

GREY

— Não — murmurei, cortando freneticamente mais vegetação. — *Não.*

Um segundo nome apareceu debaixo do primeiro.

VIVI

Cambaleei para trás no pátio lamacento, um gemido baixo vindo de algum lugar profundo em mim, aquele lamento de quando você está tentando acordar de um pesadelo, mas não consegue.

— Chegamos tarde demais — solucei. — Já é tarde demais.

— Isso não faz sentido — observou Tyler. — Isto aqui é antigo. Mas tem no máximo um dia que elas sumiram.

— O tempo passa de um jeito estranho aqui. Ele congela. De algum modo, a gente... não as encontrou.

Tyler franziu o rosto diante da lápide e se curvou para arrancar mais vegetação. Ali, abaixo dos nomes das minhas irmãs, havia um terceiro nome que eu, em pânico, não notara.

IRIS

— A menos que você seja um fantasma incrivelmente sólido, parece que houve um engano aqui — constatou Tyler.

Engatinhei e comecei a cavar o chão com as mãos.

— Preciso saber — falei. — Preciso saber quem está enterrado aqui.

— Olha — ponderou Tyler, ajoelhando ao meu lado —, você precisa dormir um pouco, isso, sim. — Sabia que ele tinha razão, mas ignorei e continuei cavando. — Não consegue fazer aquela coisa mágica? — perguntou ele. — Aquela coisa de energia em que você fala "ah, ela com certeza esteve aqui, estou sentindo aqui dentro"? Tente isso.

Pus a mão no chão e procurei o fio que me atava às minhas irmãs.

— Elas não estão aqui — confirmei. Podia senti-las, agora mais perto do que quando tínhamos atravessado a porta, mas ainda a uma certa distância. — Não são elas.

— Então talvez — arriscou Tyler, delicadamente, puxando-me do chão —, esse mistério possa esperar até você ter dormido um pouco. Só há espaço para uma pessoa enlouquecer de cada vez nesta equipe, então preciso que você se recupere. Certo, Mini Hollow?

— Certo.

Quem quer que estivesse debaixo da lápide com nossos nomes, não era Grey, não era Vivi e não era eu.

Então quem era?

20

QUANDO MEU PAI COMEÇOU A adoecer, muitas vezes eu acordava e o encontrava parado na beira da minha cama, me observando. Nas primeiras dez vezes, acordei de susto no meio da escuridão e gritei chamando minha mãe. Cate chegava e dizia para Gabe voltar para a cama, então me abraçava até eu parar de tremer e pegar no sono de novo.

— Papai é sonâmbulo, só isso — dizia ela, tentando me convencer.

Nas primeiras vezes, eu acreditei. Mas Gabe continuou voltando, e cada vez que eu acordava, sua expressão estava mais sombria, mais cheia de medo e de ódio. Depois de um tempo, parei de gritar. Eu abria os olhos no escuro e o via lá. Observava, impassível, as lágrimas escorrerem por seu rosto, meu coração estremecendo no peito.

Às vezes, após sua morte, eu tinha pesadelos em que ele estava na beira da minha cama com uma arma, me observando com aqueles olhos frios, cheios de ódio.

Por que alguém que deveria me amar me olhava daquele jeito?

Quando acordei naquela casa em outro mundo e vi um vulto no cômodo, coberto de sombras, não gritei. Apenas encarei, encarei *ele*, o homem alto que usava um crânio de touro para esconder o rosto.

Encarei-o enquanto ele me observava com olhos mortos e pretos, e reconheci num lampejo a raiva e o ódio que emanavam dele.

Recuei e tentei me sentar. Fui devagar demais. Tyler ergueu a cabeça onde estava dormindo, mas o homem já estava em cima de mim. Ele fedia a morte e a uma fumaça pungente. Debaixo de sua máscara, agora parcialmente estilhaçada devido ao tiro de Agnes, vislumbrei sua pele, seus dentes, seus olhos: um homem. Apenas um homem. Ele agarrou um punhado do meu cabelo. Gemi e o chutei na virilha. O homem afrouxou a mão, e rolei para longe dele, as costelas quebradas disparando pontadas de dor e me impossibilitando de respirar. Agora Tyler estava de pé, observando de olhos arregalados.

— A arma! — gritei enquanto rastejava para longe, rumo à porta da frente.

Tentei me levantar, mas a dor nos pulmões estava intensa demais. Tyler gritava. Então as mãos encontraram meus cabelos de novo. O homem me empurrou para a frente. Minha testa bateu no chão, e minha visão estremeceu. Tyler estava tendo dificuldades com a espingarda. Enterrei as unhas na pele do homem, mas ela estava seca e fétida, e ele não pareceu perceber a dor. Ele me puxou para cima e começou a me arrastar para fora da casa, indo na direção da água. Tentei recobrar o fôlego, tentei soltar os cabelos de sua mão.

Tyler veio atrás de mim, ainda se atrapalhando com a espingarda. O homem me puxava pela lama e se dirigia à beira da água.

Finalmente, finalmente Tyler engatilhou a espingarda e a apontou para mim.

— Atire nele — disse, irritada. — Atire nele.

Houve um disparo. As balas perfuraram as árvores ao meu redor, mas se atingiram o homem, não tinham surtido nenhum efeito. A violência com que ele me carregava era aterrorizante. Chegamos à água. Eu me debati, engolindo lama e água. Tyler atirou de novo. Desta vez, o tiro o atingiu bem no rosto, estilhaçando por completo a máscara de ossos. Por um instante, vi o rosto do homem, o rosto que tentava esconder de mim. Então ele me soltou e se fundiu com a névoa. Afundei para debaixo da superfície e saí nadando, ofegante e em pânico, certa de que ele voltaria. Subi para respirar, inspirei e gritei:

— Socorro!

Não estava longe da terra. Tyler já estava se debatendo na água, no meio das árvores, vindo até mim, e então eu estava em seus braços, sendo puxada de volta para a margem enlameada.

— Mexa-se, mexa-se, mexa-se — instruiu ele.

Movi as pernas com força.

— Você o matou? — perguntei, mas como seria possível matar um homem que já estava morto?

— Não — respondeu Tyler enquanto me arrastava para a terra.

Havia sangue por toda parte. Meu sangue, percebi, escorrendo de uma ferida na minha testa.

— Você está viva, você está viva, você está viva — repetiu Tyler enquanto apertava meu rosto, me abraçava e apertava meu rosto de novo. Então ele se levantou outra vez, a espingarda apontada para o pântano. — Cadê ele? Viu para onde ele foi?

— Não sei — falei entre tossidas. Eu estava tremendo. Ainda sentia o gosto de lama e de água do pântano na boca, e havia uma sensação oleosa por todo o meu corpo. Queria chorar e vomitar e tirá-la de dentro de mim, mas não podia fazer nada disso. — Não sei. Eu só... ele me soltou. Vi o rosto dele. Vi o rosto dele. Sei quem ele é.

Uma sombra se moveu por entre as árvores, fazendo ondas se espalharem pela água ao nosso redor.

— Vá se foder! — gritou Tyler para a floresta.

Ele tentou me ajudar a levantar, mas a lama estava escorregadia, e eu deslizei para trás, arquejando enquanto a dor estourava de novo nas minhas costelas quebradas.

Respirei superficialmente alguma vezes e parecia que nada ia acontecer. Ficamos olhando e esperando. Pensei: *talvez ele não venha*. E então ele veio.

Não estava mais preocupado com o disfarce. Saiu do meio da água com sua verdadeira forma, e pela primeira vez eu o vi por completo. Seus olhos eram bolsas escuras e sua mandíbula pendia num ângulo estranho devido ao tiro de Tyler. A pele de seu rosto estava se decompondo, revelando ossos e dentes. Ela formava uma teia de partes podres, e havia elódeas presas em seus cabelos. Consegui ver tendões expostos em todas as suas articulações. O interior de sua boca era preto como tinta.

Levei a mão aos lábios.

— Gabe — falei baixinho por entre os dedos.

Gabriel Hollow. Meu pai.

Ele se aproximou lentamente, os olhos saltados para fora do crânio cravados em mim. Meu queixo tremia. Lágrimas escorreram pelo meu rosto, mas não corri, não desviei o olhar.

— Corra — sussurrou Tyler ao recuar, mas para onde eu poderia correr?

Respirei calmamente e não tirei os olhos dele. Nenhum movimento repentino. Talvez ele esperasse que eu fosse correr, lutar, e eu não estava fazendo nada disso. Ele estava tão perto que pude sentir o fedor de carne morta do seu hálito.

Então Rosie apareceu na minha frente. Tyler devia ter posto nela o casaco velho de Vivi enquanto eu dormia, pois agora ele cobria seus ombros. Ela gritou, um grito animalesco defensivo que foi se prolongando e se prolongando.

Meu pai parou e a olhou, desviando o foco de mim.

— Estou com elas — disse ele, e então recuou e foi engolido pela névoa.

— O que *diabos* está acontecendo? — perguntou Tyler enquanto me ajudava a me levantar.

— Precisamos abrir a cova — decidi, trêmula. — Preciso saber quem está lá. Preciso saber.

— É disso que você quer falar agora?! Da cova?! Seu pai morto está tentando te matar! Seu pai morto sequestrou suas irmãs!

— Por favor — respondi. — Minhas costelas estão quebradas. Preciso da sua ajuda.

— Não. De jeito nenhum. Não vou fazer isso.

Mas Rosie já o puxava para a cova, e ele a seguiu pela lama até a lateral da casa.

Nós cavamos com as mãos, nós três.

Não demoramos para encontrá-los, apesar dos palavrões e das reclamações de Tyler. Não estavam a uma profundidade muito grande — a menos de trinta centímetros do chão. Ajoelhei-me perto da cova e puxei a terra úmida com a mão esquerda enquanto Tyler e Rosie cavavam, minhas costelas quebradas implorando atenção.

Estavam enrolados numa colcha, juntos. Nós os tiramos da terra, afastando-os devagar, mas o solo os entregou com facilidade, como se quisesse que eles saíssem dali. Como se não pertencessem àquele lugar. Nós os pusemos na terra, perto do buraco que tínhamos cavado. Desenrolei um lado da colcha e depois o outro, meu coração batendo furiosamente enquanto me perguntava quem estava enterrado na cova que tinha o nome das minhas irmãs.

Que tinha o meu nome.

Eram três. Três corpos miúdos, agora praticamente transformados em floresta. Seus ossos eram raízes torcidas, e todas as partes moles deles — olhos, boca — estavam cobertas de flores-cadáveres, mas eles ainda tinham uma forma humana. Ainda tinham dentes, ainda tinham unhas. Eram corpos de crianças, aconchegados um no outro. Os três tinham relicários dourados idênticos, em formato de coração, no que restava de seus pescoços. Peguei o colar do menor corpo e limpei a lama com o dedão para ver o que havia gravado nele.

IRIS, dizia. O corpo a que ele pertencia estava sem os dois dentes de leite da frente. Tirei o relicário do pescoço da menina morta e o ergui para que Tyler o visse.

— O que isso significa? — perguntou Tyler enquanto via o coração dourado girar lentamente à meia-luz.

— Significa... — Olhei para ele. — Que eu não sou Iris Hollow.

21

VOLTEI ATORDOADA PARA A ÁGUA escura que batia na parede em torno da casa e avancei até senti-la na altura dos quadris. Tyler pensou que eu tinha enlouquecido. "Seu pai ainda está por aí!", gritou ele de onde estava, perto da minha cova, mas eu estava coberta de sangue, de lama, dos restos mortais das crianças, e apesar de a água estar turva e fria, eu me abaixei até afundar completamente. Fiquei submersa até meus pulmões doloridos me obrigarem a emergir um minuto depois.

Viva. Eu estava viva. Meu coração batia rápido e bombeava sangue morno pelo meu corpo. Meus pulmões inspiravam o ar. Eu estava viva — e Iris Hollow não estava. A criança que tinha caído dentro deste lugar dez anos atrás nunca tinha saído daqui. Agora eu tinha certeza disso. A menina de cabelos escuros que desaparecera no Réveillon uma década atrás estava enterrada numa cova rasa a alguns metros de distância.

Alguma outra coisa tinha voltado em seu lugar.

Alguma coisa que era quase igual a ela, mas não idêntica.

Uma *changeling*.

Eu.

— Como assim "eu não sou Iris Hollow"? — perguntou Tyler enquanto eu voltava para a margem.

Examinei minhas próprias mãos enquanto avançava pela água, em seguida encostei a ponta dos dedos na cicatriz no pescoço. A pústula tinha diminuído, e a coisa raivosa que se aconchegara ali dentro, o que quer que fosse, estava quieta por ora.

— E se meu pai não fosse louco? — falei.

Pensei em Gabe, na manhã em que ele se matou. Pensei na mãozinha de Grey no seu braço no carro e na maneira como ela mandou que ele nos levasse de volta para casa. O ar estava com um cheiro doce e forte.

Agachei-me na lama. Meu estômago parecia gelatinoso e trêmulo. Tentei manter a respiração regular.

— Ele sabia — constatei. — Meu pai sabia que não éramos suas filhas. Ele sabia disso desde o momento em que nos viu. — Limpei a mão na calça jeans molhada e depois pressionei os dedos nos dentes. *Gabe Hollow continua insistindo que os olhos e os dentes de suas três filhas mudaram.* — Ele tinha certeza de que éramos impostoras. Coisas que pareciam com suas filhas, mas não eram elas. Acho que ele estava certo.

— Está sugerindo que você não é... humana? — perguntou Tyler. — Então o que você é?

— Não sei.

— Se você não é Iris Hollow, por que se parece com ela?

— Também não sei dizer.

— Bem, *tente* explicar — insistiu Tyler.

— O problema não é eu não me lembrar apenas do mês do nosso desaparecimento. Eu não me lembro de *nada* antes da noite em que fomos encontradas. Tudo *sumiu*, toda a vida que eu tinha antes. Meus avós, meus primos, a casa onde cresci, meus amigos da escola, os programas que eu gostava de ver na TV. Tudo desapareceu. Quando voltei, eu era uma página em branco. Todas nós éramos.

Tyler parecia incrédulo.

— Não é possível que você não se lembre de *nada*.

— Eu não me lembro de *nada*. É como se eu tivesse nascido na noite em que fui encontrada. Antes disso havia apenas escuridão, e então alguém acendeu uma luz e é aí que minha memória começa.

A expressão de Tyler se abrandou.

— Você tinha 7 anos. Era pequena. Eu mal me lembro do que comi hoje no café da manhã. Quer dizer, eu não tomo café da manhã, mas dá para entender.

— Você sabe como meu pai morreu?

— Sei — disse ele baixinho.

Eu me perguntei se Grey tinha lhe contado ou se ele tinha lido na internet.

Pensei no bilhete que Grey tirara do bolso de Gabe quando o encontramos, o bilhete que ela rasgou em pedacinhos para que minha mãe não o encontrasse: "*eu não queria isso*", dizia.

E se Gabe de fato não quisesse morrer?

E se... E se Grey o tivesse *obrigado* a morrer?

Porque ela sabia. É óbvio que ela sabia. Grey sabia que não era Grey. Ela se lembrava de tudo.

— Tem três menininhas numa cova usando colares com nossos nomes. E se, na história que Grey conta sobre o que nos aconteceu, nós não formos as três menininhas? — refleti. Olhei nos olhos de Tyler. — E se formos os monstros?

☽

Devolvi o relicário de Iris Hollow ao seu pescoço antes de enterrá-la de novo com suas irmãs. Depois de fazer isso, encostei a mão na terra macia que as cobria.

— Sinto muito — falei para elas —, pelo que quer que tenha acontecido com vocês.

Rosie estava parada como uma estátua na cova delas, ainda com o casaco verde de tweed de Vivi, enquanto Tyler ia até a casa buscar a mochila da minha irmã.

Agora não havia mais sinais de tartã para seguirmos, mas não importava — eu sabia que estávamos nos aproximando de Vivi e Grey. Das *minhas* Vivi e Grey. O que quer que nos unisse me dizia isso.

— Espera — pediu Tyler quando entramos no pântano de novo.

Ele estava bem atrás de mim, mas Rosie não tinha saído da cova.

Tyler voltou e se ajoelhou na frente da irmã.

— Venha, querida — chamou ele, puxando delicadamente sua mão, mas Rosie balançou a cabeça. — Você não... Não quer voltar para casa? Vai poder ver *Eomma* e *Appa*, mamãe e papai. Eles estão morrendo de saudade de você. Vai poder ver Selena e Camilla. Agora elas já são adultas. Você ficaria muito orgulhosa delas. Lena é arquiteta, e Cammy, pediatra. Ela teve uma filhinha algumas semanas atrás. O nome dela é Rosie, em homenagem a você. Acho que gostaria dela. Vocês podem brincar juntas, podem voltar para a escola, podem fazer todas as coisas que...

Rosie estendeu a mão e encostou os dedos nos lábios de Tyler para silenciá-lo.

— Me deixa, Ty — pediu, com a voz rouca.

Foi a primeira vez que a ouvi falar. Sua voz era baixa e meiga, a garganta seca após anos sem uso.

Tyler balançou a cabeça, comprimindo os lábios para não desmoronar.

— Não — respondeu ele. — Quero que volte para casa.

— Me deixa — repetiu, ainda com delicadeza, as mãozinhas fazendo carinho nas bochechas do irmão.

Agora as costelas de Tyler estavam se convulsionando com os soluços silenciosos de choro. Lágrimas deslizavam por suas bochechas e seu queixo tremia.

— Vou ficar com você. — Foi o que ele conseguiu dizer, com a voz cheia de dor. — Não vou deixá-la de novo. Vou ficar bem aqui, como eu devia ter feito da primeira vez.

Rosie sorriu e se inclinou para sussurrar alguma coisa no ouvido de Tyler. Então ela lançou os braços ao redor dos ombros dele e o abraçou apertado. Tyler estava chorando bastante agora, aquele choro que a pessoa só se permite quando está sozinha no banho e acha que não tem ninguém ouvindo.

E então, de repente, o casaco verde que ela estava usando despencou no chão e Tyler caiu para a frente, as mãos afundando na lama.

A alma de Rosie Yang tinha se desprendido do luto de seu irmão.

Rosie Yang tinha partido.

☾

Passamos mais uma eternidade andando pelo Ponto de Passagem. Mal nos falamos, e entramos num ritmo monótono, um passo de cada vez. Depois de um tempo, o pântano secou e chegamos novamente à terra firme. Tiramos os sapatos e os penduramos ao redor do pescoço, pelos cadarços, para que secassem. Inspecionamos nossas unhas que escureciam, a maneira como elas tinham começado a se descolar da carne.

Havia mais rios de cadáveres. Havia mais vultos reunidos em torno das portas. O Ponto de Passagem continuava se revelando para nós, estendendo-se a perder de vista.

Achei bom sentir a dor nos ossos, a ardência no peito. Achei bom sentir cada fisgada que me impedia de me afundar demais nos meus pensamentos, pois eles eram um poço de horrores.

Você não é você.

Não pense nisso.

Se você não é você, o que você é?

Não pense nisso.

Três menininhas caíram numa fenda do mundo.

Três coisas que pareciam menininhas voltaram.

Não pense nisso.

O que Grey fez com as irmãs Hollow?

Não pense nisso.

O que você fez?

Paramos para descansar nas raízes de uma árvore macia, com o tronco morno e completamente podre às nossas costas. Estava exausta. A pontada de uma dor nos ossos cutucava meus pensamentos a cada movimento das costelas. Queria chorar, mas estava cansada demais.

Agora Grey e Vivi estavam perto. Estavam vivas, as duas, mas fracas e esvaecendo. Temia que a linha tênue que nos unia fosse romper caso eu dormisse, mas minha mente fervilhava de tão fatigada, e meu corpo ansiava pelo repouso.

Desmoronei contra a árvore, em seguida inspirei fortemente por entre os dentes quando uma avassaladora onda de dor me atingiu repetidas vezes.

— Deixa eu ver suas costelas — pediu Tyler.

Era a primeira vez que ele falava em horas.

— Por quê? — falei com rispidez, ainda de olhos fechados. — O que *você* vai fazer?

— Pois fique sabendo que minha mãe e minha irmã mais velha são médicas. Já vi um ou dois ossos quebrados por aí. Agora, você quer ajuda ou não?

Sentei-me e levantei a camisa, a contragosto. Parecia mais que eu era uma coisinha frágil, um filhote de passarinho. Queria voltar para casa, para minha mãe. Queria tomar um banho e me empanturrar de comida quente e deixar Cate trançar meu cabelo enquanto eu pegava no sono.

Tyler tirou a camisa florida salpicada de lama e começou a rasgá-la em faixas. Debaixo da camisa, seus braços e seu peito estavam cobertos de tatuagens, imagens delicadas de anjos e flores e o rosto de uma mulher: o rosto de Grey.

— Mãe médica, é? — falei enquanto ele rasgava o tecido, assimilando a maneira como sua pele se esticava no abdômen, a maneira como suas clavículas pressionavam a pele, o que me dava vontade de pressionar os lábios no ponto onde elas se encontravam em seu pescoço. — Ela deve ter adorado sua carreira de modelo.

— Ela não aprovou, o que foi muito previsível e entediante. Que clichê. Agora que sou o maior sucesso, ela aceitou, mas saí de casa com 16 anos, outro clichê. Era um dos motivos pelos quais eu e sua irmã nos dávamos tão bem, eu acho.

— Não é fácil deixar tudo o que conhece para trás e ir viver por conta própria. É preciso ter coragem.

— Pois é. — Ele começou a enrolar as ataduras improvisadas no meu peito. — E as pessoas não costumam reconhecer isso. É difícil ser *extremamente* bonito. Ninguém leva você a sério. — Ele prendeu a ponta da faixa e encostou a mão na lateral do meu corpo. — Prontinho. Agora melhorou. Na verdade, uma atadura não tem efeito nenhum em costelas quebradas, mas pelo menos estou me sentindo útil.

— E você ainda precisou tirar a camisa — acrescentei. — Todo mundo saiu ganhando.

Tyler riu. Estávamos sentados bem perto um do outro. Não tinha coragem de ficar tão perto assim dos outros, temendo que eles perdessem o controle ao sentir meu cheiro. Tyler pegou minha mão e analisou as linhas da minha palma.

— Que estranho — comentou, passando o dedo na minha linha da vida.

— O que foi?

— Grey me ensinou a ler mãos. Você tem a mesma linha da vida que ela. Veja só aqui, onde ela se divide, com um espaço no meio.

— O que isso significa?

— Segundo o Guia de Quiromancia de Grey Hollow, significa que alguma coisa mudou. Houve um antes e um depois. Um renascimento, talvez.

Seus olhos desviaram da minha mão para o meu rosto, e depois se voltaram para baixo. Senti um calafrio no corpo inteiro. Pensei nas covas, nos três corpos miúdos enterrados juntos.

— Estou feliz que esteja aqui comigo, Tyler — confessei.

Fechei a mão em torno da sua, e, com o polegar, fiz círculos lentos nas juntas de seus dedos.

— Bem, não posso dizer que estou *adorando* estar aqui, mas em termos de companhia, você não chega a ser terrível, acho.

— Um grande elogio, vindo de você.

— E é mesmo.

Ficamos quietos e em silêncio por um momento, e eu me aproximei, lentamente, para beijá-lo. Dei-lhe tempo para recuar, para me impedir caso ele não quisesse, mas Tyler não recuou, não me impediu. Encostei meus lábios nos seus e parei para ver como ele reagiria, mas ele não se descontrolou nem nada, então aprofundei o beijo, levando minha mão até seu queixo enquanto meu corpo se reavivava com a proximidade. Saboreei, por alguns segundos, o calor e a suavidade de um beijo que não envolvia dentes e sangue e um desejo desesperado. Então senti a mão de Tyler me afastando com delicadeza. Recuei, mas apenas um pouco.

— Eu amo sua irmã, Iris — disse ele contra meus lábios.

— Eu sei. — Pressionei minha testa na sua. — Eu também.

Respirei fundo, inspirando seu cheiro, e me deitei nas raízes da árvore para logo cair no sono.

$$\mathbb{C}$$

Tyler ainda estava dormindo quando acordei, e eu precisava fazer xixi. Afastei-me da árvore onde estávamos, tomando o cuidado de decorar o caminho de volta. Ouvi o barulho de água corrente ali perto. Fui atrás dele e encontrei um riacho correndo e murmurando, mas a água estava escura e tinha cheiro de podre. Peguei uma pedra embolorada e a arremessei na água. Ela desapareceu numa nuvem de esporos brancos, engolida pela correnteza.

Eu me agachei e fiz xixi na mata rasteira, de olho na floresta, que também estava de olho em mim.

Enquanto eu voltava, meu coração se sobressaltou ao ver respingos vermelhos no meio das folhas. Primeiro achei que fossem gotas de sangue, mas não: eram morangos. Ajoelhei para colher um deles, mas estava mole, a parte interna pútrida. Pressionei-o com os dedos. Saíram minhocas e mofo. Joguei-o no chão e limpei as mãos na calça.

Não havia nada de bom naquele lugar. Nada intocado pela putrefação. Agnes ficara presa ali há não sei quanto tempo, sem ter nada para comer que não fosse comida fétida, e nenhum lugar para dormir que não fosse os escombros isolados de casas demolidas. Sem abrigo. Sem conforto.

Sem água limpa nem comida em boas condições para encher sua barriga dolorida.

Por que éramos diferentes? O Ponto de Passagem tinha em nós, nos mudado, mas não tão catastroficamente quanto mudara outros. Não estávamos apodrecendo. E pudemos sair.

Quando voltei para nosso acampamento, ele estava vazio.

Tyler não estava lá.

— Tyler? — chamei, mas a mata estava quieta. Ninguém me respondeu. Andei entre as árvores próximas à procura de algum sinal dele. Talvez ele também tivesse saído para fazer xixi. — Tyler! — gritei de novo, e mais uma vez não obtive resposta.

Nenhum pássaro batia asas. As árvores não farfalhavam.

Algo estava errado.

Voltei correndo para a árvore onde havíamos dormido e tirei a mochila de Vivi do lugar onde eu a escondera, entre as raízes da árvore. Era, de fato, o local do nosso acampamento. Eu tinha deixado Tyler dormindo ali há menos de quinze minutos. Vasculhei a mochila, encontrei a faca e fui andar pelos entornos do acampamento outra vez, gritando o nome dele, tremendo. Onde quer que Tyler estivesse, estava com a espingarda. Chamei, chamei e chamei, mas ele não respondeu. Tal como Grey e Vivi, Tyler desaparecera de repente.

— Merda! — exclamei.

Chutei a raiz de uma árvore e berrei quando senti a dor no mindinho. Não deveria ter deixado Tyler sozinho.

Por quanto tempo deveria esperar para ver se ele voltava? Se eu o deixasse ali, eu não teria nada que me prendesse a ele, não teria uma maneira de encontrá-lo como tinha com minhas irmãs. Se eu o deixasse ali, talvez nunca mais o visse.

Pensei, naquele momento, nos meus pais. Pensei na noite do nosso desaparecimento e no pânico terrível, visceral, que devia ter consumido os dois.

No fim das contas, esperei pelo que me pareceu ser uma hora. Até algo se agitar dentro de mim — a certeza de que Tyler não voltaria, de que alguma coisa ruim lhe acontecera nos poucos minutos em que eu o deixara sozinho. Usei minha faca para escrever uma mensagem no tronco da árvore, quase certa de que ele jamais a veria: ME ESPERE AQUI.

Então o deixei. Deixei-o lá, sozinho na mata. Deixei-o entregue ao destino que lhe alcançara, qualquer que fosse ele, pois minha única opção era seguir em frente e fazer o que eu estava ali para fazer: encontrar e salvar minhas irmãs.

22

CAMINHEI SOZINHA PELA FLORESTA. GOTAS de suor escorriam pela minha testa, ardendo meus olhos. Agora eu estava sozinha, sem a companhia de ninguém, sem nada para indicar meu caminho além de um tranco insistente no meu peito que me dizia que, sim, minhas irmãs estavam naquela direção, que cada passo me aproximava delas.

Amarrei faixas da camisa florida de Tyler nos galhos, esperando poder voltar até ele, mas elas acabaram e tive que seguir em frente.

Coisas me seguiam naquele crepúsculo perene, coisas que eu via se moverem com minha visão periférica, mas que desapareciam quando eu virava a cabeça bruscamente na direção delas. Talvez cães selvagens ou algo mais esquisito. Coisas mortas com dentes afiados esperando que eu desacelerasse, parasse, me sentasse.

Continuei andando, segurando a faca ao lado do corpo, mas nada se aproximava o bastante para me atormentar.

Havia mais corpos formados por um emaranhado de raízes, ossos e cabelos: as formas de crianças mortas vergadas, recostadas em árvores, transformando-se pouco a pouco em sementes; mulheres de braços estendidos, tentando alcançar alguma coisa no instante em que passaram a ser mais floresta do que gente. Havia também mais estruturas se desfazendo, virando fragmentos da mata. Um ferro-velho de pessoas e coisas perdidas.

Pensei que encontraria Tyler em algum lugar mais à frente ou andando atrás de mim. Sempre que algum galho estalava ou um pássaro levantava voo, eu me virava na direção do barulho, com uma esperança momentânea — mas era sempre alguma criatura estranha, observando-me quando nossos caminhos se cruzavam: veados, gatos, esquilos, todos andando livremente à meia-luz do bosque assombrado. Todos tinham algum tipo de deformação: olhos pretos, corpos cobertos de líquen, pequenos jardins de flores brotando no musgo grosso em suas costas. Criaturas de algum conto de fadas terrível. Nós nos entreolhávamos por um instante, os animais curiosos com a intrusa que tinha cheiro de um lugar diferente — que tinha cheiro de vida —, e depois eles seguiam na escuridão, sem terem sido perturbados pela minha presença.

Minha lombar e minhas pernas doíam quando encontrei os sapatos descartados no chão da floresta. Um par de tênis da Nike, tão novos que dava para perceber que estavam no Ponto de Passagem há pouco tempo. Não havia podridão, nem mofo, nem decomposição.

Apanhei-os e os virei nas mãos. Ainda estavam amarrados um ao outro, e o tecido estava levemente úmido. Eram de Tyler, o par novo que comprara em Edimburgo após perder seus próprios sapatos no hospital de Londres.

Tyler tinha passado por ali. Tyler os deixara ali. Uma migalha deixada para mim, talvez? Era reconfortante e também um agouro — nós dois tínhamos seguido na mesma direção, mas agora eu tinha certeza de que Tyler não tinha ido até ali por vontade própria.

Olhei o entorno lentamente, procurando algum outro sinal dele, mas não havia nenhum. Amarrei os tênis na mochila de Vivi. Quando o encontrasse, Tyler precisaria deles.

Continuei andando. O tempo passava de um jeito estranho ali.

Estava cansada quando cheguei à clareira, a cabeça latejando de desidratação e fome. Minha garganta e meus olhos estavam secos como areia, e havia um gosto de fumaça na minha língua. Tinha certeza de que, se algum dia eu conseguisse voltar para casa, meu cabelo passaria semanas fedendo a madeira queimada.

A clareira não era diferente daquela por onde eu e Tyler chegamos. O chão era um tapete de grama alta e folhas em decomposição, com algo monstruoso no meio.

— Meu Deus — sussurrei quando percebi o que estava vendo.

Grey e Vivi estavam ali, ambas amordaçadas e amarradas a postes, os punhos atados acima de suas cabeças. Havia feixes de lenhas e musgo seco aos seus pés. Um jardim infestado de flores-cadáveres crescia nelas, subindo por suas pernas, dando a volta em seus troncos, entrando em seus cabelos, reproduzindo-se em suas peles, aglomerando-se em torno de suas bocas e olhos. Senti seus corações baterem como as asas de um passarinho, o calor delas, a vida delas, o sangue morno que ainda vibrava em seus corpos. O de Vivi estava mais forte, mais vermelho, mais vibrante. O de Grey agora estava esvaecendo, ralo e fraco.

Havia um terceiro poste fincado entre as duas, vazio e à espera.

Nosso pai queria queimar todas nós. Não, não era o nosso pai.

Gabe Hollow era o pai das três meninas enterradas perto de uma casa em ruínas num mundo de passagem. As coisas que ele pretendia queimar — nós três — não eram suas filhas, e sim criaturas que tinham voltado com a forma de suas filhas. Impostoras. Loucas.

Tirei os sapatos.

— Droga — xinguei baixinho ao ver meus pés, virando-os de um lado para o outro à luz tênue, tocando a carne encharcada e sensível que encontrei ao tirar as meias molhadas.

Meus dedos dos pés tinham começado a ficar pretos. Quando encostei na unha do dedão, ela saiu com facilidade. Não senti dor. O botão de uma flor-cadáver começara a se desenrolar da ponta do meu dedão. Arranquei a flor da pele e a esmaguei com a ponta dos dedos.

Guardei meus sapatos na mochila de Vivi e andei descalça pelos limites da clareira, com a faca de Grey ao meu lado. Sem sapatos eu era mais ágil. Após anos seguindo Grey, havia aprendido a me deslocar silenciosamente não apenas por corredores com assoalhos que rangiam, mas também por florestas. Tentei não olhar para meus pés enquanto andava. Não queria ver a carne moribunda.

Vivi estava acordada, movendo-se, falando com alguém que eu não conseguia ver.

— Me solte! — dizia ele amordaçada, jogando a cabeça para trás. — Me solte!

Mais uma vez, ela lançou a cabeça para trás, contra o poste, com toda a força. Ouvi um estalo. Vivi caiu para a frente, inconsciente, com o peso inteiro de seu corpo sendo segurado pelas cordas em seus punhos. A parte de trás de seu crânio estava sangrando. Grey se mexeu e ergueu a cabeça. Seus olhos pretos encontraram os meus, sem piscar. No começo eu não sabia se ela conseguia me ver ou se estava apenas sentindo minha presença.

Vá embora, seus olhos suplicavam. *Vá. Por favor.*

Balancei a cabeça. As narinas de Grey se alargaram de raiva, mas não havia nada que ela pudesse fazer para que eu fosse embora. Preferiria ir para o meu lugar ao lado delas do que ir embora sabendo que não tinha feito de tudo para salvá-las.

Tyler?, articulei com os lábios para minha irmã mais velha. Grey respirou rapidamente algumas vezes sem piscar, depois balançou a cabeça. O que aquilo significava?

Não, ela não sabia onde Tyler estava?

Ou não, Tyler já estava morto?

Não gostei da maneira como ela estava se encolhendo de medo. Grey Hollow, que não temia ninguém, que ia atrás de encrenca por ela mesma ser a própria coisa no escuro. Não era certo vê-la estremecer.

Então um vulto apareceu do outro lado da pira.

— Tyler? — sussurrei.

Tyler se virou para me olhar.

Vivo, vivo, *vivo*. De alguma maneira, ele tinha conseguido chegar até minhas irmãs, e antes de mim. Saí do meu esconderijo e hesitei na borda da floresta. Queria correr até ele e lançar meus braços ao redor do seu peito morno. Fui tomada pelo alívio de não estar sozinha, de não ter de enfrentar aquele horror sozinha.

Grey estava se debatendo bastante contra as amarras, gritando silenciosamente contra a mordaça. Lágrimas escorriam enquanto ela sacudia violentamente a cabeça.

Quando cheguei até ele, Tyler não disse nada. Observei seu rosto. Havia algo de errado em seus olhos. Todas as feições estavam corretas — a pele, os lábios, o arqueado presunçoso da sobrancelha. A incongruência era mais profunda. Os ossos que tinham sido tirados do lugar pelo soco de Gabe em Edimburgo haviam voltado à posição certa. As tatuagens de seus braços estavam deformadas, como se sua pele tivesse sido molhada e espremida e recolocada sobre os ossos.

E então, quando seus lábios se abriram, sua boca estava errada. As gengivas estavam pretas, e seus dentes tinham começado a apodrecer.

Gabe Hollow continua insistindo que os olhos e os dentes de suas três filhas mudaram.

Recuei e o observei dos pés à cabeça. Era muito parecido. Muitíssimo parecido. Tão parecido que, se ficasse de boca fechada, talvez ninguém percebesse.

— Não — sussurrei. — Você não é Tyler.

— E você não é Iris — retrucou ele, com a voz rouca que não era a de Tyler.

Era a voz do meu pai.

Era a voz de Gabe Hollow, saindo do rosto de Tyler, da boca de Tyler. Da *pele* de Tyler.

Gabe se aproximou. Dei outro passo para trás.

— O que você fez com ele? — perguntei.

— A mesma coisa que você fez com minhas filhas — respondeu a voz do meu pai.

Meu olhar se desviou do rosto de Gabe para seu pescoço. Ou melhor, do rosto de Tyler para seu pescoço. Ele ergueu um pouco o queixo para que eu a visse melhor. Ali, abrigado na curva de sua clavícula, havia um novo corte costurado com fio de seda. Um trabalho bem-feito. Sararia direitinho, como o meu.

Recuei novamente, minha mente mergulhando de novo no abismo onde a compreensão sempre me escapava. Meu coração batia com força dentro do peito, minha pele esfriara e suara de repente. Todas as pecinhas do quebra-cabeça tinham sido expostas e esperavam que eu as encaixasse, formando uma imagem que fizesse sentido.

Eu não era Iris Hollow. Eu me parecia com Iris Hollow.

Meu pai não era Tyler, mas se parecia com Tyler.

Gabe Hollow continua insistindo que os olhos e os dentes de suas três filhas mudaram.

— Como você pôde? — perguntou meu pai. — Como pôde fazer isso com *crianças*? Com *menininhas* indefesas?

Olhei de relance para Grey, que agora chorava bastante.

Virei-me para Gabe outra vez.

— Não estou entendendo.

Gabe examinou meu rosto minuciosamente.

— Você sabe o que você é.

— Eu não sei. Eu juro.

Ele passou uma faca no pescoço, então pôs os dedos da mão direita na ferida e puxou a pele por cima da cabeça. Meu queixo tremeu enquanto ele me encarava, à espera de uma reação.

— Aquilo que você chama de irmã é um monstro — disse ele, apontando para Grey —, mas pelo menos ela deixa você esquecer.

Esqueça isso, sussurrara Grey para mim.

— Esquecer o quê?

Agora Gabe estava me rodeando. Segurei a faca com mais força.

— Que você é uma coisa morta, andando por aí usando a pele de uma menina assassinada — disparou ele, a voz trêmula. — Que você foi para a casa da família dela, para a cama dela, para os braços dos pais dela, enquanto ela se decompunha numa cova num lugar morto. Que você se cobriu com a pele morna dela, e que sua irmã deu os pontos no seu pescoço.

— Não pode ser verdade — sussurrei, pois aquilo era medonho e terrível e impossível. Mas eu sabia, mesmo enquanto respondia, que podia ser verdade.

Que *era* verdade.

Gabe soubera, desde o instante em que nos viu, que havia algo de errado. Que alguma coisa dentro de nós havia mudado. Olhos diferentes, dentes diferentes. Uma camada de pele sob a pele.

— Depois que aquela coisa me obrigou a me matar, eu vim parar aqui — Gabe prosseguiu. — Procurei minhas filhas. Encontrei-as onde você as deixou. Eu mesmo as enterrei.

Eu não queria isso, dizia seu bilhete, porque ele realmente não tivera escolha. Porque ele não pôde desobedecer à ordem da *changeling* que passara a morar em seu lar, que tinha roubado suas verdadeiras filhas e o obrigado, assim como havia obrigado o fotógrafo que me atacara, a se matar.

Outra verdade terrível se cristalizou:

— Você matou Tyler — afirmei. — Você o esfolou. Você está... *vestindo* ele.

— Quero voltar para casa. Quero voltar para minha esposa. Quero voltar para a vida que vocês três roubaram de mim.

Um homem meigo. Um homem delicado. Um homem que criava coisas com as próprias mãos. Era assim que as pessoas se lembraram de Gabe Hollow em seu enterro. Da beira da cova, joguei uma íris em seu caixão enquanto o abaixavam na terra, a fim de que ele levasse um pedacinho de mim para onde quer que fosse.

Eu o amara, embora ele tivesse me assustado.

Meu pai acendeu o isqueiro de Vivi e segurou a chama por cima da lenha.

— Junte-se às suas irmãs.

Caí em prantos. Eu passara anos com saudade daquele homem. Queria que ele me abraçasse e me consolasse como fazia quando eu era pequena. Balancei a cabeça.

— Não posso deixar Cate sozinha.

— Por favor, não resista. — A voz de Gabe falhou. — Por favor, facilite as coisas para mim.

— Você não é assim.

Havia lágrimas escorrendo em seu rosto.

— Você não me conhece.

— Conheço, sim. Posso não ser sua filha, mas você é meu pai.

— Pare.

— Sei que você é bondoso e gentil e que não me machucaria.

— Por favor, deixe-me fazer isso — suplicou Gabe. — Por favor, vá para o poste.

— Não.

— Você vai ser queimada com elas. Ou vai assistir.

Gabe soltou o isqueiro. O fogo se alastrou. Após alguns segundos, uma fumaça azeda começou a se agitar. Grey começou a se engasgar, debatendo-se contra as chamas que se erguiam.

Gritei e corri até ela, mas Gabe me agarrou pela mochila e me puxou com força para o chão. Minha faca caiu. Em um segundo ele estava em cima de mim, o joelho parecendo arame farpado nas minhas costelas, os dedos no meu pescoço. Foi rápido, violento e feio.

O que Grey faria? O que Grey faria?, pensei enquanto morria ali, deitada. Minhas unhas arranharam as mãos do meu pai. Meus calcanhares se afundaram na terra macia embaixo de mim, tentando encontrar um ponto de apoio. Meus olhos se lançaram para fora das órbitas. Minha cabeça estava toda ensanguentada, e uma escuridão cada vez maior parecia se espalhar das minhas orelhas até meus olhos, estreitando minha visão.

Grey lutaria. Grey arranjaria um jeito de fazê-lo sangrar. Grey se arrastaria para pegar a faca que caíra um pouco fora do meu alcance. Grey rasgaria carne e quebraria ossos e faria da sua vida um inferno se você a aborrecesse.

Agora ela estava gritando, mais por mim do que por ela mesma.

— Solte-a! — berrou para Gabe, com as palavras abafadas pela mordaça. — Vou destruir você!

Um pensamento nítido conseguiu atravessar as sombras que subiam na minha mente: *você já o destruiu.*

Grey destruíra aquele homem, e também muitos outros. Grey era um tornado em forma de garota. Pegava o que queria e deixava rastros de destruição por onde passava, e eu sempre admirara isso nela. Era preciso ter coragem para ser uma garota neste mundo e viver daquele jeito. Ela fazia aquilo porque era poderosa. Porque podia.

Pensei em Justine Khan e em sua boca na minha, em seus olhos arregalados de medo enquanto mordia meus lábios. Pensei na silhueta do meu pai na beira da minha cama, na maneira como ele paralisava quando eu abria os olhos, assim como a presa congela quando avista um predador a perseguindo. Pensei em Grey andando pelas ruas escuras à noite, esperando os homens dizerem gracinhas ou fazerem algo pior, esperando alguém lhe dar uma desculpa.

Grey Hollow era a coisa no escuro. Porém, por mais que eu a amasse e quisesse ser ela, eu não era como ela. Não conseguia fazer o que quisesse com o mundo inteiro, pois não tinha coragem de magoar os outros como ela. Sempre me achara fraca por causa disso, mas talvez esse fosse meu ponto forte.

O que Iris faria?, pensei enquanto meu campo de visão se reduzia ao tamanho de um alfinete.

Estendi o braço e pus a mão na bochecha de Gabe, como fazia quando era criança, durante as poucas semanas iniciais em que ele me permitira amá-lo.

Eu não me lembrava de estar morta. Não me lembrava de estar presa naquele lugar. Não me lembrava de vestir a pele de sua filha. Mas eu me lembrava do seguinte: do calor do peito de Gabe Hollow quando ele me carregava do sofá até a cama após eu pegar no sono assistindo TV. Do cheiro de suas camisas, sempre uma mescla de óleo dinamarquês com o fosfato de cal do verniz de suas cerâmicas. Da cadência de sua voz quando ele lia histórias de ninar. Das íris que ele me ajudava a pressionar entre as páginas dos livros. Do quanto chorei em seu enterro.

— Papai — consegui dizer.

Os olhos de Gabe no rosto de Tyler encontraram os meus.

Eu não era sua filha, mas parecia me parecia com ela. Tinha o rosto dela, e esperava que isso bastasse. Esperava que, mesmo sabendo o que eu era, ele não conseguisse me encarar enquanto me matava.

Ficamos nos encarando. Gabe caiu em prantos e me apertou uma última vez com força, então me soltou.

Consegui inspirar um pouco e me estender para pegar a faca, depois saí de baixo dele e fui até a pira, onde as chamas já estalavam nos calcanhares das minhas irmãs. Grey gemia, grogue por ter inalado fumaça. Larguei a mochila no chão e subi pelos escombros em chamas para alcançá-las, abrindo caminho no meio do fogo. Meus cílios se encurvaram e derreteram na parede de calor. Não havia ar para meus pulmões inspirarem. Inalei cinzas e brasas. O fogo sibilava e se movia com rapidez, chamuscando minhas mãos, meus joelhos, meus pés descalços enquanto eu subia.

Primeiro passei a faca de Grey em suas amarras de couro. No momento em que ela se soltou, houve uma mudança de poder. Eu senti. Foi como se o tempo tivesse parado. Grey endireitou toda a postura, pegou a faca da minha mão e soltou Vivi, depois arrastou nós duas no meio do fogo que nos perseguia. A madeira estalava e se partia, lançando brasas escaldantes em nossos cabelos e roupas. O combustível embaixo de nós três estava vermelho fluorescente, e o calor era uma parede sólida e impenetrável, até Grey nos puxar e nós cairmos do outro lado, na grama fria e encharcada da clareira.

— Vivi! — chamou Grey enquanto sacudia os ombros da nossa irmã. — Vivi! — Então Grey se inclinou sobre ela, com as mãos se afundando no peito de Vivi, quatro, cinco vezes, até Vivi finalmente gemer. — Ah, graças a Deus, graças a Deus! — exclamou Grey enquanto segurava o rosto coberto de cinzas de Vivi entre as mãos e se curvava para beijar sua testa.

Encarei meu braço, onde uma parte da minha pele havia se descolado com o fogo e ficado preta nas pontas. Debaixo dela, a verdade que eu queria e não queria saber: uma segunda camada de pele, intocada pelas chamas.

Grey estava me observando, respirando irregularmente.

— É verdade, não é? — perguntei. Eu estava tremendo. A dor das minhas queimaduras estava começando a se intensificar, com as terminações nervosas chamuscadas despertando nos meus dedos dos pés, nas minhas mãos, na ponta dos meus dedos. — Nós não somos quem somos.

Grey fechou os olhos. Uma lágrima se espremeu por entre seus cílios e formou uma linha bem definida no meio do sangue e da sujeira em sua bochecha. Finalmente, ela fez que sim.

Era verdade.

Então ela se levantou e foi até onde a pele de Tyler agora jazia esvaziada, murcha no chão da floresta. Gabe, assim como Rosie, partira para onde quer que os mortos iam quando se libertavam daquele lugar, quando aquele lugar os libertava. O que ele deixara para trás era medonho: a pele de Tyler, sem ossos, sem músculos, sem alma para animá-la. Um invólucro achatado de pele, ainda com cabelos, cílios, unhas.

Deixei Tyler sozinho. Deixei-o sozinho na floresta, e meu pai o encontrara, o levara e fizera isso com ele.

Onde estaria o corpo esfolado de Tyler? Olhei de novo para a pira. Agora o fogo se debatia sobre a linha das árvores, e os postes que tinham sido fincados para nós haviam sido engolidos pelas chamas. A fumaça cheirava a gordura escaldando, ossos queimando. Ali dentro. O corpo dele devia estar ali, escondido em meio ao fogo, onde deveríamos estar.

Grey se curvou sobre a pele achatada dele.

— Não vou abandoná-lo — entoou ela. — Não vou abandoná-lo, não vou abandoná-lo.

— Nós vimos quando Gabe o esfolou — disse Vivi, rouca, enquanto virava para o lado. Fui até ela, pus a mão sobre sua bochecha e tirei folhas da ferida grudenta na parte de trás de sua cabeça. — Coitada da Grey.

— Não vou abandoná-lo — continuou Grey, as mãos pairando sobre a pele que antes cobria o peito de Tyler. Meu Deus. Ninguém deveria ter que ver um ente querido daquela maneira. — Não vou abandoná-lo.

— Grey — chamei baixinho. — Precisamos voltar para casa.

— Não vou embora sem ele — afirmou ela. — Eu posso salvá-lo.

— Como?

— Assim como salvei você. Se ele estiver preso aqui, posso costurar sua alma de volta à pele dele. — Grey se abaixou para falar com Tyler. — Escute, Tyler. Meu luto está prendendo você aqui. Eu me culpo pela sua morte e não quero deixá-lo para trás. Volte para mim.

Tentei compreender todas as partes diferentes dele. Seu cadáver, queimando na pira sem que o víssemos. A pele do cadáver, estendida diante de mim. Sua alma ou o que quer que fosse — o resto dele que atravessaria aquele lugar, a caminho do esquecimento.

Talvez eu o visse de novo. Deixei uma pequena esperança brotar no meu peito enquanto esperávamos.

E esperávamos.

E esperávamos.

— Acho que ele não está aqui. — A bochecha de Vivi estava quente sob minha mão queimada. Não podíamos demorar. Precisávamos sair do Ponto de Passagem. — Acho que ele não virá.

— Não — murmurou Grey, as mãos afundando no chão da floresta.

Cordões de saliva se balançavam de seus lábios enquanto ela urrava com a dor de seu luto. Ele roubou todo o ar de dentro dela e a contorceu, transformando-a numa bola de costelas e punhos cerrados. Quando ela inspirou de novo, foi o som de um órgão de igreja: alto e longo e lúgubre. Os soluços de choro a sacudiam, vergavam-na, quebravam-na, até o desespero deixá-la exaurida. A mulher mais linda do mundo, tão acostumada a ver o universo fazendo sua vontade, incapaz de salvar a vida do homem que amava.

Vi um movimento ligeiro na borda da clareira. Havia um vulto, nu e de cabelos escuros, olhando para mim do meio das árvores. Abri a boca para chamá-lo, mas ele balançou a cabeça.

Então, com a mesma velocidade com que aparecera, a alma de Tyler Yang sumiu nas sombras.

23

ESCALAR PARA SAIR DO PONTO de Passagem não era como cair nele. Cair tinha sido tão fácil quanto cruzar um limiar, como descer num escorregador. A gravidade fazia a maior parte do trabalho. Já sair dele era *difícil*. Precisei arrastar meu corpo inteiro por piche. Não conseguia respirar, não conseguia enxergar. Estava me afogando no nada, e então finalmente caí para trás, num campo de flores e fumaça. Estava escuro. O chão embaixo de mim estava duro. Havia um fedor de madeira queimada misturado com o cheiro químico de plástico fumegando. Por um instante, temi que não tivesse dado certo. Então Grey e Vivi caíram depois de mim, em cima de mim. A dor das minhas costelas quebradas e a desorientação causada pela porta arrancaram bile do meu estômago. Rolei para o lado e vomitei.

Pisquei os olhos. A escuridão esvaneceu até virar vapor. Estávamos numa cozinha incendiada, coberta por uma camada de flores-cadáveres. A cozinha de Grey. Fiquei de pé no chão xadrez. A parte de trás dos meus braços e pernas estava revestida de fuligem. O mundo estava quieto e parado.

— Meu Deus, a volta foi pior ainda — gemeu Vivi, a voz rouca e comprometida.

Ajudei-a a virar para o lado e coloquei a mochila debaixo de sua cabeça enquanto Grey mexia nos livros que tinham se espalhado no chão quando derrubamos a estante.

— É melhor a levarmos para algum hospital — sugeri enquanto fazia carinho nos cabelos curtos de Vivi.

— Daqui a pouco — respondeu Grey.

Logo ela encontrou o que estava procurando: um livro que, ao ser aberto, não era um livro, mas um compartimento secreto. Era a cara de Grey. Nada era simples com ela, nada era o que parecia. Dentro dele havia uma variedade de ervas em frascos de vidro e uma garrafinha de vinagre. Grey usou a ponta da sua faca para triturar o anis no chão da cozinha, depois o misturou ao vinagre com sal e artemísia e então balançou a mistura. A mesma poção que Agnes fizera.

Ela se sentou do outro lado de Vivi.

— Beba — disse ela enquanto encostava a garrafa nos lábios da nossa irmã.

Vivi recuou, fazendo careta.

— Não quero essa merda.

— *Beba* — ordenou Grey, e Vivi obviamente obedeceu, pois Grey estava no comando.

Grey a acalmou enquanto ela vomitava o Ponto de Passagem, com a mescla de coisas mortas e verdes deslizando para fora dela e cobrindo o piso chamuscado.

— Você matou crianças — falei baixinho enquanto via minha irmã rasgar uma faixa da sua camisola hospitalar e começar a encostar o tecido com tintura na pele aberta da parte de trás da cabeça de Vivi.

Grey me encarou, os olhos pretos e inexpressivos.

— Matei — respondeu ela.

— Eu não sou Iris Hollow.

— Não. Não por dentro.

Meti as unhas na cicatriz do pescoço, rasgando a pele que não me pertencia. A pele de uma menina morta revestindo o corpo de uma coisa morta. As pétalas de uma flor inebriante ocultando algo podre e perigoso que havia por baixo.

— Pare — ordenou Grey. — Se arrancar sua pele, vai morrer.

— Mas eu já estou morta, não estou?

— Pense em Cate, Iris. Pense em tudo de terrível que já aconteceu com ela. Você é tudo que ela tem. Se você morrer... vai destruí-la.

Deixei minhas mãos penderem nas laterais do corpo e desatei a chorar.

— Me conte como foi que aconteceu.

— É melhor que seja em outro momento e em outro lugar, quando...

— Me conte — insisti. — *Agora*.

Grey suspirou fortemente e voltou a cuidar da ferida de Vivi.

— Sussurrei para elas por uma porta no Réveillon. O véu estava mais fino do que o normal naquela noite, como sempre acontece entre um ano e outro. As irmãs Hollow me ouviram. Elas o seguiram. Quando contei que precisava de ajuda, as irmãs vieram até mim espontaneamente. Foram amarrando pedaços de tartã vermelho e preto para conseguirem encontrar o caminho de volta. Eram inteligentes, mas também eram ingênuas demais. Atraí-as para a cabana onde estávamos morando. Elas confiaram em mim porque eu também era uma menininha.

— Então você cortou a garganta delas e as esfolou.

Grey parou de tratar Vivi e fechou os olhos. Senti Vivi enrijecer.

— Sim — confirmou Grey. — Ajudei você a vestir sua nova pele e suturei seu pescoço. Eu não... gostei do que fiz. Não sou um monstro. Fiz apenas o que era necessário para nos tirar dali. Para que nós três tivéssemos uma segunda chance. No fim das contas, tudo que restou foi uma pequena cicatriz no pescoço de cada uma de nós. Seguimos os rastros que elas deixaram até o local por onde as meninas tinham caído. Conseguimos voltar rastejando para a terra dos vivos. Enganamos a porta, pois não estávamos mortas nem vivas. Éramos algo intermediário. Então, naquela rua da Escócia, esperamos alguém nos encontrar e nos dar um lar.

Uma loba em pele de cordeiro, dissera Agnes a respeito de Grey. Algo monstruoso, usando um disfarce, algo tão contrário à natureza que desconcertava não apenas os humanos, mas as próprias regras da vida e da morte. Meio morta, meio viva, e, por isso, capaz de transitar entre os dois estados como quisesse.

— Cacete — sussurrou Vivi. — Somos mesmo loucas?

— É melhor você beber também — sugeriu Grey enquanto me entregava a poção.

Peguei-a.

— Como você sabia que daria certo? — perguntei.

— Foi instinto. Uma esperança que nasceu dos contos de fadas e das fábulas, mas minha intuição estava certa. Para escaparmos do Ponto de Passagem, precisávamos virar o que ele era: algo intermediário. Para sairmos do limite entre duas coisas, precisávamos ser como ele. Não somos as primeiras. Os mitos sobre *changelings* vieram de algum lugar, não é? As antigas histórias de filhos de fadas deixados no lugar de bebês humanos, criaturas com apetites vorazes e habilidades estranhas. Os outros também perceberam. Não foi só eu. Agora *beba*.

Virei a garrafa na mão e observei os fragmentos suspensos de artemísia e anis se mexerem pelo vinagre.

— As flores-cadáveres. As formigas. Por que elas estão por toda parte?

Tomei um gole amargo e salgado, e na mesma hora senti alguma coisa se revirando dentro de mim, bem no fundo da barriga, e então meu corpo começou a berrar para tirá-la. Meu estômago convulsionou e vomitei de novo, desta vez expelindo bile, mofo e insetos.

Grey segurou meu cabelo.

— Está tudo bem — tranquilizou, enquanto eu vomitava de novo. — Está tudo bem. Não sei todos os segredos daquele lugar, Iris. Ele tem cheiro de morte e de putrefação porque tudo lá dentro está morto. Ele se infiltra em tudo, infecciona tudo, destrói tudo se a pessoa deixar.

Grey pegou a garrafa de volta e também tomou um gole, depois botou para fora o que estava vivendo dentro dela.

— É melhor levarmos vocês duas para um hospital.

— Ainda não acabei — respondi. — Por que estamos sempre com fome?

— Porque você está morta, e os mortos estão sempre famintos. — A maneira como ela falou, com um tom tão neutro... *Você está morta.* — Comida nunca vai saciar sua fome, nunca vai preencher o vazio que há dentro de você.

Vivi se levantou. Seus movimentos estavam grogues, mas sua expressão era fria. Ela olhou para Grey da mesma maneira que eu: rangendo os dentes e com os lábios contraídos de repugnância.

— Você nos obrigou a esquecer — falei. — Quando retornamos e chegamos à Escócia. Você sussurrou alguma coisa para nós. "Esqueça isso". Você nos fez esquecer tudo.

Grey balançou a cabeça.

— Não posso obrigá-la a fazer nada, Iris, assim como não podia obrigar Tyler. Nosso poder só funciona com os vivos. Não funciona com os mortos nem com aqueles que morreram só por um instante. Falei para você esquecer, e você esqueceu porque quis.

— Meu Deus, você é um monstro! — exclamou Vivi.

— *Não* — respondeu Grey. — Não me chame disso. Prometi a vocês que sempre as protegeria, e foi o que fiz. Eu as trouxe de volta à vida.

— Quem está debaixo dessa pele? — insisti. — Qual é minha aparência debaixo da pele de Iris Hollow?

— Não sei.

— Como você não sabe?

— Sei que você quer respostas prontas para tudo, mas não as tenho. Não lembro quem éramos antes. Depois que voltamos, também comecei a esquecer tudo. O Ponto de Passagem começou a parecer um sonho, algo que não tinha acontecido de verdade. Não sabia mais se era uma história ou se era real. Eu precisava saber, então tentei voltar. Precisei tentar umas dez vezes antes de entender.

— Em Bromley-by-Bow — constatou Vivi. — Na semana depois da morte de Gabe.

— Isso. Eu caí por uma porta. Pela mesma porta por onde Mary Byrne deve ter caído no Réveillon de 1955. Mas não tive dificuldades para voltar. Eu ainda não entendia que nosso sangue era especial. Não lembrava o que eu era nem o que tinha feito.

— Como foi que você descobriu?

— Por causa de Yulia Vasylyk, a primeira pessoa com quem dividi apartamento quando saí de casa. Ela me seguiu e entrou numa porta. Que garota estúpida. Tentei trazê-la de volta para casa, mas ela não conseguiu ir atrás de mim. As portas não deixaram. Quando ficou óbvio que ela estava presa lá dentro, ela perdeu a cabeça. Começou a rasgar as roupas, a me morder, a arranhar meu rosto. Ela cortou meu lábio, e eu engoli um bocado do meu próprio sangue. Foi então que tive uma ideia: se havia algo no meu sangue que me permitia ir e voltar o quanto quisesse, talvez eu pudesse trazer Yulia de volta para casa também. Precisei deixá-la inconsciente, pois ela estava histérica. Então passei meu sangue nela, obriguei-a a beber um pouco dele, mas nada parecia funcionar. Não sei por que pensei em testar as runas. Você sabe que eu tenho um exemplar de *A Practical Guide to the Runes* na minha mesa de cabeceira. Eu só... Não tive mais nenhuma ideia. Mas funcionou. Um feitiço simples. Um portal entre a vida e a morte. Quando voltamos para Londres, ela brigou comigo de novo, fugiu de mim. A polícia a encontrou andando pelada na rua, e ela me culpou pelo que lhe acontecera, apesar de eu tê-la salvado. Eu a trouxe de volta.

"É um lugar sombrio para quem está preso lá por toda a eternidade, mas para quem pode entrar e sair quando quiser... Eu podia explorá-lo completamente. No primeiro ano depois que saí de casa, devo ter ido lá umas cem vezes. Era um lugar de segredos, então comecei a costurar segredos nas minhas roupas. As pessoas adoraram, e fiquei ainda mais famosa. Tem tanta coisa para ver lá. Em grande parte, horrores, mas há vislumbres de beleza também."

— E então algo deu errado — concluiu Vivi.

— Cerca de um ano atrás, alguém percebeu minhas idas e vindas. Alguém que estava me esperando há bastante tempo.

— Papai — falei.

— Isso. Gabe Hollow seguiu meus rastros como um animal. Ele ficou me observando, me perseguindo. Deve ter visto quando eu trouxe Agnes de volta com sangue e runas. Ela está...?

— Não — respondi. — Ela faleceu.

Grey comprimiu os lábios e fungou.

— Tentei compensar o que fiz com aquelas meninas. Encontrei Agnes, uma menina viva presa num lugar morto, e a trouxe de volta. Isso tem seu valor, não é?

Não falei nada. Não sabia se tinha. E se Grey tivesse encontrado Agnes em vez das irmãs Hollow? Será que ela teria sido tão benevolente assim?

— Gabe montou armadilhas para mim — continuou. — Quase fiquei presa na primeira. Consegui sair, mas me machuquei. E ele pegou meu sangue para conseguir passar pela porta. Não percebi que ele tinha conseguido me encontrar, mas foi o que aconteceu. Ele me encontrou em Paris. Fugi de novo e peguei um voo para Londres. Não queria envolver vocês duas se não fosse necessário. Não queria que ele as perseguisse também, mas eu precisava avisá-las. Precisava saber que vocês iriam atrás de mim se eu desaparecesse.

— Você entrou escondida na nossa casa e escondeu a chave no seu antigo quarto.

Grey confirmou.

— Gabe e alguma outra coisa morta me encurralaram pouco tempo depois no meu apartamento. Consegui acabar com um deles. Cortei sua garganta. Quando a criatura é morta deste lado do véu, ela fica paralisada. Mas Gabe era mais forte que eu. Ele escondeu o corpo no alçapão do meu closet e me arrastou de volta para o Ponto de Passagem. Fiquei esperando. Ele me manteve presa por dias e dias. Comecei a pensar que talvez vocês não fossem me encontrar, que eu ia morrer lá, completamente sozinha, que eu me tornaria uma parte daquele lugar depois de ter sacrificado tanto para escapar dele. Lutei. Consegui me soltar. Mas eu estava fraca. Estava perdida, andando pelos cantos. Então escutei sua voz. Senti seu coração batendo no meu peito. Fomos unidas por aquilo que fizemos, pelas vidas que sacrificamos. Unidas pelo sangue, pela morte, pela magia. Encontrei o caminho até a porta que dava para a minha cozinha. Aqui. Você me ajudou a voltar para casa.

Éramos irmãs. Sentíamos a dor uma da outra. *Causávamos* a dor uma da outra. Conhecíamos o hálito matinal uma da outra. Nós nos fazíamos chorar, nos fazíamos rir. Nós nos zangávamos, nos beliscávamos, nos chutávamos, gritávamos uma com a outra. Nós nos beijávamos na testa, nariz com nariz, os cílios roçando nas bochechas. Usávamos as roupas uma da outra. Roubávamos coisas das outras, escondíamos os tesouros furtados debaixo dos travesseiros. Nós nos defendíamos. Mentíamos uma para a outra. Fingíamos ser pessoas mais velhas, ser outras pessoas. Brincávamos de nos enfeitar. Nós nos espiávamos. Nós nos possuíamos como se fôssemos objetos brilhantes. Nós nos amávamos com uma fúria intensa, fervorosa. Uma fúria animalesca. Uma fúria monstruosa.

Minhas irmãs. Meu sangue. Minha pele. Que elo mais horrendo aquele que nos unia.

— Então papai... sabia o que a gente era? — perguntou Vivi.

Uma expressão sombria surgiu no rosto de Grey.

— Ele não é seu pai. Não é. Mas, sim, ele sabia. Acho que ele soube assim que nos viu quando voltamos. Cate demorou mais tempo para acreditar, mas ela também passou a entender depois de um tempo.

— Espera... *Cate* sabe? — perguntei. — Como isso é possível?

— Eu contei a ela — admitiu Grey. — Na noite em que ela me expulsou. Quando voltei para casa bêbada, perdi a paciência. Estava zangada. Ela era controladora demais. Falei para ela que tinha esfolado suas filhas e matado seu marido e que, se ela não me deixasse em paz, eu a esfolaria também.

— Você o.... *matou*? — perguntou Vivi, ainda juntando as peças que, para mim, tinham se encaixado ainda no Ponto de Passagem. — Você matou o *papai*?

— Como já disse, eu prometi que sempre as protegeria, Vivi. Gabe Hollow era uma ameaça. Você sabe disso. O papai estava enlouquecendo. Você se lembra da manhã em que ele nos pôs no carro. Gabe teria jogado o carro de um penhasco e matado todas nós se eu não tivesse interferido. Então... fiz uma sugestão para ele. Ainda estava começando a entender nosso poder sobre os outros. Não queria matá-lo. Essa nem era minha intenção.

Eu não queria isso, dizia o bilhete dele. Afinal, não era um bilhete de suicídio, era um último alerta para sua esposa.

— Mas Gabe não estava enlouquecendo — constatou Vivi. — Ele tinha razão, e você o puniu por isso.

— Eu o amava — falei.

— Você mal o conhecia — afirmou Grey. — Além disso, aposto que você tinha medo dele. Que sentiu o maior alívio quando o encontrou enforcado. Que achava que ele ia acabar te matando.

— Nós merecemos morrer — sussurrei.

— Calma aí — interrompeu Vivi. — Por que Cate ficaria conosco, mesmo sabendo que não somos suas filhas?

Grey deu de ombros.

— Sei lá. Imagino que ter algo que lembra suas filhas é melhor do que não ter filha nenhuma. O luto faz coisas estranhas com as pessoas.

Olhei bem nos olhos da minha irmã e procurei neles algum sinal de remorso pelo que fizera com Cate e Gabe Hollow, mas não vi nenhum. Levantei-me e fui até a porta.

— Iris, espere — pediu Grey, agarrando meu braço.

— Não. Não encoste em mim. Ouça o que estou dizendo: não quero mais ver você. Não quero você na minha vida.

— Eu tirei você de lá — afirmou Grey com veemência. — Eu lhe dei a vida que prometi que lhe daria. Não me arrependo de nada. Quero que saiba disso. Faria tudo de novo mais umas cem vezes. Quando estiver disposta a conversar comigo, estarei esperando. Porque sou sua irmã.

— Nesta vida, e na última.

24

AS RADIOGRAFIAS MOSTRARAM QUE QUATRO das minhas costelas estavam fraturadas. Não havia muito que os médicos pudessem fazer por elas além de prescrever analgésicos, mas um residente estava dando pontos na minha testa quando Cate chegou, os olhos molhados e o rosto pálido de preocupação.

Ela parou na porta, fungando, olhando-me dos pés à cabeça. Agora eu sabia o que ela estava procurando: ela queria ter certeza de que eu realmente era quem dizia ser.

— Sou eu, Cate — falei enquanto ela me encarava. — Sou eu.

Ela puxou uma cadeira para perto de mim e segurou minha mão livre. Em seguida se curvou para inspirar o cheiro da minha pele várias e várias vezes.

— Você passou duas semanas desaparecida — disse ela finalmente.

— Duas *semanas*?

Parecia ter sido dois dias.

— Eu pensei... Pensei que tivesse acontecido de novo. — Cate engoliu em seco, a garganta viscosa de sofrimento. — Que eu tinha te perdido de novo.

— Eu voltei. Estou aqui. Não vou a lugar nenhum.

— Ah, mas eu sei disso. Você está proibida de sair de casa de novo. Vai estudar por ensino domiciliar, vai fazer universidade por correspondência e depois arranjar algum trabalho *freelancer* que lhe permita nunca mais sair de perto de mim. Está bem?

Abri um sorrisinho.

— Está bem — respondi enquanto dava umas batidinhas de leve em sua cabeça.

— O que aconteceu? — perguntou. Respirei fundo. Cate percebeu que eu estava prestes a mentir e pressionou o dedo nos meus lábios. — Por favor. Por favor, conte a verdade. Quero saber. Eu aguento.

Será mesmo? Alguma mãe aguentaria aquela verdade terrível?

— Prontinho — disse o médico. — Vou ver como suas irmãs estão, mas você já pode ir para casa.

— Obrigada — respondeu Cate enquanto ele saía do quarto.

— Eu voltei lá — falei quando ficamos sozinhas. — Trouxe uma coisa para você.

Apontei para a mochila de Vivi numa cadeira do outro lado do quarto. Cate a pegou para mim. Abri o zíper e tirei as três faixas de tecido que eu cortara dos nossos casacos de infância. Quer dizer, não dos nossos casacos de infância — dos casacos de infância das filhas de Cate. Um era de tartã preto e vermelho. O outro, de tweed verde. O outro, de pele falsa cor de bordô. Havia respingos de sangue nos três, mas eu esperava que minha mãe fosse confundi-los com mofo ou sujeira.

— Você as encontrou — constatou Cate enquanto passava o polegar no tecido. E então ela caiu de joelhos, tremendo, sem conseguir respirar direito. — Onde elas estão?

— Elas estão lá. No lugar para onde fomos. Elas... Elas não... Elas estavam juntas quando aconteceu — continuei, baixinho. Eu me abaixei ao lado dela, tentei consolá-la. — Não sentiram nenhuma dor. Estavam se sentindo acolhidas e seguras. Achavam que estavam voltando para casa, para você.

Não sabia se aquilo era verdade, mas esperava que sim. Minha mãe respirava fundo e dolorosamente, puxando o ar para os pulmões.

Minha mãe, pensei de novo, com as palavras fluindo em minha cabeça. *Ela não é minha mãe*. A mãe de outra pessoa.

— Eu não sabia — afirmei enquanto ela chorava. — Eu juro. Não sabia o que a gente era nem o que ela fez.

— Eu sei, Iris — disse ela. Então ela estendeu o braço e passou a mão no meu cabelo. — Eu sei.

— Como você me suporta? — sussurrei. — Como suporta minha presença na sua casa?

— Porque você é minha filha há dez anos. Como eu não a amaria?

— Me desculpe. Me desculpe por Grey. Me desculpe por ter lhe causado tanta dor quando você a expulsou.

— Você é como ela, sabia? Como a minha Iris. Ela era quietinha, compassiva e bem esperta.

Alguém bateu à porta delicadamente. Vivi estava lá, de braços e cabeça enfaixados. Ela viu as faixas de tecido na mão de Cate e foi abraçar nossa mãe no chão.

— Desculpe — Vivi lamentou enquanto acariciava seu cabelo. — Desculpe, desculpe.

☾

Grey Hollow estava sentada no cômodo do outro lado do corredor, cercada pela polícia. Vivi escoltou nossa mãe até a saída para que ela não precisasse ver Grey, mas eu parei por um instante. A luz estava cáustica e o ar tinha um cheiro lodoso e vil, de sangue, mel e mentiras. Cada uma da meia dúzia de pessoas em torno dela a observava de olhos arregalados e fundos, inebriados com a torrente de poder que jorrava da minha irmã.

Uma aranha rainha com as presas capturadas em sua teia.

Grey se inclinou para encostar os lábios na boca do detetive responsável, aquele que falara na coletiva de imprensa. O homem estremeceu de prazer, e seus ossos mal conseguiam sustentar seu corpo débil.

— Um homem nos perseguiu — informou ela. — Um louco, obcecado por mim e por minhas irmãs desde que éramos pequenas. Foi o mesmo que nos sequestrou em Edimburgo. Ele me raptou e me manteve em cativeiro por semanas. Eu escapei. Tyler Yang...

Sua voz tremeu, uma corda dedilhada pela dor. Por um instante, seu feitiço enfraqueceu, mas Grey era mais forte do que seu luto. Uma emoção tão humana não era capaz de abalá-la. Ela fungou e endireitou a postura, assim como todos os outros ali dentro, imitando a feiticeira que os mantinha hipnotizados.

— Uma tragédia terrível — afirmou uma policial, com a ponta dos dedos na coxa da minha irmã.

— Vocês não precisam falar com minhas irmãs — sugeriu Grey, e os policiais ao seu redor concordaram.

— Sim, é melhor não as fazer passar por isso — concordou o detetive responsável enquanto passava o dorso da mão na canela de Grey.

— Um homem as perseguiu — repetiu um deles.

— Um louco. Um monstro — disse outro.

— Que tragédia terrível — falou um terceiro.

Grey me olhou, assim como todos os policiais enfeitiçados, uma enxurrada repentina de íris arregaladas e cravadas em mim. Olhei nos olhos da minha irmã. O poder que nos unia faiscava no meu peito.

Então me virei e a deixei lá, sozinha.

☾

Fiquei sem ar quando vi o rosto da minha irmã me olhando do chão.

Mesmo na forma de tatuagem, a cicatriz fina de Grey, em forma de gancho, ainda era a primeira coisa que se reparava nela, seguida pelo quanto ela era dolorosamente bonita. A revista *Vogue* devia ter sido entregue pelo carteiro e deslizado até o tapete do corredor, virada para cima, pois foi onde a encontrei à luz prateada da manhã.

Desta vez, não era minha irmã na capa, mas Tyler. As tatuagens dos seus braços e do seu peito estavam à mostra: o retrato de Grey se destacava no mar de tinta. Acendi a luz do corredor, peguei a revista e examinei-a — examinei-*o* — com mais atenção.

Na foto que tinha sido escolhida, ele estava sentado numa cadeira usando apenas meia-arrastão e mocassins vermelhos, de pernas cruzadas, os cabelos pretos se esparramando em seu rosto e roçando seus ombros. Não havia nenhum texto, apenas a imagem e os anos em que ele nascera e morrera. Ele tinha 20 anos. Era um ano mais novo do que Grey.

— Está pronta? — perguntou Vivi, de batom roxo, enquanto descia a escada. Desde que ela tinha passado a se vestir sozinha, sem ajuda de Cate, eu não a via com uma roupa daquela: um vestido escuro e discreto que cobria as tatuagens do seu braço e ia até os joelhos.

— Quem é você e o que fez com minha irmã? — perguntei.

— Que coisa mais sombria, Iris.

— O que foi? Ainda é cedo demais para fazer piadas sobre *changelings*?

Vivi pôs o braço ao redor da minha cintura e apoiou a cabeça no meu ombro.

— Eu gostava dele — admitiu ela enquanto observava a capa da *Vogue*. — Ele não merecia o que lhe aconteceu.

— Nenhuma pessoa com quem a gente tem contato merece o que acontece com ela.

— Vamos indo? — perguntou Cate do topo da escada enquanto calçava sapatilhas, com Sasha se enroscando em seus pés. — Iris, vem aqui. Vou fazer uma trança em você.

Vivi me olhou, mas não disse nada.

— Cate... — falei enquanto minha mãe descia a escada. — Você se incomoda se eu não usar mais trança? — Era um ritual que ela tinha com a filha morta, algo que as unia. Parecia crueldade roubá-lo dela, mas Vivi tinha razão: eu não podia ser tudo para ela o tempo todo. Eu só podia ser eu mesma, o que quer que isso fosse. — É que... prefiro usar o cabelo solto.

Cate fez uma pausa, com um braço dentro do casaco.

— Claro que não. — Ela terminou de vestir o casaco e segurou meu queixo. — É claro que não me incomodo. O que me incomoda é o fato de que vamos nos atrasar bastante. Vamos logo, vamos logo.

Estava chovendo lá fora. Não a garoa comum de Londres, mas uma tempestade que jogou a chuva bem na nossa cara enquanto entrávamos no Mini Cooper vermelho da minha mãe e seguíamos para o cemitério.

O funeral de Tyler Yang, tal como ele próprio, foi extravagante e bastante instagramável. Foi realizado numa igreja que obviamente tinha sido decorada por algum organizador de eventos famoso: milhares de velas iluminavam tenuemente o espaço escuro, belos arranjos de flores subiam pelas colunas e desciam do teto, e um quarteto de cordas tocava músicas fúnebres enquanto os bancos eram ocupados. Encontramos lugares na parte de trás enquanto um fluxo constante de celebridades, em nível crescente de fama, ia chegando, a maioria vestindo roupas escuras da House of Hollow. Uma atriz britânica, cuja série de TV tinha se tornado uma sensação internacional recentemente, estava lá, assim como uma ex-estrela do pop com seu famoso marido jogador de futebol. Havia modelos, atores, diretores, estilistas — até mesmo alguns membros menos conhecidos da família real. Muitas pessoas já estavam chorando.

O caixão de Tyler estava na frente, no meio de uma explosão de rosas brancas e mosquitinhos — e fechado, obviamente, por estar vazio. Quantas pessoas Grey tivera de enfeitiçar para que sua mentira extravagante fosse considerada verdade? Quantos meticulosos fios de seda ela tivera de trançar somente para convencer o mundo de que Tyler Yang tinha sido assassinado pelo homem que a perseguira? Pois a polícia jamais encontraria nenhuma prova que corroborasse sua história.

A família de Tyler foi a última a chegar, junto com Grey.

Um silêncio coletivo se espalhou pela multidão quando todos a viram. Minha irmã estava usando um elegante vestido da House of Hollow, com um véu preto transparente cobrindo seu rosto. A imagem da viúva enlutada de um conto de fadas. Atrás do véu, vi que seus olhos e nariz estavam bem vermelhos, como se ela tivesse chorado e só tivesse conseguido se recompor alguns minutos antes. Sua mandíbula tremia enquanto ela entrava na igreja, segurando o braço da mulher alta que devia ser a mãe de Tyler. A tristeza de Grey transbordava dela, lançando-se como uma onda, subindo pelas paredes, afogando todos. Era terrível ver algo tão bonito sofrendo tanto. As mãos foram se estendendo à medida que ela avançava, centenas de mãos se empurrando para tocá-la — mãos que roçavam seus ombros velados, seus braços, absorvendo parte de seu luto. Enquanto se movia, ela parecia ser um ímã se deslocando num campo de limalhas de ferro que se enrijeciam e suspiravam quando ela passava.

Todo mundo. Ela enfeitiçaria todo mundo para que sua mentira se tornasse verdade.

O restante da família de Tyler veio atrás. Seu pai, alto e bonito como ele. Suas duas irmãs vivas com seus parceiros, uma delas com uma recém-nascida presa ao peito: a homônima de Rosie.

Que insuportável, pensei, perder dois filhos. Então olhei para minha mãe, que perdera três numa mesma noite. Que durante uma década tivera sua casa assombrada pelos fantasmas vivos de suas filhas assassinadas, que comiam sua comida, que sugavam sua vida. Encostei minha mão na sua e entrelacei nossos dedos.

A cerimônia foi rápida. Um padre fez uma oração e deu uma benção. O pai de Tyler fez uma leitura. Suas irmãs Camilla e Selena fizeram o discurso fúnebre. Mostraram algumas fotos e vídeos dele ao longo da vida. Fotos de um bebê bochechudo, com braços que mais pareciam pãezinhos. Fotos do primeiro dia de aula, com um garotinho de uniforme folgado. Fotos de quatro irmãos sempre juntos, e então, depois de um tempo, apenas três. Fotos de Tyler adolescente, magro e bonitinho, mas ainda não tão lindo e estiloso. Fotos que o mostravam como o conheci: alto, anguloso e belíssimo, o corpo decididamente masculino, mas estilo e maquiagem andróginos. A última foto mostrava Rosie com ele no colo no dia em que ele nasceu, com os dois se olhando.

Quando acabou, cinco dos amigos mais próximos de Tyler — e Grey — carregaram seu caixão. Com seus saltos Louboutin pretos, ela ficava mais alta do que os homens ao seu redor, parecendo o espectro velado de uma assombração enquanto seguia pela nave da igreja com o caixão vazio nas mãos. Quando passou por mim, vi que estava chorando. Senti que ela queria que eu estendesse o braço, pusesse a mão em seu ombro e dissesse que tudo ficaria bem. O tempo parou quando ela estava na minha frente, suplicando em silêncio. Então, com a mesma rapidez com que chegara, ela saiu, a procissão passou por nós, rumo à saída da igreja, agora abarrotada de jornalistas. Expirei e relaxei os dedos. Lá fora, na rua, a polícia estava a postos para controlar a multidão de fãs que vieram deixar flores nos degraus da igreja e testemunhar o luto de Grey. Eles choraram bastante quando o caixão passou.

É óbvio que uma festa extravagante tinha sido planejada — de que outro jeito as pessoas se despediriam de Tyler Yang? Porém, fomos embora após o caixão ser enterrado. Parecia errado ficar muito tempo perto de pessoas que o conheciam tão mais do que eu, melhor do que eu. Eu o conheci apenas por alguns dias, e só gostei de Tyler em metade deles. Havia segurado sua mão e o levado para outro mundo. Eu o beijara uma vez, um beijo clandestino roubado de um homem que não era meu para beijar.

Andamos pela grama molhada do cemitério sob nossos guarda-chuvas, nos afastamos dos outros e fomos ao túmulo de Gabe Hollow, amado esposo e pai. Cate, que costumava visitá-lo na maioria das semanas, não ia ali desde o desaparecimento de Grey. Ela se ajoelhou para arrancar as ervas-daninhas que tinham começado a brotar na base de sua lápide, abriu a terra macia com os dedos e fez um buraco, onde colocou os três pedaços de tecido que eu trouxera do Ponto de Passagem. Tudo o que restava de Iris, Vivi e Grey.

— Elas estão juntas — disse Cate, enquanto fechava o buraco e pressionava as mãos na terra.

Quando ela se levantou, nós a abraçamos, e depois fomos todas para casa.

☾

Voltei para o colégio duas semanas após o Ponto de Passagem me deixar sair dele, quando minhas costelas tinham sarado o bastante para que eu aguentasse passar o dia sentada na sala de aula.

Justine Khan soltou um *argh* bem alto quando me viu no corredor.

— Seria muito pedir que ela tivesse morrido? — cochichou ela para Jennifer e suas outras amigas, ao passarem por mim num grupo risonho. — Mas a gente não teria tanta sorte, né?

— Quer me dizer alguma coisa, Justine? — falei.

Eu jamais a confrontara antes. Anos de sofrimento — piadas sussurradas em sala de aula, pássaros mortos colocados na minha mochila, a palavra *bruxa* escrita com sangue no meu armário —, e eu jamais tinha ido tirar satisfação. *Deixe para lá. Esqueça isso. Vai ser mais fácil se você não for atrás dela.*

Justine e Jennifer me ignoraram, então as segui e repeti, agora mais alto:

— Quer me dizer alguma coisa?

Finalmente, Justine não teve escolha e precisou se virar e ficar cara a cara comigo.

— Hum — gaguejou ela, tentando pensar em alguma gracinha para dizer e não conseguindo. — Não.

— Tem certeza? É sua chance. Minha atenção é toda sua.

— Ah, vá se ferrar, *sua bruxa*.

— Faltou coragem, né? Agora que está cara a cara comigo.

Justine ficou me encarando, de lábios comprimidos e narinas alargadas, mas não disse nada. Lancei-me para a frente, fingindo que ia atacá--la. Ela soltou um berro, pôs a mão no coração, cambaleou para trás e acabou caindo no chão, derrubando Jennifer também.

— Se mexer comigo — sussurrei enquanto me ajoelhava ao seu lado e colocava uma mecha de seus cabelos longos e escuros atrás de sua orelha —, vou fazer você raspar sua linda cabecinha na frente da escola inteira de novo. Está entendendo?

Eu não era como minha irmã. Não usaria o poder que tinha sido imposto a mim, por meio de sangue e violência, para machucar mais pessoas, destruir mais vidas.

Eu sabia disso, mas Justine Khan não precisava saber.

Justine engoliu em seco e fez que sim. Estendi a mão para ajudá-la a levantar, mas ela recuou horrorizada, então fiquei de pé, deixei-a lá e fui para a aula.

Eu não era Grey Hollow. Também não era Iris Hollow.

Eu era algo ainda mais estranho.

Ainda mais forte.

Pela primeira vez, senti o poder do que eu era correndo pelas minhas veias e não me assustei.

Ele fez com que eu me sentisse... viva.

EPÍLOGO

— DESDE O TEMPO DOS saxões, há usinas nesta área — informou nossa guia de turismo. — Este local foi uma fábrica de farinha, uma usina de pólvora e uma destilaria de gim, entre outras coisas.

— Que fascinante — respondi, talvez pela centésima vez.

— Conte mais — pediu Vivi.

Dei uma cotovelada, com força, em suas costelas. Se eu percebia que ela estava sendo sarcástica, a guia também era capaz de perceber.

Estávamos andando pelo corredor interno do antigo complexo da usina, o mesmo que Grey explorara na semana depois que Gabe morreu. O exterior era todo de tijolos, mas ali, do lado de dentro, as paredes eram de madeira, empenadas e desgastadas pelo tempo.

Nossa guia fez uma pausa.

— Devo admitir que achei ótimo quando vocês marcaram uma visita guiada. Não existem mais muitos jovens interessados em moinhos de maré.

Vivi sorriu seu sorriso cruel.

— Um dos maiores erros da nossa geração.

Three Mills Island fica a uma pequena caminhada de Bromley-by--Bow. Fazia semanas que eu tinha voltado à escola, mas estava achando difícil me concentrar. Todo o meu entendimento do mundo e do meu lugar nele tinha mudado, mas esse não era o único motivo.

Nas semanas desde que voltamos, Grey Hollow tinha retomado sua vida extraordinária. Sabia disso porque continuei a segui-la no Instagram e vi seu retorno triunfante às postagens regulares sobre festas, passarelas e amigos famosos. Vi seu contrato de oito dígitos para um livro a respeito de seu terrível "sequestro" e o contrato igualmente vultoso para o filme que o acompanharia, no qual ela interpretaria a si mesma. Eu a via nas capas de revistas na banca de jornal e a via quando ligava a TV.

Minha irmã, a estranha.

Ela estava por toda parte. Sempre estaria por toda parte.

Parecia injusto que Grey pudesse viver e Tyler tivesse de morrer, e todos simplesmente aceitassem que as coisas eram assim. Mas talvez não precisassem ser.

Era por isso que eu estava aqui.

A ideia de que eu tinha deixado algo passar me intrigava. Às vezes eu vinha aqui depois do colégio e andava pelo terreno, tentando encontrar um caminho para o porão. No fim das contas, uma visita guiada parecia a única opção para ir aonde eu queria ir.

Verifiquei a hora no celular. Quase o pôr do sol.

— Alguma chance de a gente ver o porão? — perguntei à guia.

— Ah, não. Infelizmente o porão não faz parte da visita. Sob os alicerces do moinho, há ruínas saxãs que são protegidas.

Suspirei. Teria sido tão fácil estender a mão, pôr o dedo nos lábios dela e obrigá-la a fazer exatamente o que eu queria.

— Tudo bem. Para dizer a verdade, preciso fazer xixi. Onde fica o banheiro?

— Por onde nós viemos — respondeu ela. — Segunda entrada à direita, depois primeira à esquerda. Quer que eu mostre o...

— Não, tudo bem. Consigo voltar sozinha. Vivi?

— Ah! — exclamou Vivi. — Pois é, percebi que também preciso muito fazer xixi.

— Ok, vou esperá-las aqui. Ainda temos o Moinho do Relógio e a Casa do Moleiro para ver.

— Mal posso esperar — anunciou Vivi.

Viramos e começamos a andar. Se tudo desse certo, a guia ficaria esperando muito tempo. Dias. Semanas, talvez.

— Acho os moinhos de maré muito interessantes, só para você saber — falei para minha irmã enquanto voltávamos.

Vivi revirou os olhos.

— Sim, com certeza.

A escada em espiral que levava ao porão era fácil de achar. Ficava atrás de uma porta que dizia SOMENTE PESSOAL AUTORIZADO. Entramos na escuridão. Estava frio e úmido embaixo do moinho. Liguei a lanterna do celular e passei o feixe de luz pelo espaço. As paredes eram de tijolos. O chão estava empoeirado. E ali, no centro, havia uma porta solta. Uma ruína dos tempos dos saxões. Uma porta que antes levava a algum lugar, mas agora levava a outro.

Mandei uma mensagem para minha mãe.

Tem certeza de que não tem problema? Talvez a gente fique longe um tempo...

A resposta dela chegou quase imediatamente, bem no estilo dela.

Façam o que precisarem para consertar as coisas. Vocês podem ir aonde quiserem — desde que prometam sempre voltar.

Prometemos.

OK. Vou tentar não morrer de preocupação. Amo você.

Também amo você. A gente se vê... em breve.

Encostei a mão na pedra e contei os segundos até o pôr do sol.

Do outro lado desta porta, em outro mundo, eu tinha deixado uma mensagem para um garoto talhada numa árvore: ME ESPERE AQUI.

Eu ficava pensando no momento em que Grey tinha tentado pôr a alma dele de volta no corpo, para trazê-lo de volta do mesmo jeito que tinha nos trazido. Em como eu tinha visto a sombra de um movimento na borda de uma clareira e tido certeza, por um piscar de olhos, de que ele tinha estado ali.

Talvez algo de Tyler ainda estivesse naquele lugar.

Talvez, se ele estivesse lá, eu pudesse encontrá-lo.

Talvez, se ele estivesse lá, eu pudesse trazê-lo de volta.

Os segundos passavam cadenciados. Em algum lugar lá fora, um resto de sol mergulhava no horizonte. O porão subitamente passou a ter cheiro de fumaça e decomposição. Os mortos começaram a sussurrar.

— Pronta? — perguntei à minha irmã.

— Que belo dia escolhi pra parar de fumar — respondeu ela.

Demos as mãos. Por um instante, uma porta entre este mundo e o outro se abriu.

E nós entramos.

AGRADECIMENTOS

EM PRIMEIRÍSSIMO LUGAR, TENHO UMA grande dívida de gratidão com Catherine Drayton, minha agente. Obrigada por insistir para que eu reescrevesse, reescrevesse e reescrevesse — e depois reescrevesse um pouco mais — até desenredar o fio de uma história de verdade a partir de um monte de ideias bagunçadas. Preciso agradecer também à excelente Claire Friedman. Juntas, vocês formam uma dupla de leitoras incrivelmente perspicaz e intimidadora. Não existiria livro nenhum se vocês não estivessem tão dispostas a peneirar o ouro no meio do lodo.

Se Catherine e Claire me guiaram na busca do fio, então Stacey Barney, minha editora, me ajudou a fazer dele — o que eu espero que seja — uma tapeçaria rica e vibrante. Ainda estava descobrindo esta história quando a compartilhei com você. Obrigada por confiar que eu encontraria o restante dela e por iluminar meu caminho quando eu estava tropeçando no escuro. Você enxergou o livro *muito melhor* do que havia na coisa desajeitada e emaranhada que entreguei inicialmente.

A todas as outras pessoas na Penguin Random House que trabalharam neste livro — Caitlin Tutterow, do departamento editorial; Felicity Vallence e Shannon Spann, do marketing digital; Olivia Russo e Audra Boltion, da divulgação; e, sem dúvida, uma dúzia de outras pessoas brilhantes nos bastidores —, obrigada por fazerem tudo o que vocês fazem para trazer mais histórias ao mundo, e principalmente por tudo o que fizeram por esta.

Estou impressionada com a capa deste livro, que foi desenhada por Theresa Evangelista a partir de uma arte de Aykut Aydoğdu. É a capa opulenta e angustiante dos meus sonhos/pesadelos.

Toda a equipe da Penguin Australia defendeu muito este livro desde o primeiro dia. Obrigada, Amy Thomas, Laura Harris e Tina Gumnior, especialmente, por seu apoio contínuo e entusiasmo.

Obrigada, Emma Matthewson, da Hot Key, por me dar meu primeiro lar editorial no Reino Unido e depois permitir que eu ficasse por mais cinco anos. Foi o melhor lugar para viver e crescer.

Mary Pender, minha agente cinematográfica, conseguiu que meu primeiro livro virasse filme sem que eu nem precisasse vender minha alma ou meu filho primogênito ao diabo — aqui cabe uma gratidão imensa e eterna.

Melissa Albert é a madrinha desta história em particular. Seus livros e seu feedback certeiro fizeram de mim uma escritora melhor. Tenho uma gratidão infinita por suas palavras e por sua amizade, sua gênia louca.

Katherine Weber, minha alma gêmea da escrita, foi — como sempre — minha primeira leitora e torcedora. Você faz com que eu me sinta uma deusa literária reluzente, o que não é bom para meu ego — ou será que é? —, mas é certamente útil como apoio durante os períodos longos e solitários em que as palavras não vêm com facilidade e você está convencida de que é a versão humana de uma lixeira em chamas. Obrigada por me levantar e por sacudir minha poeira inúmeras vezes.

Ao restante do meu grupo de escrita de Londres: Holly Bourne, Samantha Shannon, Nina Douglas, Alwyn Hamilton e Laure Eve, foi maravilhoso descobrir vocês todas, meu coven de bruxas literárias. Obrigada por me darem um lar em Londres, por me manterem sã — mais ou menos — durante a pandemia e por fazerem protestos à luz de velas. Vocês todas são mágicas.

Também tenho sentimentos calorosos de gratidão por Kiran Millwood Hargrave, Anna James, Katherine Rundell e Louise O'Neill. Foi sensacional chegar ao Reino Unido e encontrar mulheres tão ofuscantemente brilhantes — algumas a poucos passos de distância!

Passei boa parte do último ano enamorada do brilho cintilante das minhas Luminares: Harriet Constable e Anna Russell. Obrigada pelas fantasias, pela purpurina, pelas festividades — e, muito ocasionalmente, pela escrita.

Obrigada, Amie Kaufman, minha corda salva-vidas do outro lado do mar.

Devo agradecer a duas grandes residências de escrita: primeiro, à Varuna, a Casa Nacional dos Escritores, nas Montanhas Azuis, nos arredores de Sidney, onde o primeiro capítulo deste livro foi escrito. Segundo, ao Studio Faire, em Nérac, na França, gerido por Colin Usher e Julia Douglas, onde os capítulos finais deste livro foram escritos em março de 2020, nos últimos dias antes que as fronteiras começassem a fechar e o mundo prendesse a respiração.

Há mulheres da minha cidade natal que por mais de uma década alimentam meus sonhos de escrita: Cara Faagutu, Renee Martin, Alysha Morgan, Kirra Moke, Sarah Maddox. Obrigada por celebrarem cada pequena vitória como se fosse imensa.

Espero que, apesar de ser tão sombrio, este livro contenha em seu cerne algo daquilo que liga as irmãs profundamente. Sou a mais velha de três meninas, e muitos dos momentos mais doces — e dos mais conflituosos também — entre Iris e as irmãs foram inspirados no fato de eu ter crescido com minhas duas irmãs brilhantes, enlouquecedoras e magníficas. Emily, Chelsea: como disse Iris, amo vocês duas com uma fúria intensa e fervorosa.

Meus pais, Sophie e Phillip, e minha avó, Diane, continuam sendo meus maiores apoiadores. Vocês me fizeram do nada. Não tenho como agradecer o suficiente por seu entusiasmo infindável e por acreditarem em mim.

Também agradeço o incentivo da minha família Seneviratne, que me abraçou e me apoiou com fervor desde o primeiro dia. Obrigada, Lisbeth, Aruna, Tom e Lauren. Mas desta vez, especialmente, agradeço a Archa. O núcleo deste livro nasceu no Sri Lanka, na manhã em que você nos levou a Anuradhapura e eu vi as portas quebradas.

As maiores manifestações de gratidão ficam reservadas para Martin Seneviratne, minha fonte inesgotável de incentivo diário. Ninguém aplaudiu mais, celebrou ou me consolou mais do que você. Você está em cada página deste livro. Obrigada. Eu te amo.

Este livro foi composto na tipografia Minion Pro,
em corpo 11,5/16, e impresso em
papel off-white no Sistema Cameron da
Divisão Gráfica da Distribuidora Record.